Einaudi. Stile Libero Big

Ayatsuji Yukito

I delitti della Casa decagonale

Traduzione di Stefano Lo Cigno

Einaudi

Titolo originale *Jukkakukan no Satsujin*

First published in Japan in 1987 by Kodansha Ltd., Tokyo.
Publication rights for this Italian edition arranged through Kodansha Ltd., Tokyo.

www.einaudi.it

ISBN 978-88-06-25984-6

I delitti della Casa decagonale

a tutti i miei amati predecessori

Prologo

Il mare notturno, l'ora della quiete.

Dal profondo delle tenebre si udiva il rumore uniforme delle onde sopraggiungere per poi svanire nuovamente.

Si sedette sul gelido cemento del frangiflutti e, avvolto dal proprio bianco respiro, affrontava in solitudine quell'oscurità senza fine.

Se nei mesi appena trascorsi aveva sofferto troppo e nelle settimane precedenti non aveva fatto altro che tormentarsi, gli ultimi giorni li aveva passati a riflettere. Ora, finalmente, i suoi intenti erano ben definiti e convergevano in un'unica direzione. Il piano era pronto, i preparativi quasi ultimati. Non restava altro che far cadere le sue prede in trappola. Eppure non credeva affatto che il suo progetto fosse al riparo da ogni imprevisto. Anzi, piú che delineato nel dettaglio, sarebbe stato meglio definirlo trascurato sotto ogni punto di vista, anche se fin dal principio non era sua intenzione curarlo nei minimi particolari.

Per quanto possano sforzarsi, gli esseri umani resteranno sempre tali, non potranno mai raggiungere la divinità. È fin troppo semplice desiderare di esserlo, ma, finché persiste la condizione umana, risulterebbe impossibile anche al genio piú eccelso. In tal senso, come potrebbe un semplice individuo presagire il futuro, la psicologia, le azioni delle persone e la casualità? Pur volendo paragonare la Terra a una scacchiera e immaginando gli uomini come pedine, sarebbe impossibile leggere le loro mosse. Per quanto un piano possa essere preciso e calcolato meticolosamente, infatti, non è prevedibile dove e quando possa rischiare di incepparsi. Sono troppi i possibili imprevisti, e troppo volubile è l'animo delle persone.

Ecco perché in questi casi il piano migliore è quello duttile, che non limita le proprie azioni ed è in grado di adattarsi facilmente a ogni evenienza. Era questa la conclusione a cui era giunto. Occorre mettere da parte qualsiasi rigidità, perché ciò che piú conta è la struttura generale, non la trama in sé. Una struttura accomodante, che permetta di essere rimodellata a seconda delle necessità. Il risultato dipenderà dal proprio intelletto e dal tempismo, certo, ma ancora piú dal fato.

Lo so, le persone non possono tramutarsi in divinità…

Eppure, da un altro punto di vista, era indubbio che stesse per elevarsi a un'altezza divina. Stava per emettere la propria sentenza su tutti loro in nome della sua vendetta. Una sentenza che superava ogni legge. Sapeva che ciò non era consentito a uno come lui, misero essere umano, e che la società avrebbe definito le sue azioni «crimini», costringendolo a sua volta a un giudizio in nome della legge. Eppure non si trovava piú nella condizione di poter sopprimere i propri sentimenti per un motivo tanto assennato. Sentimenti? No, non si trattava di qualcosa di cosí superficiale e passeggero. Era il grido del suo animo, il suo sostegno, la sua ragione d'essere.

Il mare a notte fonda, tutto taceva.

Osservava in lontananza le acque avvolte dall'oscurità piú nera, non una stella, non la luce di una nave. Intanto continuava a meditare sul suo piano.

I preparativi erano ormai pronti. Finalmente le prede stavano per abboccare alle sue trappole, sistemate equamente in ognuno dei dieci angoli. Stavano per arrivare lí, ignare di tutto, delle insidie che le avrebbero giustiziate all'interno di quella trappola decagonale... Solo la morte ad attenderle. La piú naturale delle punizioni a cui tutti loro, nessuno escluso, sarebbero dovuti andare incontro.

Ma non doveva essere una fine deludente. Avrebbe potuto benissimo farli saltare per aria in un sol colpo con dell'esplosivo. Sarebbe stata forse la mossa piú semplice, ma non era ciò che desiderava. Doveva ucciderli uno dopo l'altro, in un ordine preciso. Come nel romanzo di una nota scrittrice inglese, pian piano, prima uno e poi l'altro. Solo cosí avrebbero preso coscienza delle sofferenze, della tristezza, del dolore e della paura suscitate dalla morte. In un certo senso si poteva affermare che fosse ormai preda della pazzia, ne era piú che consapevole.

Lo so, per quanto provi a giustificarmi, sto compiendo un gesto folle.

Voltò lentamente lo sguardo sul mare notturno tinto di nero. La sua mano nella tasca toccò qualcosa di duro. La strinse, la tirò fuori e se la mise davanti agli occhi. Dentro a una bottiglia saldamente tappata era rinchiusa ciò che dai piú viene chiamata coscienza, spremuta da ogni anfratto del suo animo e trascritta su alcuni fogli ben piegati. A caratteri minuti e fitti era riportato il piano che si accingeva a mettere in atto. Una lettera di confessione, senza alcun mittente...

Lo so, le persone non possono tramutarsi in divinità...

Proprio perché ne era consapevole, aveva affidato il giudizio supremo a una presenza sovrumana. Non era importante dove sarebbe arrivata quella bottiglia, desiderava solo che fosse il mare – lo stesso mare dove ogni forma di vita ha avuto origine – ad avere l'ultimo giudizio sulle sue azioni.

Si alzò il vento.

Il freddo gli raggelò la nuca tanto da farlo tremare e, con un gesto lento, lanciò la bottiglia nelle tenebre.

Capitolo 1

Primo giorno – Isola

1.

– Magari per voi è un discorso superato, – esordí Ellery, ragazzo alto e dalla carnagione candida. – Ma, per quel che mi riguarda, i romanzi gialli non sono altro che un divertimento intellettuale, giochi che stimolano al ragionamento e che si servono della prosa per inscenare una sfida tra i lettori e il detective, o lo scrittore stesso. Nulla di piú, nulla di meno. Ecco perché ne ho fin sopra i capelli dei gialli della cosiddetta «corrente sociale», andati di moda per un po' in Giappone, che facevano leva su realismo e cose del genere. Sempre la solita storia: un'impiegata uccisa in un minuscolo appartamento, un ispettore dalle suole consumate che risolve il caso scoprendo che il colpevole era l'amante, nonché datore di lavoro della vittima… Potrebbero anche piantarla con casi di corruzione, inciuci politici, tragedie causate dallo squallore della società contemporanea… Ne possiamo fare a meno. Qualcuno potrà pensare che sia all'antica, ma a un giallo come si deve occorrono un detective, una grande magione con i suoi tenebrosi residenti, casi sanguinosi, delitti inesplicabili, enigmi irrisolvibili… Andrebbe benissimo pure se trascendessero del tutto la realtà. In altre parole, basterebbe che il lettore godesse dell'aspetto fittizio della letteratura, ma, badate bene, usando il proprio intelletto.

Attorno a loro, le onde placide si increspavano in mare. Stavano viaggiando su una piccola barca da pesca, che avanzava spinta da un motore agonizzante. L'odore del carburante si espandeva nell'ambiente.

– Che seccatura, – insorse Carr, seduto sul bordo dell'imbarcazione, storcendo la bocca sopra al suo mento sporgente. – Sei proprio fissato con la logica, Ellery. Logica lí, logica là… Sono d'accordo nel circoscrivere i gialli a un passatempo, ma non si può prediligere sempre l'aspetto intellettuale, sei irritante.

– Questa non me l'aspettavo…

– Guarda che i lettori non fanno tutti parte del popolo eletto come te. Tra loro c'è anche chi non raggiunge il tuo livello di intelligenza.

– Questo lo so bene, – disse Ellery guardando l'altro con aria indifferente. – E me ne rammarico. D'altronde lo vedo ogni giorno camminando per il campus universitario. Persino nel nostro gruppo non posso dire che siano tutti ai miei livelli, ci sono certe mele marce…

– Ti va di litigare?

– Per carità, – continuò Ellery facendo spallucce. – Non ce l'avevo con te, e forse non mi sono spiegato bene. L'intelligenza di cui parlavo ha a che fare con la risoluzione del gioco logico, non voglio certo giudicare l'intelligenza di una persona su simili parametri. Tutti a questo mondo sono dotati di intelletto; allo stesso modo, non esiste nessuno che non conosca il divertimento. È proprio questo che intendevo: avere la facoltà mentale di riuscire a godere di qualcosa col proprio intelletto.

– Bah, – replicò Carr sbuffando a mo' di scherno e distogliendo gli occhi dal compagno. Dal canto suo, Ellery, con un leggero sorriso, si voltò verso un ragazzo dal viso fanciullesco in piedi al suo fianco, su cui spiccavano un paio di occhiali tondi.

– Quindi, Leroux, se consideriamo il giallo come qualcosa che si è evoluto secondo una propria metodologia, concepito per la realizzazione di enigmi logici, allora è lecito supporre che la sua struttura risulti estremamente complessa da realizzare, data la realtà in cui viviamo oggi.

– Credo... di sí? – fece Leroux, inclinando perplesso il capo.

– Sí, ma dopotutto anche questa è una discussione alquanto datata, ormai. Ispettori diligenti che non lesinano sforzi, dalla capacità organizzativa ferrea e tecnologie investigative di ultima generazione... La polizia al giorno d'oggi è tutto fuorché inefficiente, anzi, è fin troppo competente per i miei gusti. Il problema, nella pratica, risulta la perdita del ruolo del detective, da sempre dotato delle «celluline grigie» come unica arma a propria disposizione. Pensate come risulterebbe ridicola la comparsa di Sherlock Holmes in una metropoli contemporanea.

– Stai esagerando. Potrebbe benissimo esserci un Holmes dei giorni nostri.

– Certo, ovvio. Magari dotato di conoscenze enciclopediche e aggiornatissime in medicina, o scienza forense, che di volta in volta trasmetterà al povero Watson, illustrando termini e formule talmente complessi da risultare incomprensibili al lettore. «Caro Watson, è fin troppo chiaro». «Ma come, Watson, neanche questo sapevi...?» – Ancora con le mani nelle tasche dell'impermeabile beige, Ellery alzò leggermente le spalle. – Forse mi sono spinto troppo in là, ma il succo del discorso non cambia. Proprio non mi va di fare un plauso alla vittoria delle nuove tecniche investigative dell'infallibile polizia, che nulla hanno a che vedere con la bellezza della logica e della deduzione sfoggiate dai detective dei tempi d'oro. Un autore che si apprestasse a scrivere un giallo ambientato ai giorni nostri si vedrebbe costretto allo scontro con questo primo dilemma. Per risolverlo, dunque, come starei cercando di dirvi da prima, occorrerebbe focalizzarsi sul modello del cosiddetto «chalet di montagna nella tempesta».

– Adesso capisco! – annuí Leroux sorridente. – Per te il tema piú spendibile per un giallo ortodosso ambientato ai giorni nostri sarebbe quello dello chalet disperso tra le montagne in una giornata di tempesta, vero?

Era una giornata di fine marzo. Nonostante l'avvicinarsi della primavera, il vento che soffiava sul mare era ancora pungente. Partita dal rustico porto della città di S., sulla penisola di S. nei pressi del promontorio di J., nel lato orientale della prefettura di Ōita nel Kyūshū, l'imbarcazione proseguiva lentamente verso il mare aperto. Quella piccola isola, la loro destinazione, distava pressappoco cinque chilometri dalla costa. Il cielo era magnificamente terso ma, a causa delle tempeste di sabbia provenienti dal continente in quel periodo dell'anno, appariva piú tendente al bianco che al celeste. La luce del sole cadeva morbida sulle fragorose onde, argentee come squame. Il velo di sabbia trasportata dal vento rendeva vago il panorama davanti ai loro occhi.

– Non mi sembra di scorgere altre imbarcazioni, – disse un ragazzo di grande corporatura. Fino a quel momento era rimasto a fumare, senza dire una parola, con una mano appoggiato sul bordo opposto a quello dove si trovavano Ellery e gli altri. I capelli trasandati, duri, e una barba folta che copriva la parte inferiore del volto: era Poe.

– La corrente oltre l'isola è molto violenta, evitano tutti di arrischiarsi in quelle zone, – rispose il gaio pescatore, un uomo sulla soglia della vecchiaia. – La zona di pesca è molto piú a sud, è raro vedere barche che lasciano il porto per dirigersi verso quell'isola… Certo che voialtri siete degli studenti un bel po' strani.

– Dice?

– Be', si capisce da come vi chiamate. Che nomi sarebbero Leroux ed Ellery? Non è che anche tu...?

– Sí, ma vede, si tratta solo di soprannomi.

– E di questi tempi vi chiamate tutti cosí tra universitari?

– No, non credo proprio.

– Allora siete proprio voialtri a essere un po' svitati.

Davanti a Poe e al pescatore – su una cassa di legno sistemata nel centro della barca a mo' di sedia – erano sedute due ragazze. Contando il figlio del pescatore, che in quel momento reggeva il timone, i passeggeri erano otto. I sei ragazzi erano studenti dell'università K. – con sede a O., nella prefettura di Ōita – e tutti membri del circolo del giallo. Gli appellativi «Ellery», «Leroux» e «Carr» non erano altro che i soprannomi che usavano tra di loro, proprio come aveva spiegato «Poe». Potrebbe risultare quasi indelicato da parte mia spiegarlo, ma appare chiaro come fossero ispirati a Ellery Queen, John Dickson Carr, Gaston Leroux e a Edgar Allan Poe, nomi dei loro amati autori occidentali di romanzi gialli. Le due ragazze si facevano chiamare «Agatha» e «Orczy»; inutile aggiungere che la prima evocasse la regina del mystery, Agatha Christie, e la seconda Baronessa Orczy, conosciuta per l'opera *Il vecchio nell'angolo*.

– Guardate. Si inizia a intravedere la dimora di Tsunojima, – annunciò il pescatore a gran voce.

I sei ragazzi, allora, rivolsero tutti lo sguardo all'isola che si faceva man mano piú vicina.

Era piatta e di piccole dimensioni. La scogliera emergeva quasi verticalmente dalle acque. La superficie, invece, era ricoperta da un rigoglioso tappeto verde scuro. A prima vista, sembrava un'enorme pila di monete erta fra le onde. Sul lato anteriore presentava tre sporgenze simili a corni, che le erano valsi il nome di Tsunojima, «Isola delle corna». Su tutti i lati non vi erano che ripide scogliere, e l'unica stretta insenatura agibile era a malapena sufficiente per l'approdo parallelo di una piccola barca da pesca. Per questo gli unici a esservisi recati erano stati solo sporadici pescatori curiosi. Vent'anni prima, dopo avervi edificato un'eccentrica dimora, conosciuta come «Villa Blu», c'era stato un uomo che aveva deciso di traferirvisi, ma ormai non era altro che un'isola del tutto abbandonata.

– È quella che si intravede in cima alla rupe, vero? – disse Agatha alzatasi dalla sedia; assottigliò gli occhi eccitata mentre, con una mano, si teneva fermi i lunghi capelli castano chiaro scompigliati dal vento.

– Proprio cosí, quella è la dépendance sopravvissuta all'incendio. La struttura principale dicono che sia andata bruciata come legna da ardere, – spiegò a gran voce il pescatore.

– Quindi quella sarebbe la «Casa decagonale»... – fece Ellery. – E dimmi, sei mai stato sull'isola?

– Mi sono infilato piú volte nell'insenatura per ripararmi dal vento, ma sull'isola non ho mai messo piede. Anzi, a dirla tutta, dopo quel fattaccio non mi sono nemmeno piú avvicinato. Mi raccomando, fate attenzione anche voialtri.

– A che cosa di preciso? – domandò Agatha voltandosi verso l'uomo, che rispose abbassando di colpo il tono di voce.

– Dicono che sull'isola si manifesti spesso...

Ellery e Agatha si guardarono confusi, non avevano inteso il significato di quelle parole.

– Sto parlando dello spettro dell'uomo ucciso, un tal Nakamura, – e, cosí dicendo, le rughe impresse sul volto abbronzato si incresparono quando costui prese a sogghignare con fare minaccioso. – Si dice che transitando lungo l'isola nei giorni di pioggia si possa intravedere una sagoma bianca sulla cima di quella rupe. È il fantasma di quel Nakamura che con la mano ti fa cenno di raggiungerlo. Se ne sentono tante: luci accese nell'edificio annesso che dovrebbe essere disabitato, fuochi fatui nei pressi delle rovine del palazzo andato in fiamme, barche di pescatori affondate dal fantasma...

– Ti è andata male, sai, – ridacchiò timidamente Ellery. – Non servirà a nulla cercare di metterci paura con simili storielle, non fai altro che stimolare la nostra curiosità.

E in effetti l'unica di loro sei ad aver mostrato un minimo di timore era Orczy, rimasta seduta sulla cassa di legno. Agatha, invece, non sembrava affatto turbata, anzi, voltatasi a poppa, aveva piú volte bisbigliato parole di piacevole sorpresa.

– Senti, senti, ma è vero quello che dice tuo padre? – continuò rivolgendosi eccitata al figlio del pescatore, poco piú che un ingenuo ragazzino.

– Storielle inventate... – rispose brusco dopo aver dato una rapida e timida occhiata alla ragazza. – Se ne sente parlare, è vero, ma io non ho mai visto nessun fantasma.

– Ma come? – fece Agatha delusa; poi riprese con fare scanzonato. – Certo che in un luogo del genere un fantasma sarebbe il minimo... In fondo, dopo quello che è successo...

Era il 26 marzo 1986, un mercoledí. L'orologio segnava qualche minuto dopo le dieci di mattina.

2.

La baia si trovava sul versante occidentale dell'isola. Sugli altri lati vi erano ripidi precipizi. Poco piú a destra dell'insenatura, la scorza nuda delle rocce si increspava ripida e proseguiva verso il lato meridionale formando un dirupo alto quasi venti metri. Sul fianco orientale dove la corrente tirava impetuosa, invece, l'altezza della parete scoscesa raggiungeva addirittura i cinquanta metri. Sul lato frontale, poi, vi era una ripida salita del tutto simile a una scogliera a picco; lí una stretta scalinata di pietra si inerpicava serpeggiando sulla roccia cosparsa qua e là di piccoli cespugli verde smeraldo.

La barca entrò lentamente nell'insenatura. Le onde si erano fatte piú placide, e nell'ambiente circostante era calato il silenzio. Pure il colore dell'acqua, ora di un torbido verde scuro, era cambiato.

Subito sulla sinistra vi era un piccolo molo in legno, piú in fondo si poteva scorgere una rimessa per barche, ormai a pezzi.

– Siete proprio convinti che non vi convenga dare almeno un'occhiata prima? La linea telefonica sarà fuori uso, ormai... – chiese il pescatore quando i sei furono scesi sul molo pericolante che emetteva rumori sinistri.

– Non ti preoccupare, – rispose Ellery picchiettando le spalle di Poe, che nel frattempo si era accomodato sul proprio zaino per fare due tiri. – Abbiamo con noi anche un aspirante medico.

Il barbuto Poe era uno studente di Medicina al quarto anno.

– Esatto, ha ragione Ellery, – ammiccò Agatha. – E poi scusa, se ci roviniamo la sorpresa prima, dov'è il gusto di vivere su un'isola deserta?

– Hai del fegato, ragazza, – osservò sorridente il pescatore, mostrando i robusti denti bianchi mentre si apprestava a sciogliere la fune che teneva legata la barca al palo dell'imbarcadero. – Bene, allora ci vediamo martedí prossimo. Passo a prendervi verso le dieci di mattina, intesi? State in guardia, eh!

– Grazie. Ricevuto, ci guarderemo bene le spalle... Soprattutto dal fantasma.

Percorsa fino in cima la ripida e lunga scalinata in pietra, il campo visivo si aprí in un colpo. Il prato di erba incolta un tempo doveva essere stato il giardino antistante quell'edificio dalle pareti bianche e il piatto tetto blu, che pareva essere rimasto ad aspettare il loro arrivo. Il portone blu a doppio battente che si vedeva proprio dinanzi a loro, invece, doveva essere l'ingresso; una piccola gradinata che partiva dal suolo permetteva di raggiungerlo comodamente.

– E cosí questa sarebbe la Casa decagonale...

A corto di fiato dopo quella faticosa scarpinata, Ellery fu il primo ad abbozzare un commento. Appoggiata a terra la borsa a bauletto color cammello, quindi, rimase per un po' con lo sguardo rivolto verso l'alto.

– Che ne pensi, Agatha?

– Meglio di quanto potessimo aspettarci, no? – fece la ragazza, passandosi il fazzoletto sulla fronte bagnata da un leggero strato di sudore.

– Per me... Be'... – aggiunse Leroux, rimasto senza fiato dopo essersi visto costretto a trasportare anche la borsa di Agatha. – ... Forse mi sarei aspettato un'atmosfera piú lugubre, ecco.

– Le cose non vanno quasi mai come sperato. Vabbè, entriamo intanto. A che punto sarà Van? Aveva detto che sarebbe arrivato prima, ma non mi sembra di vederlo...

Ellery non fece quasi in tempo a terminare la frase e a recuperare la borsa che, in quell'istante, gli scuri blu della finestra alla sinistra del portone d'ingresso si spalancarono.

– Ciao a tutti, – fece un ragazzo affacciandosi: era il settimo membro con cui avrebbero condiviso sonni e pasti per una settimana in quell'edificio, Van. Sarebbe quasi superfluo spiegare come il suo nomignolo derivasse dal grande scrittore S. S. Van Dine, padre del grande detective Philo Vance. – Aspettate un secondo, arrivo subito, – e richiuse le persiane; la sua voce era stranamente rauca. Pochi istanti dopo uscí correndo a piccoli passi. – Scusate se non vi sono venuto incontro, ma è da ieri che sono raffreddato… Stamattina ho avuto un po' di febbre, cosí mi ero messo a letto cercando di far caso al rumore della barca…

Van era arrivato prima di tutti per mettere a punto i vari preparativi.

– Hai il raffreddore? Spero non sia nulla di grave… – chiese preoccupato Leroux sistemandosi col dito la montatura degli occhiali, scivolata a causa del sudore.

– Va tutto bene… O almeno spero.

Un brivido improvviso attraversò il suo esile corpo e Van sorrise con fare poco rassicurante.

Guidati da Van, i ragazzi entrarono per la prima volta nella Casa decagonale. Un vasto atrio si estendeva subito dopo il portone blu a doppio battente… O almeno cosí era parso loro: si resero conto in pochi attimi che non si era trattato che di un'illusione ottica. Difatti l'atrio in sé era tutt'altro che grande, ma era apparso tale perché la stanza non era rettangolare. In fondo, esattamente di fronte a loro, vi era un'altra porta a battente, ma, osservando con attenzione, si notava che la lunghezza di quella parete era inferiore rispetto a quella dell'ingresso alle loro spalle. In altri termini, si poteva affermare che quell'atrio assumesse la forma di un trapezio che si stringeva man mano che ci si spingeva all'interno.

A parte Van, i sei restarono perplessi dinanzi alla struttura bizzarra di quella stanza che sembrava far leva su giochi di prospettiva. Superata anche la seconda apertura e raggiunto il salone dell'edificio, tuttavia, iniziarono a comprendere: si trovavano in una sala decagonale, le cui dieci pareti misuravano tutte la medesima lunghezza. Una semplice pianta dovrebbe essere sufficiente per farsi un'idea dell'edificio che veniva chiamato «Casa decagonale».

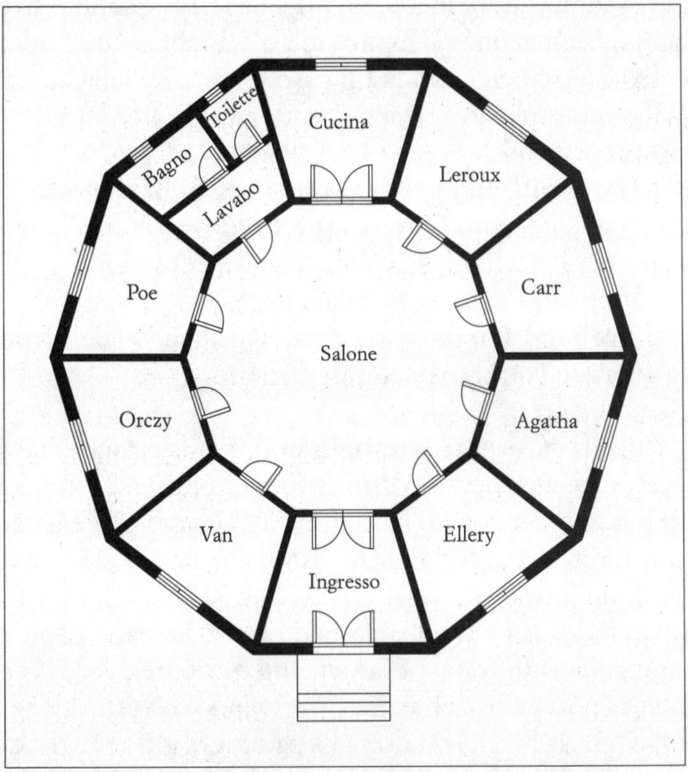

La peculiarità dell'edificio, come si poteva intuire dal nome, risiedeva nella forma conferitagli dalle dieci pareti identiche. Dentro al perimetro esterno era incastonato un ulteriore piccolo decagono i cui angoli collegati a vicenda formavano dieci blocchi. In poche parole, il perimetro del salone decagonale era circondato da dieci camere trapezoidali isosceli, di conseguenza pure l'atrio che avevano appena passato era una di queste.

– Che ne ve pare? Non è bizzarro? – esordí Van, entrato prima di tutti. – La stanza opposta all'atrio, quella con la porta a doppio battente che vedete là in fondo, è la cucina. Subito accanto, a sinistra, ci sono la toilette e il bagno. Le restanti sette camere sono quelle per gli ospiti.

– Un edificio e un salone decagonale... – commentò dopo un breve giro di ricognizione Ellery; quindi, avvicinatosi alla tavola bianca posta al centro dell'ambiente, picchiettò con le dita uno degli angoli. – Perfino questa ha dieci angoli... Non posso che riconoscere una certa sorpresa. Siamo sicuri che il defunto Nakamura Seiji non fosse un monomane?

– Possibile, – rispose Leroux. – Dopotutto anche Villa Blu, ormai ridotta in cenere, pareva essere in tutto e per tutto fedele al proprio nome: blu dal pavimento al tetto, passando per il mobilio.

Era lui, Nakamura Seiji, colui che venti anni prima aveva fatto costruire sull'isola l'edificio conosciuto come Villa Blu per poi trasferirvisi. Ovviamente, anche la Casa decagonale era opera sua.

– Mi chiedo come faremo a non confonderci con le stanze, – intervenne Agatha.

Situate agli estremi opposti, le porte a doppio battente dell'atrio e della cucina erano entrambe in legno rustico, abbellite da un vetro operato; sarebbe stato impossibile distinguerle da chiuse. Sulle quattro pareti a entrambi i lati, inoltre, vi erano altrettante porte, in legno naturale e identiche tra loro. Non c'era da stupirsi, quindi, che Agatha si mostrasse apprensiva, considerata l'assenza di qualsiasi punto di riferimento all'interno del salone.

– In effetti stamattina ho rischiato piú volte di sbagliare, – ammiccò Van con un sorriso amaro. La palpebra superiore era leggermente gonfia, forse a causa della febbre. – Secondo me converrebbe scrivere i nostri nomi su delle targhette e appenderle alle porte. Orczy, hai portato il blocco degli appunti?

Sentendosi interpellata all'improvviso, la ragazza alzò smarrita il viso. Era una studentessa di piccola statura e paffuta, ragion per cui tendeva a indossare abiti scuri che tuttavia – probabilmente contro ogni sua aspettativa – finivano per conferirle un aspetto poco raffinato. Al contrario dell'appariscente Agatha, Orczy teneva timidamente lo sguardo sempre basso. Si dilettava, però, nell'arte del dipinto tradizionale giapponese, dimostrando per giunta un certo talento.

– Sí, ce l'ho con me. Lo vuoi adesso?

– No, ci servirà piú tardi. Intanto sceglietevi una stanza. Sono tutte identiche, non litigatevele, eh. Io ho già scelto la mia, – e indicò una delle porte. – Mi sono fatto anche dare le chiavi necessarie, le troverete infilate nelle serrature.

– Ok, ottimo, – rispose pieno di brio Ellery. – Dopo che ci saremo riposati, propongo di andare in avanscoperta dell'isola.

3.

La divisione delle camere terminò in pochi minuti. A partire dalla prima stanza a sinistra dell'ingresso, in ordine, si sistemarono Van, Orczy e Poe. Sul lato opposto Ellery, Agatha, Carr, Leroux.

Quando i nuovi arrivati si furono dileguati nelle rispettive stanze, Van si appoggiò alla propria porta, estrasse un pacchetto di Seven Stars dalla tasca del piumino color avorio e si infilò una sigaretta in bocca. Quindi restò a osservare pensieroso il tetro salone decagonale. Le pareti intonacate in bianco, il pavimento in piastrelle blu di grandi dimensioni che consentivano di potervi camminare sopra con le scarpe. Al centro del soffitto, che si sopraelevava diagonalmente da tutti i lati, vi era un lucernario decagonale da cui la luce del sole filtrava accarezzando le travi a vista e inondando la bianca tavola al centro della stanza. Attorno a quest'ultima, poi, erano presenti dieci sedie in legno naturale a cui era appezzata della federa blu. Escluso il lampadario tondo che pendeva dal soffitto a mo' di pendolo, null'altro che potesse fungere da punto di riferimento. L'illuminazione non funzionava e ciò rendeva i raggi del sole che penetravano attraverso il lucernario la sola fonte di luce nell'ambiente. Ecco perché nel salone aleggiava pure di giorno una misteriosa penombra.

Dopo qualche minuto, Poe uscí languidamente dalla propria stanza; aveva addosso un paio di jeans sbiaditi abbinati a una camicia celeste.

– Hai fatto in fretta. Aspettami qui, ti faccio un caffè.

Con la sigaretta appena accesa tra le dita, Van si diresse in cucina. Era uno studente al terzo anno della facoltà di Scienze naturali, per cui aveva un anno in meno di Poe, che era al quarto di Medicina.

– Grazie, sai. Certo che deve essere stato un lavoraccio trasportare fin quassú coperte e tutto il resto, Van.

– Nemmeno troppo, dài. Mi sono fatto aiutare.

Agatha uscí dalla propria camera raccogliendosi i lunghi capelli con un foulard.

– Che bella la stanza, Van! Me l'aspettavo molto piú spartana... Ah, stai preparando il caffè? Lascia fare a me, – disse raggiante la ragazza entrando a sua volta in cucina e notando sul bancone un barattolo di vetro con affissa un'etichetta nera. – Ah, ma è istantaneo... – e lo afferrò delusa, poi lo agitò.

– Non fare la schizzinosa, – replicò Van. – Non è mica un hotel di lusso, ti ricordo che siamo su un'isola deserta.

Agatha fece una leggera smorfia con le sue labbra rosate.

– E i viveri?

– Per il momento li ho messi in frigo, anche se non funziona. Dopo l'incendio si sono guastati sia l'impianto elettrico che la linea telefonica... Dovrebbero bastarci comunque, penso.

– Sí, mi sembrano sufficienti. L'acqua esce, vero?

– Sí, ho già provveduto ad aprire le tubature. Ho collegato una bombola di propano che mi sono portato dietro, cosí possiamo usare i fornelli e il boiler. Se siamo bravi, forse riusciamo a farci scappare qualche bagno.

– Ben fatto! Vedo che sono rimaste pentole e stoviglie... O le hai portate tu pure queste?

– No, c'erano già. Ho trovato anche tre coltelli da cucina, ma il tagliere è un po' ammuffito.

Poco dopo Orczy entrò esitante nella stanza.

– Giusto in tempo! Aiutami, dài. Mi fa piacere che siano rimaste molte cose, ma se prima non le laviamo non ce ne facciamo nulla, – riprese Agatha stringendo le spalle a sfilarsi la giacchetta nera di pelle. Quindi, rivolgendosi a Poe e a Van che stavano sbirciando in cucina dietro a Orczy, continuò risoluta con una mano sul fianco: – Se non avete voglia di aiutarci andate di là, oppure fatevi un giro dell'isola. Quando avremo finito vi prepareremo il caffè.

Sorridendo amaro, Van se ne andò insieme a Poe con la coda fra le gambe. Non fecero in tempo a uscire in salone che Agatha aggiunse bruscamente: – E non scordatevi le targhette dei nomi, non vorrei che mi balzaste in camera mentre mi cambio.

Intanto, Ellery e Leroux erano già usciti nel salone.

– La reginetta vi ha cacciati via, eh, – esordí sghignazzando il primo, toccandosi l'esile mento con le dita affusolate. – Sono d'accordo con lei, suggerirei di andare in esplorazione.

– Sí, è la cosa migliore da fare. Ma dov'è finito Carr?

– È uscito da solo, – rispose Leroux gettando lo sguardo verso l'atrio.

– Di già?

– Be', lo sai com'è... Gli piace il ruolo del lupo solitario, – commentò Ellery sorridendo con pungente ironia.

All'esterno della Casa decagonale, sulla destra – a nord – si estendeva una fila di pini giapponesi. In un punto dove l'alberata si interrompeva, i rami si intersecavano a formare un'arcata che i quattro attraversarono, prima di proseguire verso le rovine di Villa Blu.

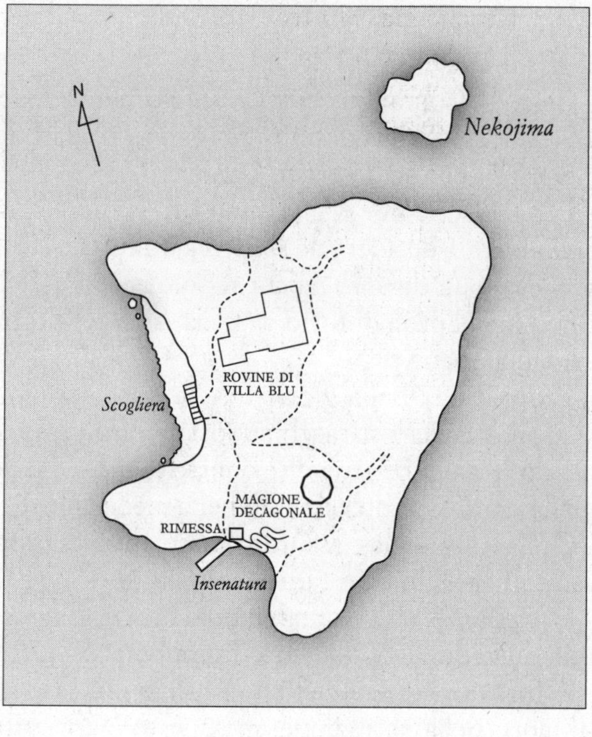

Sul sito dove un tempo si ergeva l'edificio restava appena qualche traccia delle fondamenta, per il resto non vi erano che polverose macerie sparse qua e là. Il vasto giardino era del tutto inselvatichito, ricoperto da fitti strati di cenere, mentre tra gli alberi nelle vicinanze saltavano subito all'occhio quelli disseccati, senza dubbio arsi dalle fiamme.

– È stato raso al suolo del tutto... – osservò con un sospiro Ellery contemplando il paesaggio desolato.

– Non è sopravvissuto nulla.

– Ma non c'eri ancora stato qui, Van?

– No. Mio zio mi aveva già raccontato un po' di cose, ma è la prima volta che metto piede sull'isola. Stamattina ho avuto da fare con i bagagli, e per giunta non sono stato neanche troppo bene. Non ero nelle condizioni di mettermi a girare qua e là.

– Certo... Comunque ci sono solo cenere e macerie.

– Saresti stato piú contento se fossero rimasti dei cadaveri, vero? – chiese divertito Leroux.

– Per carità, io no. Al massimo tu.

Sull'alberata occidentale si apriva un corto vialetto, che conduceva a un dirupo, da cui si poteva scorgere la sagoma incerta del promontorio di J. che si ergeva oltre le azzurre acque marine.

– Proprio una bella giornata, c'è una piacevole quiete, – riprese Ellery stiracchiandosi rivolto verso il mare. Tenendo le mani ben avvolte dentro le maniche della felpa gialla, anche Leroux si voltò nella medesima direzione.

– Già, sembra quasi assurdo che sei mesi fa proprio qui si sia verificato un caso tanto orripilante...

– Orripilante, eh... Non hai tutti i torti. Il famoso quadruplo omicidio di Villa Blu a Tsunojima...

– A forza di leggere gialli non faccio piú caso al numero di morti nella narrazione, ma questo è accaduto abbastanza vicino a casa... Ricordo ancora quando ne hanno parlato al telegiornale.

– Era l'alba del 20 settembre, se non vado errato. La residenza di Nakamura Seiji a Tsunojima, conosciuta come Villa Blu, ha preso fuoco bruciando completamente. Tra le ceneri dell'edificio sono stati recuperati i cadaveri del proprietario e della moglie Kazue, nonché quelli dei domestici che vi risiedevano, anch'essi coniugi, – Ellery continuò il racconto senza manifestare alcuna emozione. – Nei quattro corpi sono state rinvenute ingenti quantità di sonnifero, ma non erano stati uccisi allo stesso modo. I domestici erano stati trovati nella propria stanza, legati e con le teste fracassate a colpi di mannaia. Il padrone di casa aveva del cherosene sparso su tutto il corpo, ed era senza dubbio bruciato vivo. Nella stessa stanza, infine, c'era la moglie Kazue, sul cui collo erano visibili segni di strangolamento da laccio. Ma c'era dell'altro. Il suo cadavere era stato privato della mano sinistra, amputata all'altezza del polso con un'arma da taglio e sparita chissà dove. Direi che è tutto, confermi Leroux?

– Non c'era poi la questione del giardiniere scomparso nel nulla?

– Giusto. Del giardiniere, che per lavoro doveva trovarsi al palazzo da qualche giorno, non è rimasta traccia sull'isola. Da allora nessuno sa piú che fine abbia fatto, dico bene?

– Sí.

– Ci sono due ipotesi in merito. La prima è che il giardiniere sia il responsabile degli omicidi e che abbia fatto perdere le tracce di sé dopo i fatti. Nella seconda si ipotizza l'esistenza di un colpevole esterno. In tal caso, la sua scomparsa potrebbe essere spiegata come una tragica caduta da un precipizio nel tentativo di sfuggire alla furia omicida dell'assassino e alla conseguente sparizione del cadavere, trasportato via dalle correnti marine.

– La polizia, all'epoca, sembrava propendere per la prima ipotesi, ma non so che piega abbiano preso le indagini. Tu che ne pensi, Ellery?

– Dunque, – iniziò sistemandosi la frangia scompigliata dalle violente folate che soffiavano dal mare. – Sfortunatamente abbiamo troppi pochi dati a disposizione, tuttalpiú ci possiamo basare sui servizi andati in onda all'epoca e agli articoli dei quotidiani.

– Non ti facevo cosí arrendevole.

– Non è quello il punto. Certo, potrei abbozzare subito una deduzione sensata, ma non ci sarebbero le informazioni necessarie per confermarla e dichiarare il *Quod erat demonstrandum*. Per questo caso particolare, inoltre, le indagini della polizia sono state alquanto approssimative. Non che si possa biasimarla, certo. In fondo questo era tutto ciò che restava del luogo del delitto, per giunta sull'isola in teoria non era rimasto nessuno; capisco che abbiano preferito sistemare la faccenda addossando la colpa al giardiniere disperso.

– In effetti…

– La verità è sotto queste ceneri, forse, – riprese Ellery voltatosi ed entrando tra le macerie dell'edificio. Quindi, raccolto un pezzo di legno, si piegò per controllare che cosa vi fosse sotto.

– Che stai facendo? – chiese perplesso Leroux.

– Sarebbe intrigante scovare la mano della moglie, non pensi? – fece Ellery, serio in volto. – E se dai sotterranei della Casa decagonale dovesse venire fuori addirittura lo scheletro del giardiniere? Ci pensi?

– Ma dài, tu non stai bene, – intervenne, sfregandosi il folto pizzetto, l'allibito Poe, che era rimasto fino ad allora in silenzio a sentire i loro discorsi. – Eppure devo ammettere che il senso dell'umorismo non ti manca.

– Concordo, – si accodò Leroux. – Non è ciò che facevamo sulla barca poco fa? Ti immagini se dovesse accadere qualcosa sull'isola già domani? Non sarebbe la tipica situazione da «chalet di montagna nella tempesta» che ti piace tanto? Se poi si verificasse una serie di omicidi come in *Dieci piccoli indiani*? Già ti vedo fuori di te dalla gioia!

– Sarebbe il primo a essere ucciso.

Poe era un ragazzo piuttosto taciturno, eppure talvolta se ne usciva con battute velenose. Ellery, dal canto suo, resosi conto che Van e Leroux stavano sogghignando di nascosto dopo essersi scambiati un rapido sguardo, continuò con una buona dose di impudenza.

– Una serie di omicidi su un'isola deserta, eh... Perché no, anzi, non aspetto altro. Io assumerei il ruolo di detective. Ebbene? Non c'è nessuno fra voi che si azzarda a sfidare il sottoscritto, Ellery Queen?

4.

– Certo che in queste situazioni per noi donne è svantaggioso, ci trattano come le loro servette, – brontolò Agatha mentre finiva di lavare i piatti. Ritta in piedi accanto a lei, Orczy se ne stava quasi con le mani in mano, incantata dagli agili movimenti delle candide e affusolate dita di Agatha. – Senti, perché non costringiamo pure i ragazzi a fare i lavori in cucina? È troppo facile per loro sentirsi esonerati solo perché ci siamo noi, non credi?

– Be', in effetti...

– Pensa che ridere, quel borioso di Ellery con indosso il grembiulino e il mestolo in mano... Chissà, magari gli donerebbero.

Agatha rise di gusto, mentre Orczy sospirò guardando furtivamente il suo armonico viso, il naso slanciato, i lineamenti che le conferivano un'aria sagace, i begli occhi messi in risalto da un velato ombretto violaceo, i lunghi e ben curati capelli tinti di castano caldo chiaro. Era una ragazza gioviale, molto sicura di sé, dalla personalità a tratti maschile, ma al contempo piú che consapevole della propria femminilità. Talvolta sembrava addirittura non disdegnare i ripetuti sguardi dei ragazzi, attratti da tale bellezza.

Al suo confronto, io…

Naso minuto e a patata, gote rosse fanciullesche ricoperte di lentiggini, occhi grandi ma proprio per questo sproporzionati rispetto al resto e che finivano senza dubbio per farla apparire sempre in ansia. Nemmeno truccarsi come Agatha le sarebbe stato di alcun aiuto, lo sapeva. Detestava la propria timidezza, era ansiosa ma, nonostante tutto, ingenua. Ogni volta era la stessa storia, quando capitava di vedersi tutti insieme erano loro due le uniche ragazze e la cosa le pesava.

Avrei fatto meglio a non venire, pensava. Su quell'isola, poi, non ci voleva andare fin dall'inizio, le pareva un sacrilegio, ma la sua smodata timidezza le aveva impedito di rifiutare i pressanti inviti dei compagni.

– Ma che bell'anello, Orczy! – esclamò Agatha osservandole la mano sinistra. – Ce l'hai da molto?

– No… – rispose scuotendo la testa con fare evasivo.

– Te l'ha dato qualche bel ragazzo?

– No…

Orczy lo aveva stabilito quando si era convinta a recarsi sull'isola: non sarebbe stato un sacrilegio, bensí un cordoglio.

Ci vado per commemorare una morte, solo per questo.

– Non cambi mai, eh.

– … Eh?

– Ti chiudi sempre in te stessa. Di tanto in tanto mi sembra di non sapere nulla di te, e ci conosciamo da due anni… Non fai nulla di particolare, ti trovo solo un po' strana, diciamo.

– Strana?

– Sí, lo penso soprattutto quando leggo le tue storie sulla rivista del circolo. All'interno dei tuoi racconti sei cosí vivace, leggera, eppure in realtà…

– Solo perché si tratta di finzione, – puntualizzò Orczy, e dopo aver abbassato lo sguardo per sfuggire agli occhi di Agatha schiuse le labbra delineando un maldestro sorriso. – Mi sento a disagio nella vita di tutti i giorni, mi odio per come sono.

– Ma che stai dicendo? – disse l'altra facendo scorrere le dita sui corti capelli piatti di Orczy. – Devi avere piú fiducia in te stessa. Sei carina, ma non te ne rendi conto. Smettila di startene sempre a testa bassa, atteggiati un po', dài!

– Sei gentile, Agatha…

– Forza, forza, sbrighiamoci a finire e mettiamo qualcosa sotto i denti, ti va?

Ellery, Leroux e Van si trovavano ancora alle rovine di Villa Blu, mentre Poe si era addentrato in solitudine nel bosco oltre le macerie.

– Ascoltatemi un attimo. Avrete ben sette giorni liberi, mi raccomando…

Dietro ai buffi occhiali tondi, scelti senza alcun intento comico, Leroux li scrutava severo.

– Non vi chiedo cento pagine, ma almeno cinquanta sí.

– Spero tu stia scherzando, Leroux.

– Non scherzo mai, io.

– Non ce lo puoi dire cosí, dal nulla, non siamo mica venuti qui per scrivere, vero Van?

– Concordo appieno.

– Ma insomma, ve l'ho spiegato prima. Quest'anno vorrei far uscire «L'isola del morto» prima del solito, intorno alla metà di aprile, diciamo. Sarebbe un volume speciale per attrarre nuovi membri e per celebrare il decimo anniversario della fondazione del nostro circolo. Vorrei il meglio da voi, visto che diventerò il caporedattore e non ammetto che il mio primo numero risulti un giornaletto da quattro soldi.

Iscritto al secondo anno della facoltà di Lettere, Leroux, dal mese successivo, sarebbe diventato il caporedattore di «L'isola del morto», la rivista del circolo del giallo della loro università.

– Te l'ho già spiegato, Leroux, – Ellery estrasse un pacchetto di Salem dal taschino della camicia rosso rubino e lo scartò. – In questi casi devi lisciarti Carr. Tralasciando la qualità dei contenuti, è lui l'autore piú prolifico del nostro circolo... Van, scusa, mi presteresti l'accendino?

– Mi sembri stranamente provocatorio, Ellery.

– È lui che ha iniziato.

– A proposito, l'ho visto abbastanza di cattivo umore, – notò Leroux. Ellery ammiccò un sorrisetto espirando il fumo.

– Ha un valido motivo per esserlo...

– Sarebbe a dire?

– Giusto qualche giorno fa è stato malamente rifiutato da Agatha, il poveretto.

– Ci ha provato con Sua maestà? Che fegato...

– Poi, non so se per ripicca o cosa, si è messo ad andare dietro a Orczy, ma finendo per fare un altro buco nell'acqua.

– Anche a Orczy? – Van aggrottò le sopracciglia.

– Ecco perché non se la passa bene.

– Immagino. Ritrovarsi le due che ti hanno rifiutato sotto lo stesso tetto…

– Esattamente. Hai capito, dunque, Leroux? Devi lisciartelo per benino, altrimenti puoi scordarti pure il suo scritto.

In quel momento, Agatha sopraggiunse dalla Casa decagonale. Fermatasi sotto all'arco tra i pini, agitò vistosamente la mano in direzione dei tre.

– È ora di pranzo…! Ma Carr e Poe? Non sono con voi?

Il sentiero che dal retro della Casa decagonale si addentrava nella pineta.

Aveva preso quella stradina con l'intento di ispezionare la scarpata sulla costa orientale, ma il sentiero si faceva piú stretto man mano che proseguiva. Come se non bastasse, a causa dei continui meandri, aveva perso l'orientamento già dopo una cinquantina di metri.

La foresta era cupa, tetra. A ogni passo, i suoi vestiti si impigliavano alle alte e rigogliose canne di bambú cresciute tra gli alberi e, per via del terreno irregolare, aveva rischiato piú volte di scivolare. A un certo punto aveva addirittura pensato di tornare indietro, ma non erano quelli i suoi piani; in fondo si trattava pur sempre di una piccola isola, come avrebbe potuto smarrirsi?

Il sudore impregnava sgradevolmente il girocollo del dolcevita color nero che indossava sotto la giacca, e, proprio quando fu al culmine della sopportazione, il sentiero sbucò dalla foresta. In cima al precipizio, il colore brillante del mare impregnava gli occhi. Un ragazzo di grande corporatura se ne stava ritto in piedi, rivolto verso le acque: era Poe.

– Ah, sei tu Carr, – esordí Poe giratosi al rumore di passi, ma, come riconobbe l'amico, riprese a osservare il mare. – Questa è la costa settentrionale. Guarda, dovrebbe essere Nekojima quella, – e indicò un'isoletta nelle immediate vicinanze.

Era talmente piccola che si sarebbe potuta definire quasi uno scoglio; sul terreno rialzato a gobba non vi erano che pochi cespugli rasi. Portando fede al proprio nome – «Isola del gatto» –, la sua forma ricordava quella di un animale dal pelo nero accovacciato sulle acque.

Lanciata un'occhiata all'isola, Carr annuí.

– Che hai, Carr? Sembri giú di morale...

– Niente, è solo che mi sono già pentito di avervi seguiti qui, – rispose con una smorfia, poi continuò inveendo. – Non è che dopo i fatti dell'anno scorso ci sia qualcosa di particolarmente interessante su quest'isola! Sono venuto sperando che potesse stimolare la mia fantasia... Se penso, però, che mi toccherà vedere le facce di quelli là per i prossimi sette giorni... Come faccio a non essere giú di morale?

Alla stregua di Ellery, anche Carr era uno studente di Giurisprudenza al terzo anno. Non avendo passato il test d'ammissione la prima volta, tuttavia, di fatto era coetaneo di Poe. Era un ragazzo di statura e corporatura nella media, ma il collo corto e la schiena leggermente curva lo facevano risultare piú basso.

– Tu, piuttosto, che ci fai qui da solo?

– Nulla di speciale.

Sotto le folte sopracciglia, Poe ridusse a due fessure i suoi occhi già sottili. Quindi estrasse una cicca dal portasigarette in betulla che teneva a tracolla e ne offrí una a Carr.

– Ma quanti diavolo di pacchetti ti porti dietro? Fumi di continuo e per giunta offri sigarette agli altri!

– Mi piace, che posso farci? E dire che studio Medicina...

– Sempre le Lark, vedo. Non certo una marca da intellettuale –. Pur con lo stesso tono lamentoso, Carr accettò di buon grado la sigaretta. – Mah, sempre meglio di quelle al mentolo del signorino...

– A proposito di Ellery, dovresti smetterla anche tu di stuzzicarlo. Ti sei reso conto che alla fine sono gli altri a risentire dei vostri bisticci? E poi è inutile litigare con lui, non farebbe che ignorarti e guardarti con superiorità.

Carr si accese la sigaretta e distolse lo sguardo da Poe.

– Non me lo faccio certo dire da te.

Poe parve non prestare attenzione alle parole insolenti dell'altro e, senza fiatare, rimase a godersi l'aroma della sigaretta. Carr, invece, gettò la sua in mare, fumata solo a metà. Quindi si sedette su una delle rocce, estrasse una fiaschetta di whisky dalla giacca e, svitato bruscamente il tappo, ne bevve un lungo sorso.

– Ci diamo all'alcol in pieno giorno?

– Affari miei.

– Non la trovo certo un'abitudine lodevole, – il tono di Poe si era irrigidito. – Dovresti andarci piano, non solo per l'orario...

– Uff, ma stai ancora parlando di quella cosa?

– Vedo che hai già capito...

– No, non capisco. Quanto credi che sia passato da allora? Non posso mica continuare a rimuginarci sopra, – e, senza neppure guardare in faccia l'imbronciato Poe, rimasto senza parole, Carr inclinò nuovamente la fiaschetta. – Non è solo la presenza di Ellery a disturbarmi. Vorrei che qualcuno mi spiegasse che cosa sono venute a fare quelle due su un'isola deserta... Mi dànno i nervi!

– Ma non siamo mica qua per una missione di sopravvivenza.

– Bah… Comunque non mi va di stare con una boriosa come Agatha! Per non parlare di Orczy… In questi due anni – non so ancora come – siamo diventati un gruppetto di amici, diciamo, ma quella lí è solo una depressa buona a nulla, e per giunta troppo egocentrica.

– Ora stai dando il peggio di te.

– Oh scusa, dimenticavo che siete amici d'infanzia…

Visibilmente offeso, Poe calpestò il mozzicone e lanciò un'occhiata all'orologio.

– Si è fatta l'una e mezza. Sarà meglio rientrare o ci perderemo il pranzo.

– Prima di iniziare…

Dopo essersi messo i finti occhiali da vista affusolati dalla montatura dorata, Ellery parlò rivolgendosi a tutti.

– Il prossimo caporedattore avrebbe qualcosa da dirvi.

Sulla tavola decagonale era tutto pronto per il pranzo. Il menu del giorno prevedeva uova e bacon abbinati a una semplice insalata, pane e caffè.

– Vogliate scusarmi per il momento, ma ci terrei a rivolgervi due parole di saluto, – esordí Leroux con aria impacciata. Quindi, emesso un teatrale colpo di tosse, riprese: – L'idea di visitare la Casa decagonale aleggiava dai tempi del consueto party di capodanno, nonostante all'epoca nessuno di noi la considerasse realizzabile. Dopo un po' di tempo, tuttavia, Van è stato cosí gentile da invitarci, dato che suo zio ne è diventato il proprietario, per questo…

– Ma non vi ho mica invitati. Ho solo detto che avrei potuto chiedere il permesso allo zio, se la cosa vi avesse interessati.

– Tralasciamo i dettagli… Come sapete, lo zio di Van non solo ha un'agenzia immobiliare a S., ma è perfino un arguto imprenditore. Ora che è entrato in possesso di Tsunojima, infatti, ha in progetto di renderla un villaggio vacanze per giovani. Giusto, Van?

– Sí, ma non mi sembra nulla di incredibile.

– A ogni modo, se ci troviamo qua è anche per testare le possibilità dell'isola. Anzitutto desidero porgere i piú sentiti ringraziamenti a Van per essersi fatto carico di ogni preparativo –. Leroux si voltò verso Van e chinò leggermente il capo. – Bene, e ora veniamo al dunque...

– Chissenefrega, guarda che le uova e il caffè si raffreddano! – protestò Agatha.

– Ho quasi finito, ma intanto mangiate pure. Sarebbe un peccato inaugurare la nostra permanenza con un pasto freddo. Dicevo, dunque, i presenti sono tutti membri il cui talento è stato riconosciuto dai nostri predecessori, di cui hanno ereditato il nome. In altri termini, si può affermare che si sia riunito il gruppo dei migliori autori del circolo...

Nel circolo del giallo dell'università K., si tramandava sin dalla sua fondazione l'usanza di chiamarsi a vicenda con dei soprannomi. I pochi membri fondatori che dieci anni prima lo avevano istituito, spinti da una mania fanciullesca per i gialli, avevano pensato di usare i nomi dei piú famosi autori occidentali. Con l'aumentare dei membri nel corso degli anni, tuttavia, i nomi degli autori degni di nota presero a non bastare piú, allora se n'erano usciti con il cosiddetto metodo della «consegna del nome». In parole povere, alla laurea di un membro dotato di soprannome, questi doveva tramandare a propria scelta il nome a uno dei membri restanti. I criteri finivano naturalmente per premiare coloro che pubblicavano i racconti migliori sulla rivista del circolo. Di conseguenza, oltre a essere il nucleo portante del gruppo, i sette presenti sull'isola erano soliti riunirsi con regolarità.

– ... Da oggi, dunque, l'eccellenza del nostro circolo trascorrerà sette giorni su quest'isola deserta. Non ci si può certo perdere nell'ozio e buttare via tempo prezioso, – continuò Leroux scrutando i compagni. – Ho provveduto a portare i fogli per i manoscritti, per cui vi pregherei di scrivere un racconto ciascuno da pubblicare sul prossimo numero di aprile.

– Eeeh! – esclamò annoiata Agatha. – Ecco perché ci hai portato i bagagli prima...

– Esatto. Agatha, Orczy, mi raccomando. Eh, eh, eh! – sorrise Leroux, abbassando il capo e strofinandosi le guance tondeggianti che lo facevano sembrare un bambolotto portafortuna *fukusuke*, ma con gli occhiali. Un sorriso si stampò sui volti di tutti i presenti.

– C'è il rischio però che ti ritroverai con tutte storie a tema «Omicidi su un'isola sperduta». Che farai in quel caso, Leroux? – osservò Poe, ma il futuro caporedattore rispose convinto.

– Vorrà dire che farò uscire uno speciale a tema. Anzi, che ne dite di impostare gli scritti in quella direzione sin da subito? Non desidererei altro. In fondo, se ci pensate bene, il titolo della nostra rivista non deriva forse dal titolo della prima traduzione giapponese della celebre opera di Agatha Christie?

Rimasto a guardare Leroux con un gomito sul tavolo, Ellery si voltò verso Van e sussurrò: – Proprio un bel volpone il nuovo caporedattore...

5.

Il primo giorno sull'isola andava concludendosi senza inconvenienti.

Eccezion fatta per la richiesta di Leroux, non vi era nulla in particolare che li tenesse occupati. Sin dal principio non erano persone abituate a svolgere attività collettive in occasione dei raduni, e in effetti ciascuno di loro preferiva passare il tempo libero per i fatti propri.

Cosí si fece sera.

– Che fai qui da solo con quelle carte da gioco, Ellery? – Agatha uscí dalla propria stanza; a una camicetta bianca aveva abbinato pantaloni neri in pelle, i lunghi capelli legati da un vivace foulard color giallo oro.

– È un po' di tempo che mi diletto, anche se non potrei definirla ancora una mania, – rispose sorridente mentre sfogliava il mazzo di carte.

– Ti dedichi alla cartomanzia, per caso?

– Per carità, certe cose non mi interessano, – riprese mescolando con abilità le carte sulla tavola decagonale. – Dire carte equivale a dire giochi di prestigio.

– Giochi di prestigio? – dopo l'iniziale stupore, Agatha parve afferrare e annuí convinta. – In effetti hai la propensione per quel genere di cose, Ellery.

– Quale genere di cose?

– Divertirsi mandando in confusione gli altri.

– Un tantino eccessivo definirla «propensione».

– Tu dici? – ridacchiò la ragazza. – Mostrami qualcosa, dài! Non mi è mai capitato di vedere un prestigiatore dal vivo.

– Strano che un'appassionata di gialli non sia interessata alla magia.

– Non è che non mi interessi, diciamo solo che non ne ho mai avuto l'occasione. Dài, fa' vedere.

– E va bene. Dunque, siediti qua.

Con l'imbrunire del cielo, nel salone della Casa decagonale predominava la penombra. Quando Agatha si fu accomodata sulla sedia diagonalmente opposta, Ellery appoggiò il mazzo sulla tavola e ne estrasse un altro dalla tasca della giacca.

– Bene, qui hai un mazzo blu e uno rosso. Ne useremo uno a testa, scegli pure il colore che preferisci.

– Vada per il blu, – Agatha scelse senza alcun indugio.

– Molto bene. Prendilo tu, allora, – e le allungò sulla tavola il mazzo delle carte col dorso blu. – Per prima cosa dovrai verificare che non siano truccate, mescolale quanto desideri, nel frattempo mi occuperò di queste rosse, va bene?

– Va bene. Mi sembra un normalissimo mazzo di carte da gioco, comunque. Sono americane?

– Sono delle Bicycle Rider Back, vedi il logo con l'angelo in bici sul dorso? È la marca piú popolare in America, – e dopo aver mescolato con cura le carte, le appoggiò sulla tavola. – Ora scambiamoci i mazzi. A me il blu, e a te il rosso... Molto bene. Adesso estrai una carta a piacere e tienila a mente. Farò lo stesso con il mazzo che mi hai dato.

– Una a scelta, vero?

– Esatto. L'hai memorizzata? Ora riponila in cima al mazzo. Faccio lo stesso, quindi spezzo e inverto di posizione i due blocchi. Perfetto, ripetiamo il procedimento due o tre volte.

– Cosí va bene?

– Ottimo. A questo punto ci riscambiamo i mazzi, – continuò Ellery tenendo gli occhi fissi su Agatha. – Ci sei? Fino a ora non abbiamo fatto altro che mescolare i rispettivi mazzi e memorizzare una carta scelta a piacere, dico bene?

– Confermo.

– Perfetto. Allora potresti cercare nel tuo mazzo la carta di prima? Quando l'avrai trovata appoggiala coperta. Io farò lo stesso.

Dopo pochi secondi, sulla tavola vi erano una carta rossa e una blu. Preso fiato, Ellery chiese ad Agatha di voltarle.

– Eh? Ma come è possibile? – esclamò sorpresa. Sul fronte di ciascuna c'erano il medesimo seme e numero.

– Quattro di cuori, eh... – ridacchiò soddisfatto Ellery. – Scelta appropriata, non trovi?

Al calar del sole venne accesa l'antica lampada a olio posta al centro della tavola decagonale. Van l'aveva portata sapendo che non avrebbero avuto a disposizione la corrente elettrica e allo stesso modo aveva fornito le altre stanze di numerose candele.

L'orologio segnava le sette passate quando ebbero finito di cenare.

– Ellery, dài, mi dici come hai fatto? – fece Agatha scuotendo la spalla di Ellery dopo che ebbe servito a tutti il caffè.

– Puoi chiedermelo finché vuoi, ma la risposta è sempre no. È un tabú rivelare il trucco dei giochi di prestigio, a differenza dei romanzi gialli. Chi non resterebbe deluso nel sapere cosa si cela dietro al piú misterioso degli eventi?

– Agatha, ti sei prestata ai giochi di magia di Ellery?

– Ah, perciò sapevi del suo hobby, Leroux?

– Per forza, mi ha usato di continuo come cavia in quest'ultimo mese! Mi aveva detto di non farne parola con nessuno finché non sarebbe divenuto abbastanza bravo. Non si direbbe, ma si comporta da bambino a volte, vero?

– Leroux, per favore...

– Che giochetto le hai fatto?

– Una o due cosette facili facili...

– Ma come? – commentò Agatha sempre piú lagnosa. – Se era cosí facile allora puoi svelarmi l'arcano, no?

– Non è cosí che funziona. Il primo che ti ho fatto vedere, in particolare, è basato su un trucchetto che capirebbe pure un bambino. Ma non è quello il punto, tutto sta nell'esecuzione e nel depistaggio.

– Nell'esecuzione?

– Esattamente, – Ellery afferrò la tazza e sorseggiò un goccio di caffè nero. – Pensa al film *Magic*: c'è una scena in cui Anthony Hopkins mostra alla ex fidanzata un gioco di prestigio molto simile, sebbene nel film venga fatto passare per un esperimento paranormale. Il protagonista prima la convince spiegandole che, qualora avessero estratto la medesima carta, sarebbero stati fatti l'uno per l'altra, poi ne approfitta per sedurla.

– Ah sí? E tu avevi intenzione di provarci con me usando lo stesso giochino?

– Figurati, – Ellery strinse in modo esagerato le spalle e ammiccò un sorriso con le sue labbra color rosso vivo. – Mi rincresce, ma al momento non mi ritengo tanto audace quanto basti a sedurvi, Sua maestà.

– Abile sotterfugio per sviare il discorso, devo ammettere.

– Ti ringrazio. A proposito… – continuò Ellery tenendo lo sguardo fisso sulla tazza sollevata. – Non c'entra nulla, ma quel Nakamura Seiji di cui parlavamo oggi doveva essere proprio fanatico… Mi vengono i brividi a vedere questa tazza.

Tra le varie stoviglie che erano state lasciate in cucina, c'era quella tazza di un raffinato color verde muschio e dalla forma del tutto singolare: cosí come l'edificio, anch'essa era un perfetto decagono.

– Deve averla commissionata. Pure quel posacenere e i piatti che abbiamo usato prima sono decagonali… Che te ne pare, Poe?

– Non saprei, – replicò il ragazzo appoggiando la sigaretta sul posacenere decagonale. – In effetti lo trovo alquanto eccentrico, ma forse nemmeno troppo se consideri gli hobby dei ricconi come lui.

– L'hobby di un riccone, eh… – Ellery afferrò la tazza con entrambe le mani e vi guardò dentro dall'alto; date le piccole dimensioni del suo diametro, tuttavia, di fatto sembrava quasi un cerchio. – Dopotutto, forse ne è valsa la pena di venire fin qua. Mi viene quasi voglia di proporre un brindisi a coloro che sono deceduti su quest'isola.

– Scusa Ellery, la Casa decagonale potrà anche avere il suo fascino, ma sull'isola non è che ci sia molto da vedere a parte quelle tetre pinete…

– Non proprio, – intervenne Poe. – In fondo al dirupo a ovest delle rovine c'è una scogliera agibile. C'è anche una gradinata che porta direttamente al mare, magari si riesce a pescare qualcosa.

– A proposito, hai portato con te l'attrezzatura da pesca, vero Poe? Domani forse potremo mangiarci del buon pesce fresco! – esclamò Leroux leccandosi le labbra.

– Sí, ma non aspettarti nulla di che, – continuò Poe sfregandosi il pizzetto. – Avete notato che qui dietro ci sono diversi alberi di ciliegio? Ho notato che hanno i boccioli belli gonfi, magari in due o tre giorni si schiudono.

– Che bello! Facciamo *hanami* quando fioriscono!

– Buon'idea.

– Ciliegi, ciliegi, sempre e solo ciliegi… Sembra che la primavera sia solo ciliegi. E dire che peschi e pruni sono molto piú belli.

– Sei solo tu che hai gusti assurdi, Ellery.

– Guarda che i giapponesi di nobile estrazione hanno sempre apprezzato piú la bellezza dei pruni che quella dei ciliegi.

– Ne sei sicuro?

– Ovvio. Confermi, Orczy?

Interpellata senza alcun preavviso, la ragazza fece vibrare le spalle. Quindi arrossí un tantino per poi annuire timidamente.

– Be'? Parlarcene meglio.

– Sí... certo. Dunque, nel *Man'yōshū* la maggior parte delle poesie è dedicata al pruno e alla lespedeza: questi ne contano piú di cento a testa, il ciliegio ne avrà al massimo una quarantina.

Come Leroux, Orczy era iscritta al secondo anno della facoltà di Lettere. Sebbene fosse specializzata in letteratura inglese, possedeva buone nozioni anche di letteratura giapponese classica.

– Ma dài, non lo sapevo, – fece Agatha ammirata. Erano tematiche a lei del tutto estranee, essendo una studentessa al terzo anno di Farmacia. – Vai avanti, Orczy.

– Va bene, – rispose poco sicura di sé. – All'epoca del *Man'yōshū* prevaleva ancora la corrente che privilegiava la cultura del continente, per questo credo che i canoni cinesi influenzassero molto il pensiero della gente. Le poesie sui ciliegi aumentano con il *Kokin wakashū*... Ma molte si concentrano sulla caduta dei petali.

– Stiamo parlando del periodo Heian, vero? – subentrò Ellery.

– Per la precisione degli anni dell'imperatore Daigo, all'inizio del decimo secolo...

– Che la tendenza di poetare sul cadere dei petali fosse dovuta alle scoraggianti condizioni sociali?

– Non credo, dopotutto Daigo è divenuto famoso per le politiche di pace durante l'èra Engi. Si narrava che durante i giorni di caduta dei petali si verificassero spesso epidemie e che fossero i ciliegi ad attirarle. Per questo a corte si tenevano spesso riti di purificazione, come lo *hanashizume*. Quindi... Ecco, forse c'è una relazione tra...

– Sí, molto interessante.

– Che hai Van? È da prima che non apri bocca… – intervenne Poe notando che il compagno, sedutogli accanto, se ne stava a capo chino. – Non ti senti bene, per caso?

– Mi fa male la testa…

– Non hai un bel colorito… Hai la febbre, mi sa.

– Scusate, preferisco andarmene a letto, – sospirò Van, torcendo il collo per sciogliersi le spalle.

– Sí, sarà meglio.

– Vi saluto, allora, – e, appoggiate le mani alla tavola, si sollevò lentamente dalla sedia. – Ah, fate pure tutto il baccano che volete senza badare a me, sono uno che non si sveglia per i rumori.

Dopo aver salutato gli altri, Van si ritirò nella propria stanza e, come si chiuse la porta alle spalle, sul salone piombò all'istante il silenzio. Si udí uno scatto, il rumore metallico della chiave.

– Che balordo, – borbottò Carr, rimasto fino a quel momento in silenzio agitando nervosamente le gambe. – Ha voluto informarci di aver chiuso a chiave… Manco fosse una ragazzina egocentrica, – continuò alzando i brillanti occhi *sanpaku*.

– Stanotte il cielo è chiaro… – lo ignorò Poe osservando il lucernario decagonale.

– L'altro ieri c'era la luna piena, no? – intervenne Leroux. In quell'istante, all'esterno dello spiraglio sul tetto si vide un fioco raggio di luce attraversare il cielo notturno; era quella del faro sul promontorio di J., che evidentemente arrivava fin lí.

– C'è l'alone attorno alla luna, forse domani verrà a piovere.

– Ma dài, Agatha, sono solo superstizioni!

– Scusami tanto, Ellery, ma non si tratta solo di superstizioni. Pare che c'entri anche il vapore acqueo.

– Guarda che il meteo ha annunciato tempo stabile per qualche giorno.

– Comunque, è sicuramente qualcosa di piú scientifico rispetto a sostenere che sulla superficie lunare si veda un coniglio, no?

– Un coniglio, eh... – Dopo un sorriso sardonico, Ellery continuò. – Lo sapevi che dalle parti delle isole Miyako credono ci sia un uomo con due secchi in spalla?

– Ne ho sentito parlare! – intervenne Leroux, il suo volto tondo si era illuminato.

– Parli della leggenda dell'uomo mandato nel mondo degli umani per ordine delle divinità? Gli avevano affidato due secchi, uno contenente l'elisir di immortalità, l'altro quello della morte, ma per errore invertí i contenuti e finí per donare il primo ai serpenti e il secondo agli umani; cosí, per punizione, è ancora costretto a starsene con i secchi in spalla. È questa, no?

– Proprio quella.

– Pure gli ottentotti hanno una leggenda simile, – aggiunse Poe. – Ma loro riprendono il tema del coniglio. A quanto pare il coniglio sbagliò apposta a riferire le parole della luna che, furiosa, gli scagliò addosso un bastone spezzandogli le labbra, da cui il labbro leporino.

– Gira e rigira, alla fine gli esseri umani pensano piú o meno le stesse cose, – e, appoggiato il corpo allo schienale blu, Ellery incrociò le braccia. – La storia del coniglio sulla luna si narra ancora in varie parti del mondo. Sicuramente in Cina, in Asia centrale, in India...

– Perfino in India?

– In sanscrito luna si dice anche *śaśin*, che significa «colei che ha il coniglio».

– Ma pensa…

Allungando la mano verso il portasigarette appoggiato sulla tavola, Poe gettò un altro sguardo al lucernario. La pallida luna giallognola fluttuava alta nel cielo notturno decagonale.

La Casa decagonale di Tsunojima.

Fioca, la luce della lampada rifletteva sulle pareti bianche le ombre oscillanti dei ragazzi. La loro notte avanzava indolente.

Capitolo 2
Primo giorno – Terraferma

1.

«Chiori era mia figlia e voi l'avete uccisa».

Le undici di mattina. Dentro al *futon* steso in mezzo alla stanza, Kawaminami Takaaki aggrottò le sopracciglia; aveva trovato quel messaggio all'interno della buchetta delle lettere poco prima, quando era rincasato.

Quella notte era rimasto fino a tardi da un amico per giocare a Mahjong, e quando era rincasato aveva ancora la mente annebbiata dal ticchettio delle tessere che venivano mescolate. Tuttavia, la lettera lo aveva destato completamente.

– E questa…?

Stropicciandosi gli occhi, sollevò l'involucro in cui era contenuta e provò a osservarla meglio. Era una normalissima busta, il cui timbro postale indicava che era stata spedita il 25 marzo, il giorno precedente, dal comune di O. Le intestazioni erano state battute con una macchina per la videoscrittura e forse era questo l'unico dettaglio degno di rilievo. Non vi era annotato l'indirizzo del mittente, ma, sul retro, era riportato un nome.

– Nakamura Seiji… – farfugliò Kawaminami. Non sapeva chi fosse, eppure era un nome che pensava di aver già sentito da qualche parte.

Sedutosi a gambe incrociate sul letto, tornò a esaminare il contenuto della lettera, pure questo scritto a macchina e per giunta su un foglio B5 di pregiata fattura.

«Chiori era mia figlia e voi l'avete uccisa».

Anche quel nome, Chiori, gli diceva qualcosa, con tutta probabilità doveva trattarsi di *quella* Nakamura Chiori... Di conseguenza, il Nakamura Seiji della busta era il padre.

Era avvenuto tutto piú di un anno prima, per la precisione nel gennaio dell'anno precedente. All'epoca, quando si era tenuto quel party di capodanno, Kawaminami faceva ancora parte del circolo del giallo dell'università K. Nakamura Chiori, una matricola, era a sua volta una studentessa membro del circolo, ma aveva un anno in meno di lui. Ora Kawaminami frequentava il terzo anno e dal mese successivo sarebbe passato al quarto, ma aveva deciso di abbandonare il circolo la primavera precedente.

Fu nel corso del terzo after party che Nakamura Chiori morí.

Kawaminami se n'era già andato quando era avvenuto quell'«incidente»: l'intossicazione acuta dovuta all'alcol le aveva provocato una tachicardia cronica, un malanno che la affliggeva sin dalla nascita. Già mentre l'ambulanza la stava trasportando d'urgenza in ospedale, non vi era piú nulla che si potesse fare per salvarla.

Anche lui aveva partecipato al funerale, tenuto presso la casa del nonno materno di Chiori a O., dove la ragazza risiedeva. Eppure, Kawaminami era abbastanza certo che il nome del parente incaricato di organizzare il funerale non fosse Seiji, bensí un nome maschile diverso, piú datato, forse quello del nonno. A ben pensarci, poi, non gli sembrava nemmeno che il padre avesse preso parte alle esequie.

Ma allora perché un tizio che si dichiarava padre di Chiori aveva inviato quella lettera a lui, un perfetto sconosciuto?

«Seiji» rimarcava il fatto che la figlia fosse stata uccisa. In effetti, date le circostanze in cui era venuta a mancare, era assolutamente comprensibile che avesse considerato la sua morte un omicidio. Ma perché si era fatto vivo solo dopo piú di un anno? Che cosa aveva in mente?

Dopo qualche attimo di riflessione, Kawaminami si sedette di scatto in posizione corretta.

Nakamura Seiji... Adesso ricordo.

Il filo della memoria aveva preso a sciogliersi. Alzatosi con un balzo, si fiondò verso gli scaffali in acciaio appoggiati al muro, da cui estrasse alcune cartelle di documenti. All'interno vi custodiva i ritagli di giornale che collezionava per hobby.

Se non sbaglio era un numero del settembre scorso...

Dopo aver scartabellato in silenzio per alcuni minuti, trovò l'articolo che cercava.

INCENDIO A VILLA BLU DI TSUNOJIMA.
UN QUADRUPLO OMICIDIO AVVOLTO NEL MISTERO?

Dopo aver picchiettato con le dita i grossi caratteri del titolo, Kawaminami si accasciò sul *futon* con la cartella spalancata.

– Un'accusa da parte di un morto...

– Pronto, parlo con casa Higashi? Mi chiamo Kawaminami, per caso c'è Hajime? Sono un suo compagno di università.

– Hai detto Kawaminami? – fu la madre a rispondere. – Se cerchi mio figlio, purtroppo non c'è. È partito stamattina con alcuni suoi amici del circolo.

– Con quelli del circolo del giallo intende?

– Esatto, dicevano che sarebbero andati su un'isola deserta, o qualcosa di simile.

– Per caso sa dirmi su quale isola?

– Mi sembra che parlasse di una certa Tsunojima, al largo della città di S.

– Tsunojima...

Sentendo mancare il respiro, Kawaminami strinse la cornetta.

– Mi scusi, sa per caso se Hajime abbia ricevuto una lettera?

– Una lettera?

– Sí, dovrebbe essercene una da parte di un certo Nakamura Seiji.

– Non saprei... – seppur titubante, la donna doveva aver avvertito tensione nella voce di Kawaminami. – Aspetta un secondo, – e si allontanò dall'apparecchio, da cui partí subito la fastidiosa melodia dell'attesa telefonica, talmente forte da rintronare le orecchie. Dopo qualche secondo, la madre di Hajime riprese a parlare. – Sí, effettivamente è arrivata... Ma c'è qualcosa che non va?

– Davvero?! È arrivata sul serio?

– Be', sí. Ma...

Ora che ne aveva la certezza, d'un tratto avvertí le forze abbandonarlo e, al contempo, un certo imbarazzo.

– Ho... Ho capito, mi scusi il disturbo... No, non è niente, arrivederci.

Riagganciata la cornetta, Kawaminami si appoggiò con la schiena alla parete. Era un vecchio appartamento e bastava poco per far scricchiolare le mura. All'esterno della finestra difettosa si udiva il rumore della lavatrice ormai guasta.

E cosí anche a Higashi è arrivata la lettera...

Sbatté ripetutamente gli occhi arrossati.

Sarà solo uno scherzo di cattivo gusto?

Dopo aver controllato i numeri di telefono nell'elenco dei membri del circolo, chiamò uno a uno i presenti quella sera all'after party, ma non ottenne nessuna risposta. Abitavano piú o meno tutti da soli, per cui non riuscí ad avere conferma che avessero ricevuto la lettera. In quel preciso istante si trovavano in viaggio insieme, per giunta proprio sull'isola in cui erano avvenuti quei terribili omicidi… Poteva essere una mera coincidenza?

Dopo avervi riflettuto un po', Kawaminami riaprí l'elenco dei numeri in cerca di quello della defunta Nakamura Chiori.

2.

Per raggiungere la città di O., occorreva prima fare un tragitto di circa mezzora in autobus da S. – il paese da cui i membri del circolo del giallo erano partiti alla volta di Tsunojima – quindi trascorrere altri quaranta minuti in treno. In linea d'aria, la distanza ammontava a poco meno di una quarantina di chilometri.

Appena quattro stazioni dopo O., infine, si arrivava a Kamegawa. Sceso dal treno, Kawaminami si incamminò a passo svelto per la strada che conduceva alle montagne limitrofe.

Quando aveva chiamato a casa del nonno della defunta Chiori, era stata una simpatica donna di mezza età – con ogni probabilità una domestica a pieno servizio – a rispondere alle sue domande, una volta presentatosi come ex compagno di università della ragazza. Eppure, pur evitando di interrogarla senza alcun ritegno, era riuscito alla fine, non senza fatica, a ottenere conferma che il padre di Chiori era effettivamente il Nakamura Seiji di Tsunojima. Aveva inoltre ottenuto l'indirizzo del fratello minore del suddetto, Nakamura Kōjirō, di cui era venuto a conoscenza leggendo i ritagli di giornale.

A quanto pareva, abitava a Kannawa, nei pressi di Beppu, dove insegnava in un liceo. Trattandosi di un periodo di vacanze primaverili, la domestica sosteneva che l'avrebbe di certo trovato a casa.

La sua famiglia, un tempo, aveva casa a Beppu, quindi avrebbe saputo orientarsi bene. Mentre pensava tra sé e sé, l'innata curiosità che lo contraddistingueva cresceva sempre di piú. Cosí, senza nemmeno considerare l'idea di fare una chiamata al diretto interessato, Kawaminami aveva deciso di recarsi da Kōjirō senza perdere altro tempo.

Kannawa è una località termale nota per il Jigoku meguri, o «Giro dell'inferno». Sotto il terso cielo azzurro, grigiastri vapori termali si sollevavano dai fossati ai fianchi della strada in salita e, trasportati dal vento, si allungavano attraverso le case. Simile a una parete nera, la montagna che si elevava subito a sinistra era lo Tsurumidake.

Percorsa una breve strada commerciale, il paese piombò all'improvviso nel silenzio. In quella zona si concentravano diversi tipi di strutture ricettive come ostelli, pensioni e villette in affitto, dedicate a quanti si fermavano a lungo per dedicarsi alle cure termali. Dopo aver camminato un po' qua e là in cerca dell'indirizzo che gli era stato fornito, Kawaminami raggiunse senza troppa fatica la casa che stava cercando. Era un edificio strutturato su un solo piano, per nulla appariscente. Oltre la bassa siepe, gialle ginestre, bianche spiree e cremisi cotogni da fiore coloravano l'ormai imminente primavera.

Passato il cancello frangivista in legno, camminò sul vialetto in lastricato che conduceva all'ingresso. Fece un profondo respiro e suonò il campanello; dopo pochi attimi, dall'altro lato della porta si udí una voce baritonale.

– Chi è?

Ad apparire fu un uomo vestito in abiti che poco o nulla si addicevano a una costruzione tradizionale giapponese: camicia bianca a collo aperto sotto un cardigan marroncino e pantaloni in flanella color fumo di Londra. Tra i capelli pettinati alla buona se ne intravedevano alcuni bianchi.

– È lei Nakamura Kōjirō?

– Sí.

– Ecco, io mi chiamo Kawaminami e frequentavo lo stesso circolo universitario di Chiori. Mi scusi per la visita improvvisa.

Dietro agli occhiali tartarugati, Kōjirō ammorbidí il volto dai lineamenti marcati.

– Ti riferisci al circolo del giallo dell'università K.? In che cosa posso esserti utile?

– Vede, oggi mi è arrivata una strana lettera... – fece tirandola fuori insieme alla busta. – Sarebbe questa.

L'uomo la prese e, notata l'ordinata intestazione del destinatario scritta a macchina, aggrottò le sopracciglia.

– Entra, intanto. Sono insieme a un mio amico, ma non fare caso a lui. Mi spiace solo che, abitando da solo, non possa offrirti un granché.

Kawaminami fu condotto nella stanza tradizionale in fondo, formata da due ambienti posti a *l* di sei *tatami* ciascuno. Le porte scorrevoli che originariamente li separavano erano state rimosse, creando cosí un'unica stanza. In quello piú interno, adibito a soggiorno per il ricevimento degli ospiti, vi era steso un tappetto verde oliva su cui era sistemato un divano della medesima tonalità. L'ambiente piú esterno, invece, si affacciava direttamente sul giardino e doveva essere lo studio. Vi erano alcune librerie che raggiungevano il soffitto e una grossa scrivania. La casa era talmente ordinata che sembrava quasi impossibile crederla la residenza di un uomo single.

– Shimada, abbiamo visite.

Nel salotto vi era una sedia a dondolo in rattan, posta sulla veranda *engawa* che dava sul giardino, su cui era seduto colui che Kōjirō aveva definito «amico».

– Vi presento. Lui è Kawaminami, un membro del circolo dei romanzi gialli presso l'università K. Mentre questo è il mio amico Shimada Kiyoshi.

– Romanzi gialli, hai detto? – disse questi alzandosi di scatto. Nella foga, tuttavia, aveva sbattuto il piede su una gamba della sedia e, dopo un labile gemito, era crollato di nuovo su quest'ultima.

Era un uomo alto e snello, forse fin troppo per la sua altezza. A Kawaminami ricordò d'istinto una mantide.

– In realtà avrei lasciato il circolo l'anno scorso...

– Cosí pare, Shimada.

– E che cosa ti avrebbe portato oggi dal buon Kō? – chiese questi strofinandosi dolorante il piede.

– Questa, – intervenne l'amico, e gli passò la lettera ricevuta dal ragazzo. Come si accorse del nome del mittente, smise di toccarsi il piede e guardò Kawaminami.

– Posso leggerla?

– Faccia pure.

– In realtà... – riprese Kōjirō. – Ne ho ricevuto una simile anche io.

– Come?!

L'uomo si avvicinò alla scrivania nello studio e, afferrata la busta appoggiata sul tappetino bordeaux, gliela consegnò. Il ragazzo, allora, ne controllò immediatamente il fronte e il retro: era in tutto e per tutto identica a quella che aveva ricevuto lui, stessa busta, stesso timbro postale e stessi caratteri scritti a macchina... E il mittente sempre «Nakamura Seiji».

– Le spiace se la apro?

Kōjirō annuí in silenzio.

«Chiori è stata uccisa».

E basta. Il testo era differente, ma sia la qualità della carta che lo stile dei caratteri erano i medesimi.

Kawaminami rimase per un poco con lo sguardo abbassato, incapace di proferire parola. Un messaggio incomprensibile da parte di un defunto... Era facile supporre che qualcosa di simile dovesse essere arrivato ai presenti quella sera all'after party, ma chi avrebbe mai detto che fosse stata recapitata perfino a quell'uomo?

– Cosa significherebbe tutto ciò?

– Non ne ho la piú pallida idea, – rispose Kōjirō. – Sono sorpreso quanto te, anche se alla fine secondo me si tratta solo di uno scherzo di cattivo gusto. Ne stavo parlando giusto prima con Shimada... Quanti scansafatiche che non hanno di meglio da fare ci sono a questo mondo... Poi sei arrivato tu.

– Però anche agli altri membri del circolo è arrivata la stessa lettera! O almeno credo...

– Ma dài?

– Non è che Seiji – mi scusi, suo fratello – è ancora vivo e...

– Impossibile, – fece Kōjirō scuotendo convinto il capo. – Come saprai, mio fratello è morto lo scorso autunno. Mi hanno fatto perfino controllare il cadavere nonostante fosse ormai ridotto a… Perdonami, ma capirai che non abbia molta voglia di ricordare.

– Certo, mi scusi. Allora forse questa lettera è proprio uno scherzo…

– Non mi viene in mente altro. Mio fratello è morto sei mesi fa, è un dato di fatto. E non sono troppo incline a credere ai fantasmi.

– E che pensa in merito al contenuto della lettera?

– Be'… – lo sguardo di Kōjirō si fece cupo. – Ho saputo quanto accaduto a Chiori, ma ritengo si sia trattato di un incidente. Era mia nipote e le volevo bene, per questo capisco anche chi potrebbe credere che sia stata di fatto uccisa. Ma da qui a passare il resto dei miei giorni a covare rancore… Delle due faccio piú fatica a perdonare chi si è permesso di usare il nome di mio fratello per uno scherzo del genere.

– Uno scherzo… – Kawaminami annuí poco convinto, c'era qualcosa che non tornava. Quindi gettò un'occhiata a Shimada, seduto sulla sedia a dondolo. Teneva un gomito appoggiato sulle gambe incrociate e lo fissava a sua volta. Pareva quasi contento.

– A proposito, – riprese il ragazzo restituendo la lettera al proprietario di casa. – I membri del circolo del giallo si trovano a Tsunojima ora. Ne era al corrente?

– No, – rispose con fare disinteressato. – Dopo la morte di mio fratello avevo ereditato terreno e casa, ma il mese scorso ho venduto tutto a un agente immobiliare del paese di S. Mi ha proposto un prezzo molto ridotto, ma non avevo piú alcuna intenzione di recarmi sull'isola. Non so che ne abbia fatto dopo.

3.

Kawaminami si congedò subito dopo che Kōjirō lo aveva informato di avere del lavoro da fare in giornata. Prima di uscire dalla sala, incuriositosi, aveva chiesto della mole di libri stipata sugli scaffali e l'uomo gli aveva spiegato che, oltre alla professione di insegnante di Scienze sociali al liceo, si dedicava al contempo allo studio del buddhismo.

– Mi interesso al concetto di vacuità nel *Prajñāpāramitā* del primo buddhismo Mahāyāna.

– Praj...? – chiese confuso il ragazzo.

– Dài, c'è pure il *Sutra del Cuore della Perfezione della Saggezza*, il *Prajñāpāramitā-Hṛdayam Sūtra*? Quello che fa: «Forma è vuoto, vuoto è forma». Ecco, il buon Kō cerca di capire che cosa diamine sia quel «vuoto» – spiegò Shimada, alzatosi dalla sedia a dondolo con un guizzo. Quindi si avvicinò saltellando a Kawaminami e gli porse la lettera che era rimasto a scrutare fino a quel momento. – Kawaminami, eh... Con che caratteri si scrive?

– *Kō*, lo stesso usato per Yōsukō – «Fiume Azzurro» – e il *nan* di «sud».

– Quindi «Kawa-minami»... Aha, ora è chiaro. È un bel nome... Caro Kō, tolgo anche io il disturbo. Kawaminami, usciamo insieme.

Lasciata la casa di Kōjirō, si incamminarono per la via quasi deserta. Shimada intrecciò le mani e si stiracchiò. Il maglione nero che indossava lo faceva sembrare piú magro di quanto già non fosse.

– *Conan*... Sí, proprio un bel nome, – commentò portando dietro la testa le mani ancora intrecciate. Aveva pronunciato la lettura cinese dei caratteri del cognome di Kawaminami. – Come mai hai lasciato il circolo del giallo? Mi viene da pensare che non ti trovassi a tuo agio con lo spirito degli altri... Mi sbaglio?

– No, è proprio cosí. Che deduzione!

– Basta guardarti in faccia per capirlo, – continuò sorridendo. – Al contempo, però, il fatto che tu sia qui oggi significa che non hai del tutto perso l'interesse verso i casi tinti di giallo.

– Esatto, mi piacciono sempre.

– Certamente, ti piacciono eccome. In realtà anche io li preferisco alla buddhologia, su questo non ci piove. Bene, caro Conan, andiamo a berci qualcosa.

– Va bene, – e a tale risposta Kawaminami rise a voce alta.

La strada proseguiva in docile discesa e il tiepido vento che gli fendeva il volto aveva già sentori di primavera.

– Certo che sei un ragazzo bello strano, Conan.

– Prego?

– Voglio dire, sei venuto fin qua solo per indagare su una lettera che potrebbe essere un semplice scherzo.

– Non è poi cosí lontano da dove abito...

– Sarà... Ma devo riconoscere che nei tuoi panni avrei fatto lo stesso. In fondo ho tempo libero da vendere –. Shimada sorrise tenendo le mani infilate nelle tasche anteriori dei jeans neri. – Dimmi, credi davvero che si tratti di un banale scherzo?

– Il signor Nakamura la pensa cosí, e in effetti parrebbe aver ragione. Eppure c'è qualcosa che non mi convince... Certo, non che creda alla storia del fantasma, qualcuno si sarà finto il defunto Nakamura Seiji. È solo che mi sembra un piano fin troppo elaborato per trattarsi di uno scherzo.

– Sarebbe a dire?

– Ha scritto tutto a macchina, no? Chi si spingerebbe a tirare in ballo un apparecchio di videoscrittura per scherzi del genere?

– Non dovrebbe essere nulla di troppo complesso per chi è abituato, in fondo sono sempre piú persone a possederne uno. Per inciso, anche Kō ce l'ha ed è già bravissimo a usarlo, nonostante l'abbia comprato solo a inizio anno.

– In effetti vanno molto di questi tempi... Diversi miei amici ce l'hanno e all'università ogni studente iscritto alla specialistica ne ha a disposizione uno da usare liberamente. Non credo, però, che sia uso comune scriverci lettere, ecco...

– Hai ragione pure tu.

– Comunque è chiaro che la scrittura a macchina è servita a nascondere la calligrafia del mittente, ma continuo a chiedermi l'utilità di tale gesto nell'ipotesi dello scherzo. Per non parlare del testo... Non l'ha trovato decisamente apatico, distaccato? Chi vuole divertirsi a minacciare le persone in genere dovrebbe usare parole da far accapponare la pelle. La versione arrivata al signor Nakamura, poi, era ancora piú scarna. Ecco perché mi viene da pensare a qualcosa di piú profondo dietro a quelle lettere.

– Qualcosa di piú profondo, eh...

Giunti in fondo alla discesa, presero una larga strada che costeggiava il mare. Imbarcazioni di ogni dimensione solcavano avanti e indietro le scintillanti acque irrorate dalla luce solare.

– Là, guarda, – indicò Shimada. – Entriamo in quel locale, non è niente male.

Lungo la strada si vedeva un tetto rosso, su cui era collocato un gallo segnavento. L'insegna all'esterno recitava «Mother Goose» e, intuendo che dovesse trattarsi del nome del posto, Kawaminami non poté fare a meno di lasciarsi scappare un sorriso.

4.

Quando furono seduti uno di fronte all'altro in un tavolo a ridosso della finestra, Kawaminami osservò nuovamente l'aspetto dell'uomo che aveva appena conosciuto.

Avrà avuto trent'anni, forse qualcosa di piú. I morbidi capelli di media lunghezza facevano apparire infossate le guance piú del dovuto. Una corporatura slanciata anche piú di Kawaminami, già alto e magro di suo. Un prominente naso adunco sul volto abbronzato, gli occhi abbassati e incavati. A prima vista, chiunque lo avrebbe trovato non solo eccentrico, ma anche dalla personalità cupa e alquanto complessa. Eppure, aveva un modo di fare che per nulla si addiceva a tale impressione legata all'esteriorità, tanto che Kawaminami ne fu piacevolmente sorpreso. In lui, per giunta, c'era persino qualcosa di vagamente nostalgico.

Erano già le quattro di pomeriggio passate. Resosi conto che dalla mattina non aveva ancora messo nulla sotto i denti, Kawaminami ordinò un toast alla pizza in aggiunta al caffè. Oltre la lastra di vetro della grossa finestra, il mare azzurro descriveva un arco a ridosso della strada statale numero dieci; era la baia di Beppu. Il locale era piccolo e accogliente, come quelli negli angoli delle città abitate da molti studenti, e qua e là vi erano decorazioni a tema Mamma oca – doveva essere il gusto del proprietario.

– Bene, Conan riprendiamo la nostra conversazione, – esordí flemmatico Shimada versandosi nella tazzina l'Earl Grey che aveva ordinato.

– Quella in merito alla lettera, intende?

– Ovviamente.

– Ma piú o meno è quanto ho già detto prima, almeno per quel che mi riguarda... Le spiace se faccio due tiri?

– Fai pure.

– Grazie, – e come accese la sigaretta, il fumo gli impregnò gli occhi. – Non sono convinto che si tratti di uno scherzo. Ma non saprei nemmeno dire che cosa possa esserci dietro. In tutta onestà, non ho la piú pallida idea di chi possa aver inviato quella lettera e, soprattutto, per quale motivo, ma...

– Ma?

– Magari si potrebbe abbozzare un'analisi dei fatti.

– Sono tutt'orecchi.

– Be', se immaginiamo il significato che il mittente della lettera in mio possesso ha voluto includere nel testo, ritengo che sia interpretabile in tre modi. Basterebbe leggere la parte piú enfatizzata, «Chiori è stata uccisa», per parlare di «denuncia»; il secondo deriva dal primo ed è leggibile come una «minaccia», quasi come se l'autore stesse dicendo: «Vi detesto e mi vendicherò», e, nel farlo, avesse adottato il nome della persona piú adatta a scrivere contenuti di tale stampo: Nakamura Seiji.

– Capisco. E il terzo?

– Il terzo vede le cose da una prospettiva leggermente diversa e prende in considerazione il significato nascosto nel testo.

– Ovvero?

– Perché il mittente della lettera avrebbe dovuto di questi tempi inscenare una «missiva dal morto»? Chi mai prenderebbe sul serio una lettera minatoria, per quanto paurosa possa risultare? Nessuno si immaginerebbe un fantasma che scrive a macchina. Per questo mi viene il sospetto che possa trattarsi di un velato messaggio atto a farci riportare l'attenzione agli eventi di Tsunojima dell'anno scorso, ma forse sto esagerando con la fantasia.

– Lo trovo molto interessante, invece, – commentò con un ghigno Shimada allungando la mano verso la tazzina. – Sí, decisamente interessante. Ritornare sui fatti di Tsunojima, eh... Dopotutto ci sono ampi spazi per una riesamina. Dimmi, Conan, cosa sai di quell'incidente?

– Non tanto, giusto le informazioni trapelate dai giornali.

– Allora farei meglio a raccontarti tutto quello che so io.

– Sí, magari.

– A grandi linee conosci quello che è successo, no? Siamo alla cosiddetta Villa Blu di Tsunojima, nel settembre dell'anno passato. Le vittime sono Nakamura Seiji, la moglie Kazue, e i due domestici, anch'essi coniugi. C'è poi il giardiniere, di cui si sono perse le tracce. Dopo gli omicidi la residenza prende fuoco e brucia completamente. Il colpevole a oggi non è stato identificato.

– Se non mi sbaglio la responsabilità è stata fatta ricadere sul giardiniere scomparso.

– Esatto, ma non ci sono tuttora prove che lo dimostrino. Alla fine è sospetto solo perché non ha lasciato tracce di sé, nulla di piú, nulla di meno. Comunque, entriamo nel dettaglio della faccenda.

Shimada prese a raccontare abbassando leggermente il tono di voce.

– Per cominciare occorrerà inquadrare meglio il proprietario del palazzo in questione, Nakamura Seiji. All'epoca aveva... Dunque, se il buon Kō ha tre anni in meno di lui, vuol dire che ne aveva quarantasei, sí, quarantasei anni. Si era già ritirato dalle scene, ma era un architetto molto conosciuto nel suo campo, un genio, direi...

Era nato come primogenito di una ricca famiglia nella città di Usa, nella prefettura di Ōita, e, conseguito il diploma, si era trasferito a Tokyo per studiare all'università. Quando era solo uno studente presso l'università T., aveva vinto il premio di un concorso nazionale attirando le attenzioni degli esperti del mestiere. Dopo aver ottenuto la laurea, il suo relatore gli aveva suggerito con insistenza di proseguire gli studi alla specialistica, ma la morte improvvisa del padre nello stesso periodo lo costrinse a fare ritorno alla città natale. Il patrimonio che questi aveva lasciato agli eredi ammontava a cifre astronomiche. Spartitosi l'eredità con il fratello Kōjirō, quindi, Seiji fece edificare un palazzo di sua progettazione sull'isola di Tsunojima, dove decise di ritirarsi.

Il cognome da nubile della moglie Kazue era Hanabusa e, a quanto pare, era una sua amica di infanzia, tanto che, secondo alcune voci, il matrimonio tra i due sarebbe stato concordato in precedenza dalle rispettive famiglie. La cerimonia avvenne piú o meno in contemporanea al trasloco sull'isola.

– E da allora non ha piú praticato la professione di architetto?

– Ha continuato, sí, ma piú come passatempo, per citare quanto afferma Kō. Accettava solo le offerte che gli andavano a genio, sempre che ne avesse voglia, quindi elaborava senza alcun freno le proprie idee realizzando magioni oltremodo eccentriche. In breve tempo attirò nuovamente l'attenzione di gente dai gusti insoliti che si recava apposta fino all'isola per commissionargli progetti. Negli ultimi dieci anni, però, ha rifiutato praticamente ogni lavoro rimanendo confinato a Tsunojima.

– Che strano tipo…

– Anche Kōjirō lo è per interessarsi al buddhismo solo per svago, ma bisognerà fidarsi se perfino uno come lui definiva il fratello usando l'aggettivo «strambo». Non che andassero troppo d'accordo quei due… Tornando a noi, a Villa Blu risiedevano i coniugi Kitamura, i domestici. Oltre alle varie mansioni quotidiane, il marito era il responsabile del trasporto in barca fino alla terraferma, mentre la moglie si occupava di tutte le faccende di casa. Poi abbiamo il giardiniere. Il suo nome era Yoshikawa Seiichi, residente nei pressi di Ajimu, e si recava una volta al mese sull'isola per svolgere il proprio lavoro in piú giorni. A quanto pare, si trovava lí da tre giorni quando scoppiò l'incendio. Direi che possa bastare per le presentazioni dei personaggi. Passiamo alla dinamica degli eventi, ora. Dunque, i cadaveri rinvenuti erano quattro in tutto, e sembra che la scientifica abbia fatto non poca fatica a indentificarli visto che erano completamente carbonizzati. Per riassumere gli esiti delle analisi, possiamo dire che... I coniugi Kitamura erano stati trovati nella propria camera, morti dopo che qualcuno gli aveva sfondato il cranio con una scure, rinvenuta nella medesima stanza. Sui loro corpi si riscontravano inoltre segni di corda, lasciando immaginare che dovessero essere stati legati. L'ora del decesso di entrambi è stata fatta risalire al tardo pomeriggio del giorno precedente all'incendio, il 19 settembre. Nakamura Kazue era stata strangolata sul proprio letto, probabilmente con una corda. Il cadavere è stato rinvenuto privato della mano sinistra – tuttora dispersa – ma gli inquirenti ritennero che dovesse essere stata amputata dopo il decesso, stimato tra il 17 e il 18 settembre.

Nakamura Seiji era morto carbonizzato nella stessa camera della moglie, l'assassino aveva cosparso cherosene su tutto il corpo e, come per gli altri cadaveri, pure dal suo erano state riscontrate ingenti quantità di sonnifero. La morte era avvenuta in contemporanea all'incendio, all'alba del 20 settembre. Si ipotizzò che le fiamme fossero divampate prima in cucina, dove il colpevole aveva appiccato il fuoco.

Come saprai, la polizia è convinta che ci sia lo scomparso Yoshikawa Seiichi dietro a tutto, per quanto restino diversi punti poco chiari. Pensa al problema della mano sparita, ad esempio. Per quale motivo Yoshikawa l'avrebbe amputata e nascosta? C'è inoltre il problema della via di fuga. L'unica barca a motore presente sull'isola è stata ritrovata attraccata nell'insenatura. Mi sembra alquanto improbabile che dopo aver ucciso quattro persone possa aver attraversato il mare di fine settembre a nuoto. Ovviamente è stata vagliata la teoria di un omicida esterno, scartata però in seguito, considerando le numerose incoerenze a cui porterebbe. Quindi la polizia ha riscostruito i fatti basandosi sull'ipotesi che vedrebbe Yoshikawa come il carnefice, e ora te ne parlerò nei dettagli… Ah, ma continua pure a mangiare, Conan.

– Eh? Ah, certo… – mentre Shimada stava raccontando, erano arrivati il caffè e il toast alla pizza. Kawaminami non si era certo fatto alcuno scrupolo, si era semplicemente dimenticato del cibo da quanto era assorto nell'ascolto.

– Partiamo dal movente. Ci sono due ipotesi al riguardo: la prima è quella del tentativo di furto del patrimonio di Seiji, la seconda quella che vorrebbe Yoshikawa innamorato di Kazue, avanzando la possibilità di una tresca tra i due. In linea di massima parrebbe trattarsi di un misto delle due cose, per lo meno stando a quanto affermano gli inquirenti. Il giardiniere avrebbe prima somministrato grosse quantità di sonnifero a tutti, poi sarebbe passato all'azione. Quindi avrebbe legato i coniugi Kitamura e Seiji rinchiudendoli in qualche stanza, trascinato Kazue in camera da letto e dato sfogo alle proprie voglie. La prima a essere uccisa è stata proprio Kazue, l'ora del decesso è stimata uno o due giorni prima rispetto agli altri tre. Non sono prove certe, ma pare che sul suo corpo siano state riscontrate tracce di uno stupro successivo alla morte. Infine il turno dei Kitamura: addormentati sotto l'effetto delle medicine, e di Seiji, su cui l'assassino avrebbe cosparso cherosene mentre questi dormiva. Per concludere, costui si sarebbe recato in cucina e avrebbe appiccato il fuoco.

– Mi chiedevo… – intervenne Kawaminami fermando la mano con cui stava per bere il caffè, ormai freddo. – Perché l'assassino ha lasciato vivi Seiji e i coniugi Kitamura cosí a lungo? Non sarebbe stato piú sicuro ucciderli prima, se proprio doveva?

– Possiamo ipotizzare che in principio non avesse nemmeno l'intenzione di ucciderli. Magari, dopo aver tolto la vita a Kazue, è uscito di senno oppure ha intenzionalmente lasciato lui per ultimo. In effetti è proprio questo il fatto che conduce all'ipotesi di furto.

– E perché?

– Ha tutto a che vedere con le peculiarità dell'architettura di Nakamura Seiji.

– Le sue peculiarità?

– Proprio cosí. Come ti avevo già accennato poco fa, Seiji era un tipo dai gusti alquanto eccentrici. In ogni sua costruzione, infatti, si riflettono chiaramente le sue inclinazioni definibili ossessive, infantili e, perché no, talvolta persino giocose; il discorso vale sia per Villa Blu che per la Casa decagonale. Ecco, sembrerebbe che avesse una smodata mania per meccanismi e trucchi architettonici.

– Meccanismi e trucchi?

– Non saprei spiegarti nel dettaglio di che cosa si trattasse, ma mi sono giunte voci che a Villa Blu ci fossero varie stanze nascoste nonché diverse librerie e casseforti segrete. Ovviamente l'unico a conoscerne il funzionamento era Seiji…

– Adesso capisco. Quindi per entrare in possesso del denaro era necessario chiedere a lui di persona.

– Esatto. Ecco perché non ha potuto ucciderlo subito, – Shimada si interruppe e posò un gomito sul tavolo. – Credo di averti spiegato i punti principali. La polizia è tuttora in cerca di Yoshikawa, ma continua a brancolare nel buio… Allora, caro Conan, nessuna domanda?

– Ecco…

Dopo aver bevuto il caffè avanzato, Kawaminami iniziò a riflettere. A giudicare dal racconto di Shimada, chiunque avrebbe pensato che le conclusioni della polizia fossero le piú appropriate, ma in fondo non si trattava che di deduzioni basate sulla situazione all'isola dopo l'incendio. A essere piú schietti, le si sarebbe potute definire addirittura tirate ad hoc solo per far tornare i conti. Checché se ne volesse dire, la difficoltà principale del caso scaturiva dalla totale distruzione di Villa Blu, cosa che aveva ristretto notevolmente lo spettro di informazioni reperibili sul luogo del delitto. Inoltre, se a ciò si aggiungeva l'assenza di superstiti in grado di descrivere la situazione sull'isola al tempo, o prima, dei fatti…

– Ti vedo perplesso, Conan, – commentò l'uomo leccandosi il labbro superiore, sollevato. – Vorrà dire che sarò io a farti una domanda, sebbene non abbia nulla a che fare in modo diretto con i fatti di Tsunojima.

– Ossia?

– Si tratta della ragazza, Chiori. Sapevo sia che Kōjirō aveva una nipote, sia che abitava a casa dei nonni materni per comodità nel recarsi all'università. Mi era anche giunta voce della sua tragica morte l'anno scorso, ma non conosco i fatti nel dettaglio. Sai dirmi che tipo di ragazza fosse?

– Era molto taciturna, – esordí Kawaminami, irrigiditosi all'improvviso. – Non dava molto nell'occhio, sembrava una ragazza sola. Di fatto non ci ho mai parlato, ma di sicuro aveva un'indole buona. Mi ricordo che pensava sempre lei a tutto, quando uscivamo a mangiare fuori con i ragazzi del circolo.

– E come avrebbe fatto a morire?

– Nel gennaio dell'anno scorso ha avuto un avvelenamento acuto per il troppo alcol bevuto alla festa del circolo –. Mentre raccontava, distolse d'istinto gli occhi come a guardare fuori dalla finestra. – In genere non si fermava mai agli after, ma quella volta l'avevamo quasi costretta a rimanere con noi fino a tardi. Non ci siamo comportati bene, sapevamo che era cagionevole di salute, ma tutti erano su di giri e qualcuno deve averla fatta bere troppo, credo.

– Credi?

– Sí, ero rimasto anche io fino all'ultimo after, ma a un certo punto sono venuto via insieme a un altro mio amico, Morisu, perché avevamo un impegno. L'incidente è accaduto poco dopo… – Kawaminami toccò la lettera che teneva nella tasca della giacca. – «Incidente» non è il termine corretto, dopotutto, forse è proprio vero che l'abbiamo uccisa noi.

Il ricordo della morte di Chiori evocava in lui un certo senso di colpa. Se quella notte fosse rimasto con loro, forse avrebbe potuto impedirgli di farla bere fino allo stremo.

– Conan, hai impegni per stasera? – chiese con fare allegro Shimada. Era come se avesse intuito lo stato d'animo del ragazzo. – Ti va di andare a farci uno spuntino e un bicchierino?

– Ma…

– Offro io, sai. In cambio vorrei che restassi con me a parlare di romanzi gialli. Con grande rammarico non ho amici che condividano questa mia passione. Allora, ti va?

– Va bene, volentieri.
– Molto bene. Torniamo a O., intanto.
– A proposito, signor Shimada.
– Sí?
– Non mi pare di averle domandato perché conosce il signor Kōjirō.
– Andavamo alla stessa università, ma lui era un anno avanti.
– All'università? Quindi anche lei ha studiato buddhologia?
– Diciamo di sí... – Shimada si strofinò imbarazzato la punta del naso. – A essere sinceri, la mia famiglia gestisce un tempio buddhista subito fuori O.
– Un tempio... Caspita!
– Sono il piú piccolo di tre fratelli, ma ne vado a zonzo senza far nulla nonostante la mia età... Non posso permettermi di dare dell'eccentrico ad altri, suppongo. Mio padre ha piú di sessant'anni ma è ancora pieno di energia, per questo, ora come ora, non ho altro da fare che leggere gialli e recitare qualche preghiera quando ci scappa il morto, – e, cosí dicendo, Shimada congiunse le mani con fare alquanto realistico.

5.

«Chiori era mia figlia e voi l'avete uccisa».

Dopo aver sollevato nuovamente la lettera dal tavolino di vetro, Morisu Kyōichi emise l'ennesimo sospiro e, con la schiena appoggiata al letto, distese le gambe esauste sul grigio tappeto a pelo lungo.
Chiori... Voi l'avete uccisa...

Seguiva con le pupille i caratteri ordinati, scritti a macchina, pervaso da una sensazione indicibilmente complessa.

Gennaio dell'anno precedente, after del party di capodanno del circolo del giallo. Quel giorno era tornato a casa prima insieme all'amico Kawaminami Takaaki. Accadde poco dopo...

Il nome del mittente riportato sul retro della busta recitava «Nakamura Seiji», l'uomo ucciso a Tsunojima sei mesi prima, ma per Morisu non era che un perfetto sconosciuto mai incontrato.

Il suo appartamento si trovava al quinto piano del condominio Tatsumi Heights – riservato a coloro che abitavano da soli – in un angolo nei pressi del porto superata la via principale che si estendeva dalla stazione di O. Riposta la lettera all'interno della busta, Morisu scosse lievemente il capo e allungò la mano verso il pacchetto di Seven Stars sul tavolino. In quegli ultimi tempi non riusciva piú a gustarsi l'aroma delle sigarette, ma la voglia di nicotina non voleva saperne di abbandonarlo.

Che staranno facendo ora a Tsunojima...?

Spostò lo sguardo in fondo alla stanza tenuta ordinata. Sul cavalletto appoggiato alla parete, vi era riposto un quadro a olio appena iniziato: numerose sculture di Buddha incise nelle rocce osservavano pacificamente lo scorrere del tempo, circondate da alberi scoloriti. Era il panorama che aveva scovato tra le montagne della penisola di Kunisaki, un luogo in genere non molto frequentato. Al momento si era limitato ad abbozzarne la traccia in carboncino e a suggerire una tenue colorazione.

Il fumo gli impregnò la gola irritata e, sentendosi quasi soffocare, spense la sigaretta nel posacenere colmo d'acqua dopo appena due o tre tiri.

Non poteva fare a meno di avvertire uno spiacevole presentimento. Forse stava per accadere qualcosa di inaspettato… All'improvviso squillò il telefono. Guardò l'orologio: era quasi mezzanotte.

C'è solo una persona che mi potrebbe chiamare a quest'ora…

Non senza un attimo di esitazione, Morisu alzò la cornetta.

– Ciao Morisu.

Come immaginava, era la voce familiare di Kawaminami Takaaki.

– Ah, sei tu Doyle…

– Ti ho già chiesto di non chiamarmi con quel nome… Ti avevo telefonato qualche ora fa, a dire il vero.

– Ero in moto a Kunisaki.

– A Kunisaki?

– Sí, ci sono andato per dipingere.

– Capisco… Senti, ti volevo chiedere se ti fosse arrivata una strana lettera…

– Intendi quella da Nakamura Seiji, no? In realtà avevo provato a chiamarti una mezzoretta fa giusto per parlartene…

– Allora è arrivata anche a te, come immaginavo…

– Già. Dove sei adesso? Puoi venire da me, se ti va.

– Ti ho chiamato proprio per questo, sono già nei paraggi di casa tua. Vorrei discutere meglio della lettera, mi servono le tue meningi.

– Non che abbiano molto da offrire…

– Magari in tre riusciamo a venirne a capo con qualche altra idea… Ah, si capisce che sono in compagnia. Non ti spiace se veniamo insieme, vero?

– Figurati, vi aspetto.

– Non so cosa passi per la testa del mittente, ma mi è sembrato senza dubbio uno scherzo di cattivo gusto… –

chiosò Morisu osservando le due lettere appoggiate al tavolino. – Il riferimento esplicito a «voi» mi aveva fatto pensare che non fossi stato l'unico a riceverla.

– La tua però pare una copia, quindi la mia dev'essere l'originale, – Kawaminami afferrò la lettera che aveva portato. – Pure a Higashi pare ne sia arrivata una identica, ho chiamato a casa per averne conferma. E lo stesso vale per Nakamura Kōjirō, sebbene il contenuto sia leggermente diverso.

– Nakamura Kōjirō... – Morisu aggrottò le sopracciglia. – Vuoi dire il fratello minore di Seiji?

– Esatto, c'era scritto solo: «Chiori è stata uccisa». Oggi sono andato fino a Beppu apposta per incontrarlo. Io e il signor Shimada ci siamo conosciuti là.

Rivolto verso l'uomo che gli era stato appena presentato, Morisu abbassò il capo in segno di saluto. A quanto pareva lui e Kawaminami erano rimasti fuori a bere fino a quell'ora, per questo il suo viso snello e scuro di carnagione appariva un tantino paonazzo. Anche l'amico, probabilmente a causa dell'alcol, respirava con affanno e a entrambi si erano arrossati gli occhi.

– Vuoi raccontarmi tutto dal principio? – fece Morisu. Kawaminami, allora, col fiato che puzzava d'alcol, raccontò ansimante e con fare precipitoso quanto accaduto in giornata. – Non ti smentisci mai, eh, sei la curiosità fatta a persona –. Sentito il racconto fino a quel punto, Morisu scrutò il viso dell'amico. – Ma allora è da ieri che non vai a dormire!

– In effetti... Certo che è un bel mistero, comunque. Chi diavolo può avere disseminato queste lettere? E perché, soprattutto... Tu che ne pensi?

Morisu appoggiò una mano alla tempia e strinse gli occhi con forza.

– Denuncia, minaccia e richiamo all'attenzione verso la tragedia di Tsunojima... Sei sulla buona strada, secondo me. Trovo interessante in particolar modo l'ultima interpretazione, sebbene un po' forzata. In fondo quel caso nasconde di certo qualcosa... Signor Shimada, mi scusi...

Shimada si era appoggiato con la schiena alla parete, quasi stesse per appisolarsi. Chiamato in causa da Morisu, si alzò stropicciandosi gli occhi alla stregua di un gatto.

– Posso farle una domanda?

– Anche due, volendo.

– Dove si trovava Nakamura Kōjirō quando si sono consumati gli omicidi a Tsunojima?

– Vuoi avere conferma del suo alibi, forse? – sogghignò Shimada, gli occhi ancora assonnati. – Be', devo ammettere che te ne esci con un approccio alquanto tagliente. Capisco... Ti sei chiesto chi abbia tratto il maggior vantaggio dalla morte di Seiji e Kazue, e la risposta è ovviamente Kōjirō.

– Esatto. So che potrei sembrare irrispettoso, ma ritengo che il primo sospetto debba ricadere su di lui.

– Ma vedi, caro Morisu, la polizia non è certo sciocca. Il suo alibi è stato ovviamente controllato e malauguratamente – oserei dire – è stato appurato che non potesse trovarsi sull'isola quel giorno.

– E dov'era?

– Dalla sera del 19 settembre alla mattina del giorno seguente, Kō è sempre rimasto in mia compagnia. Cosa strana per lui, mi aveva telefonato invitandomi a bere qualcosa fuori; siamo rimasti fino a notte inoltrata a Beppu, quindi mi sono fermato a dormire a casa sua. Ero ancora da lui quando, di mattina, gli hanno telefonato per avvisarlo dell'accaduto.

– Un alibi di ferro, non c'è che dire.

Shimada annuí e continuò.

– Mi piacerebbe ascoltare altre tue ipotesi, caro Morisu.

– Be', non è che ne abbia altre troppo originali, ma c'è qualcosa su cui ragiono sin dalla prima volta che ho letto dell'accaduto sui giornali.

– Ovvero?

– Le confesso subito, però, che non saprei spiegarne il motivo, diciamo che è qualcosa che segue l'intuito, – compiuta tale premessa, Morisu rispose. – La mano sinistra svanita nel nulla della moglie Kazue. Ho la sensazione che possa essere la chiave di tutto il caso, come se bastasse ritrovarla per far luce sull'accaduto.

– La mano, eh…

Shimada e Morisu si ammutolirono e presero entrambi a fissarsi rispettivamente le mani.

– A proposito, Morisu, sai che gli altri si sono recati sull'isola? – chiese Kawaminami.

– Sí, lo so, – fece con un sorriso tirato. – Avevano invitato anche me, ma ho preferito lasciar perdere… Mi pareva una trovata di cattivo gusto.

– Sai quando tornano?

– Dovrebbero rimanerci una settimana, oggi incluso.

– Una settimana in tenda?!

– No, dicevano di aver trovato il modo di alloggiare alla Casa decagonale grazie a qualcuno…

– Effettivamente il signor Kōjirō ha detto di essersi disfatto della residenza… Mi sbaglierò, ma è tutto troppo sospetto: mentre arriva una lettera da un morto c'è chi si reca sull'isola del medesimo…

– Già, una coincidenza a dir poco sinistra.

– Per te è una coincidenza?

– Forse no… – Morisu serrò di nuovo gli occhi. – Se vogliamo scoprirlo, occorrerebbe per prima cosa sentire se pure a casa di tutti gli altri sia arrivata la stessa lettera, escluso Higashi di cui hai già avuto conferma.

– In effetti...

– Vuoi sul serio metterti all'opera?

– Sí, tanto ora l'università è chiusa e non ho nulla da fare. Non mi dispiacerebbe improvvisarmi detective.

– Non ti smentisci mai, eh? Già che ci sei, allora, perché non provi a scoprirne di piú sui fatti di Tsunojima?

– E come, nella pratica?

– Mah, per esempio potresti recarti a casa dello scomparso Yoshikawa, il giardiniere.

– Sí, ma non...

– Conan... – si intromise Shimada. – Pensandoci bene potrebbe rivelarsi interessante, sai. Ti avevo pur detto che Yoshikawa abitava ad Ajimu, no? Ecco, con ogni probabilità la moglie abiterà ancora lí e, a quanto pare, una volta pure lei prestava servizio a casa dei Nakamura. Capisci? È l'unica persona in vita che possiede informazioni sul loro conto! Dovrebbe valere la pena andare a trovarla.

– Sa dove abita?

– Basta informarsi, non ci vuole tanto, – sorrise l'uomo fregandosi le guance incavate. – Facciamo cosí. Domattina tu vai a chiedere conferma per le lettere, nel pomeriggio andiamo insieme ad Ajimu con la mia auto. Che te ne pare?

– Ottimo. E tu, Morisu, ti aggreghi?

– Mi piacerebbe venire, ma purtroppo ho da fare. Ti ho detto che sto facendo un dipinto, no? – e indicò con gli occhi la tela sul cavalletto.

– Ah, i Buddha di Kunisaki... Ricordo che ti piacevano. Ma vuoi partecipare a qualche concorso?

– No, semplicemente mi è venuta voglia di imprimere sulla tela quel paesaggio prima che sboccino i fiori. Ecco perché in questi giorni vado fin là ogni giorno.

– Capisco.

– Inoltre, sai che non sono un tipo attivo come te. Per giunta non mi trovo molto a mio agio a relazionarmi con gli sconosciuti... Senti, ti dispiacerebbe chiamarmi domani sera? Va bene anche tardi, non importa, vorrei sapere come si evolvono le indagini.

Morisu si appoggiò esausto al letto e si accese una sigaretta, conscio che non ne avrebbe apprezzato l'aroma.

– Per il momento, mi riservo il ruolo di detective in poltrona.

Capitolo 3

Secondo giorno – Isola

1.

Il suo fu un risveglio vago.

Dovevano essere state su e giú le due di notte quando si era ritirata in camera. Dopo essersi infilata subito a letto, però, era rimasta a lungo con gli occhi aperti nella stanza, immersa nell'oscurità senza dormire. Proprio non le riusciva di sentirsi serena d'animo. Tutti gli eventi del giorno prima non avevano fatto che risvegliare in lei orribili ricordi, che erano avvolti attorno al suo cuore e non volevano saperne di abbandonarla.

Non riteneva certamente che fossero persone spiacevoli, anzi, provava per tutti loro un sentimento decisamente prossimo all'affetto, forse in modo particolare verso Carr. L'unica presenza sgradevole era lei stessa, che si era recata sull'isola insieme a loro.

Anche se fosse capitato qualcosa di triste, di norma le sarebbe bastato ripararsi nella stanza del proprio appartamento. In fondo per lei ciò era come fuggire nel proprio mondo, suo e di nessun altro, dove poter immergersi liberamente nella fantasia senza essere disturbata. Ad attenderla vi erano ottimi amici, il suo ragazzo ideale e persone che ammirava incondizionatamente. Lí si sentiva la fanciulla affascinante che aveva sempre sognato di diventare.

Eppure…

Per la prima volta in vita sua su quell'isola, nella stanza di quella magione... Nonostante fosse finalmente riuscita a restare sola, il suo animo non si dava pace. E dire che sapeva che sarebbe finita cosí, aveva fatto male a seguirli fin lí.

Quel viaggio aveva un significato particolare per lei. Tsunojima, la Casa decagonale... Chissà se gli altri se n'erano resi conto. Lei lo sapeva. Quell'isola era il luogo di nascita della ragazza morta nel gennaio dell'anno precedente per loro negligenza.

A lei, a Nakamura Chiori, era riuscita a mostrare la propria interiorità. Era la sua unica amica. Stessa facoltà, stesso anno, stessa età... Aveva percepito qualcosa in comune sin dal primo giorno che si erano incontrate in aula e di sicuro anche per lei era stato lo stesso. Andavano d'accordo, erano persino andate piú volte l'una a casa dell'altra.

Ricordava che un giorno Chiori le aveva parlato del padre eccentrico che risiedeva a Tsunojima, pregandola di non farne parola con nessuno: non voleva che si sapesse in giro.

Chiori era morta, e ora loro si trovavano sull'isola dove lei era nata e i suoi genitori avevano perso la vita.

Non sarà un sacrilegio, ma un cordoglio... continuava a ripetersi. Non aveva intenzione di parlarne agli altri, sarebbe bastata lei a piangere la morte dell'amica e a portare un po' di conforto al suo spirito.

Ma ne avrò il diritto? Non mi starò solo montando la testa? Forse dopotutto è proprio un'offesa verso i defunti essere venuta sull'isola...

Mentre si tormentava con tali pensieri, cadde in un leggero sonno. I suoi sogni quella notte furono un miscuglio di immagini, reali e non, che le parvero scorrere nella mente senza sosta. Tutte avevano però come sfondo le scene viste sull'isola il giorno prima.

Per questo il suo risveglio quella mattina fu in un certo senso vago. Scrutò l'ambiente seguendo la luce del sole che filtrava attraverso le fessure delle persiane, ma non fu in grado di stabilire subito se si trattasse del prosieguo dei sogni o del ritorno alla realtà.

Su tutta la superficie del pavimento era disteso un tappeto blu, il letto appoggiato a sinistra della finestra. Sulla parete a destra di quest'ultima, oltre a un tavolino, vi erano un armadio e uno specchio.

Orczy si alzò con lentezza, uscí dal letto e spalancò la finestra. L'aria proveniente dall'esterno era pungente. Il cielo era un po' nuvoloso, si udiva il suono quieto delle onde. Diede un'occhiata all'orologio da polso che aveva appoggiato a fianco del cuscino: erano le otto. Presa coscienza che si era fatta davvero mattina, richiuse la finestra e iniziò a prepararsi. Si infilò una gonna nera e, abbinato a una camicetta bianca, un maglione a scacchi argyle color rosso cupo. Come suo solito, non rivolse che un fugace sguardo allo specchio, odiava confrontarsi faccia a faccia con sé stessa.

Presi gli accessori da bagno, Orczy uscí dalla stanza. Sembrava che nessuno degli altri fosse ancora sveglio, come se quanto avvenuto la sera precedente non fosse stato che un sogno. Il salone della Casa decagonale era avvolto dal silenzio.

Quando…

Orczy si accorse che sul tavolo, che avevano riordinato prima di andare a dormire, c'era qualcosa che non ricordava avervi lasciato. Il riflesso della luce filtrante dal lucernario si diffuse sulla superficie bianca della tavola abbagliandole la vista per un istante. Si avvicinò con fare dubbioso e, come si rese conto di che cosa di trattasse, si fermò ritta in piedi col fiato mozzato.

... Ma che cosa sono?

Fece per allungare una mano sulla tavola, ma la ritrasse frettolosamente. Era sola, sconvolta, si precipitò a bussare alla porta di Agatha senza curarsi che non si fosse ancora lavata nemmeno la faccia. Ci avrebbe pensato piú tardi.

2.

La prima vittima

La seconda vittima

La terza vittima

La quarta vittima

L'ultima vittima

Il detective

L'assassino

Sette tavolette in plastica color latte, lunghe circa quindici centimetri e larghe cinque, su cui erano incisi caratteri rossi.

– Ma che razza di scherzo sarà mai questo? – battute le ciglia con fare inizialmente sorpreso, Ellery ammiccò un ghigno con l'estremità delle labbra.

Solo le due ragazze si erano cambiate, gli altri cinque si erano limitati a infilarsi un capo di fortuna sopra al pigiama dopo essere stati svegliati a gran voce da Agatha.

– Non male come scherzo, comunque. Chi è stato? – chiese Ellery rivolgendosi a tutti loro.

– Sarai stato tu, dài.

– Io no di certo, Leroux. Secondo me è opera di Carr o di Agatha.

– Io non ne so niente, guarda.

– Nemmeno io, – fece eco Agatha, che poi assunse uno sguardo severo. – Non sarai mica stato tu, Van?

– Figurati, – rispose questi scuotendo il capo premendosi con le dita gli occhi turgidi. – Ma le hai trovate tu?

– No, è stata Orczy la prima a vederle... Non c'entri niente tu, vero?

– N... Non ne so nulla! – Orczy abbassò gli occhi per sfuggire allo sguardo di Agatha.

Tutti, allora, spostarono l'attenzione sull'ultimo rimasto.

– Vi dico subito che non ne so nulla manco io, – esordí Poe con una smorfia.

– Bene, e allora chi è stato? – Ellery si strinse nelle spalle. – Finché si scherza va bene, ma c'è un limite a tutto.

Nessuno proferí parola. Nel silenzio piú totale, i sette si scrutavano a vicenda.

– Ellery, – riprese Poe. – Gli unici in grado di ideare uno scherzo del genere siete tu e Agatha, secondo me.

– Ma figurati, io no di sicuro.

– E neppure io. Non è molto carino da parte tua, sai!

Sul salone ripiombò il silenzio. E ciò, col passare dei minuti, contribuí a renderli ansiosi mentre continuavano a guardarsi a vicenda nell'attesa che il responsabile si rivelasse. Si udiva solo il fragore del mare in lontananza, l'aria si era fatta pesante nella magione... Infine fu Ellery a rompere il silenzio.

– Sono pronto a giurarvi di non essere stato io. Vorrei sapere, piuttosto, perché l'autore di questo scherzo non si fa avanti. Ve lo chiederò un'altra volta... Van?

– Non sono stato io.

– Agatha?

– Ti ho già detto che non ne so niente.

– Carr?

– Uff, cosa vuoi che ne sappia, io?

– Poe?

– Idem.

– Tu, Leroux?

– Vorrai scherzare, spero.

– Orczy?

Con aria spaventata, la ragazza scosse il capo.

Il rumore delle onde riprese a echeggiare nel salone e a questo faceva eco il fragore della loro ansia, che andava via via crescendo.

– E sia, – sistematosi i capelli, Ellery ricominciò a parlare. – Il colpevole – possiamo chiamarlo cosí – è senza dubbio tra di noi. Il fatto che non si riveli, quindi, mi lascia pensare che non abbia buone intenzioni, e che forse non si stia muovendo da solo...

– E che intenzioni poco pulite potrebbe avere? – chiese Agatha.

– Come faccio a saperlo? Intendevo solo dire che di certo sta tramando qualcosa.

– Perché non la smetti con i giri di parole, Ellery? – intervenne ironico Carr storcendo le labbra. – Devi dirlo chiaro e tondo: si tratta del preannuncio di omicidi.

– Non correre troppo! – sbraitò Ellery con un tono di voce che poco gli si addiceva. Quindi fissò minaccioso Carr. – Voglio provare a insistere un'ultima volta. Non c'è proprio nessuno tra di voi che sa di essere il responsabile?

Dopo essersi scambiati una rapida occhiata, tutti i ragazzi scossero il capo.

– Direi che può bastare, – e, cosí dicendo, Ellery raccolse le tavolette e si accomodò su una delle sedie. – Avanti, sedetevi anche voi, – sulle sue labbra si disegnò il solito sorrisetto mentre osservava gli altri che prendevano lentamente posto. – Agatha, ti dispiacerebbe preparare il caffè?

– E va bene...

Quando la ragazza entrò da sola in cucina, Ellery prese a osservare i volti dei cinque seduti attorno al tavolo e le tavolette tra le sue mani. Nessuno aveva la piú pallida idea di che cosa avrebbe potuto dire in quella situazione.

Dopo pochi minuti, Agatha fece ritorno nel salone reggendo un vassoio con il caffè per tutti. Ricevuta la tazza decagonale fumante, Ellery dette un leggero sorso e, con una mano infilata nel cardigan color verde scuro che aveva indossato sopra al pigiama, riprese a parlare.

– Dunque, dunque... Sull'isola siamo solo noi sette, di conseguenza chi ha appoggiato qui le targhe è qualcuno seduto a questa tavola. Eppure nessuno sembra saperne nulla. Ciò può significare soltanto che chi ha architettato il tutto le abbia lasciate qui per un motivo non meglio specificato e stia cercando di nascondersi. Come potete ben vedere sono fatte di plastica, i caratteri sono scritti in stile gotico e con ogni probabilità con uno spray rosso. Ma tutto ciò non è sufficiente a determinare il colpevole.

– Scusa, però, Ellery, – intervenne Leroux. – Non credo che sia alla portata di tutti il design delle lettere, bisogna avere delle basi...

– Allora sarebbe inevitabilmente Orczy la prima indiziata.

– Non l'ho detto con quell'intenzione…

– Ritengo che sia l'unica tra noi brava a disegnare e in grado di scrivere lettere cosí precise. Orczy, vuoi controbattere?

– … Non sono stata io.

– Mi spiace dovertelo dire, ma non è certo un'obiezione esaustiva.

Orczy si appoggiò le mani sulle guance arrossate e sollevò lo sguardo.

– Di questi tempi si possono comprare ovunque libri per il design dei caratteri. Basterebbe ritagliare da un foglio le forme delle lettere necessarie e passarci sopra lo spray, può farcela chiunque e…

– Perfetto, ora ci siamo. Non bisogna essere per forza degli artisti, potremmo riuscirci benissimo sia io che Poe, o anche Van.

Con un sorriso, Ellery bevve tutto d'un fiato il restante caffè.

– E delle tavolette di plastica che possiamo dire? – fece Leroux afferrandone una dalla sedia accanto. – I bordi non sono molto precisi…

– Non le avrà comprate già fatte, deve aver usato un seghetto per ridurle a queste dimensioni.

– Che abbia usato un sottomano?

– Leroux, basta andare nei reparti di falegnameria al supermercato per trovare lastre in plastica di ogni dimensione, – e, riprese le tavolette dalle mani del compagno, le pareggiò come si farebbe per un mazzo di carte. – Mettiamole via, intanto.

Ellery si alzò avviandosi verso la cucina. Gli altri lo seguirono con lo sguardo alla stregua di marionette legate a un filo. Dopo aver lasciato aperta la porta a doppio battente, quindi, si fermò dinanzi alla credenza, trovò un cassetto vuoto e vi lanciò dentro le tavolette. Una volta tornato in salone, fece un elegante sbadiglio, simile a quelli dei gatti siamesi.

– Accidenti, ma guarda come sono conciato… – aprí le braccia e si scrutò il vestiario. – Ormai mi sono svegliato, penso che andrò a darmi una sistemata.

Come Ellery sparí dietro la porta della propria stanza, la tensione nell'ambiente si allentò a vista d'occhio. I sei rimasti, ciascuno con un sospiro, si alzarono a turno dalle sedie. Mentre i ragazzi fecero ritorno nelle rispettive stanze, Agatha si avviò verso camera sua assieme a Orczy. Prima di abbandonare il salone, tutti gettarono un rapido sguardo al cassetto in cucina dentro cui Ellery aveva chiuso le tavolette.

Era il 27 marzo, un giovedí. Il loro secondo giorno sull'isola era appena iniziato.

3.

Mezzogiorno passato.

Seduti a pranzare, nessuno sembrava intenzionato a toccare l'argomento. Era troppo sinistro per poterci scherzare su, ma al contempo altrettanto irrazionale per parlarne mantenendosi seri. Ancora distratti da quel cassetto in cucina, continuavano a scrutarsi a vicenda, ma allo stesso tempo cercavano assiduamente di fingere che nulla fosse accaduto.

Terminato di mangiare i panini preparati da Agatha e Orczy, a uno a uno presero ad alzarsi da tavola. Carr fu il primo e, accarezzandosi il mento su cui si intravedeva il segno della barba dopo la rasatura, uscí dall'edificio in solitudine portando con sé due romanzi tascabili. Quindi fu il turno di Poe e Van, che si ritirarono nella stanza del primo.

– Bene, andiamo avanti... – fece Poe con voce profonda accovacciandosi a terra.

Le sette stanze per gli ospiti della Casa decagonale erano pressoché identiche fra loro. Al centro di quella di Poe, sopra al tappeto blu, vi erano sparsi i pezzi di un puzzle iniziato da poco.

– Duemila pezzi? Ma ce la fai a finirlo in cosí pochi giorni? – evitando il puzzle, Van si portò sul bordo del letto. Poe incurvò leggermente le grosse labbra circondate dalla barba rigogliosa.

– Ce la farò, vedrai.

– Ma non volevi anche andare a pescare? Per non parlare della richiesta di Leroux...

– Abbiamo molto tempo. Ora mi interessa solo trovare il naso di lui, quí.

Sul pavimento della stretta stanza, il puzzle appariva già completato nella sua parte piú esterna. Subito accanto vi era il coperchio della scatola su cui si poteva osservare l'immagine finale e, mentre la studiava con attenzione, Poe cercava alacremente i pezzi sparpagliati a terra. Si trattava della foto di sei volpetti che giocavano nei campi, con mamma volpe intenta a vegliare sui cinque cuccioli. A quanto pareva, era proprio il naso di uno di questi ultimi a sfuggirgli.

– Che hai, Van? – accortosi dell'amico che se ne stava languidamente a viso basso con le mani sulle ginocchia, Poe aggrottò preoccupato le sopracciglia. – Ti senti ancora male?

– Sí, un pochino...

– In quella scatoletta c'è un termometro, prova a misurarti la febbre. Mettiti pure sdraiato, se vuoi.

– Grazie, – e, infilatosi il termometro sotto l'ascella, Van appoggiò l'esile schiena al letto. Quindi si aggiustò i morbidi capelli dalle sfumature castane e guardò Poe. – Senti, ma tu che ne pensi?

– Di co… Ah, eccolo! – esclamò afferrando il pezzo che stava cercando. – Bene, bene… Stavi dicendo, scusa?

– Che idea ti sei fatto di quello che è accaduto stamattina?

Poe fermò la mano e si alzò.

– Parlavi di quello, dunque.

– Siamo sicuri che sia solo un semplice scherzo?

– Per come la vedo io, sí.

– Ma allora perché nessuno ha ammesso di esserne il responsabile?

– Forse perché ci sarà un seguito.

– Cosa intendi?

– Che lo scherzo andrà avanti, – con l'indice infilato tra i peli della barba, Poe prese a grattarsi il mento. – Ci ho riflettuto anche io. Mettiamo caso che qualcuno si ritrovi del sale nel caffè stasera. Ecco, quella sarebbe la prima vittima.

– Ah…

– E cosí via, il cosiddetto «assassino» continuerebbe a combinarne una dietro l'altra ed ecco che avrebbe il suo pseudo *murder party*.

– Capisco, in effetti non ci avevo pensato.

– Magari è solo una sciocca interpretazione, ma di sicuro piú realistica che vivere nel terrore temendo che qualcuno possa finire ucciso qui.

– In effetti… Neanche fossimo in un romanzo. Non è mica tanto semplice attuare un omicidio. Certo, dev'essere per forza cosí. Ma allora, Poe, chi è l'assassino nel gioco?

– Se ragioniamo su chi potrebbe uscirsene con un gioco del genere, be', per primo mi verrebbe da dire Ellery. Però lui pare piú interessato a fingersi detective.

– Ora che ci penso, ieri non ci aveva chiesto di provare a sfidarlo? Magari questo è il seguito…

– Non ne sono convinto. In tal caso, allora, l'assassino dovrebbe essere per forza uno tra me, te e Leroux, eravamo gli unici a essere presenti. Secondo me quelle tavolette erano già state preparate in precedenza.

– Giusto… Oltre a Ellery, però, gli unici che potrebbero divertirsi in quel modo sono Agatha e Leroux.

– Non credo, forse è proprio Ellery. Hai presente quelle storie in cui il detective è il colpevole?

– Potrebbe essere… In effetti sembrava molto a suo agio nel dirigere la situazione.

– Già… Come va il termometro?

– Ah, me ne stavo dimenticando –. Van si alzò ed estrasse l'oggetto dallo scollo del maglione. Dopo averlo osservato un attimo, lo passò a Poe con fare abbattuto.

– Hai ancora la febbre… Vedo che hai le labbra gonfie. Ti fa male la testa?

– Un po'…

– Per oggi resta a riposare. Hai con te le medicine?

– Ne ho una di quelle che si comprano al supermercato.

– Andrà bene, vai a dormire presto. Sarebbe un peccato rovinarsi la gita per un raffreddore, no?

– Farò come dici, doc, – rispose Van con voce rauca, quindi si mise a pancia in su a fissare il soffitto.

Terminato di risistemare dopo il pranzo, Agatha e Orczy si stavano riposando nel salone davanti a una tazza di tè caldo.

– Uff, ne avremo ancora per sei giorni… Certo che è un bel peso tutte le volte preparare per sette –. Agatha si stiracchiò platealmente. – Oddio! Guarda le mie mani, Orczy. Sono tutte screpolate per via del sapone.

– Ho la crema, se vuoi.

– Ce l'ho anch'io, se è per quello. Me la spalmo sempre, ma come puoi vedere non serve a molto.

– Che mani da principessa...

Agatha sorrise mentre si slegava il foulard con cui teneva raccolti i capelli. Replicando a sua volta con un timido sorrisetto, Orczy strinse con entrambe le mani la tazza decagonale color verde muschio e se la portò alla bocca.

– Senti, Orczy... – fece d'un tratto l'altra dopo aver guardato in direzione della cucina. – Secondo te che significano quelle tavolette?

Orczy ebbe un brivido, quindi si limitò a scuotere il capo senza proferire parola.

– Stamattina riconosco di essere rimasta abbastanza sconvolta, ma riflettendoci meglio ritengo che si tratti solo di un brutto scherzo. Sei d'accordo?

– ... Non saprei... – rispose cercando in tutti i modi di distogliere lo sguardo. – In fondo tutti dicono di non saperne nulla, e non capisco cosa possano avere da nascondere.

– Ma è proprio quello il punto!

– Eh?

– Ci abbiamo riflettuto su fin troppo seriamente. Non so, ma forse il colpevole si è sentito imbarazzato all'improvviso.

– Io non saprei che pesci pigliare...

– E allora secondo te chi potrebbe esserci dietro?

– Chissà...

– E se fosse proprio Ellery? Anche se non è certo il tipo da imbarazzarsi... Allora forse il signorino Leroux?

– Leroux, dici?

– Considera come è fatto. Adora i romanzi gialli, non

sa pensare ad altro, magari si è lasciato prendere la mano e ha architettato una burla del genere.

Senza esprimersi in un senso o nell'altro, Orczy teneva lo sguardo abbassato, stretta nelle spalle.

– Io… ho paura, – sussurrò franca. Proprio non le riusciva di considerare quelle tavolette alla stregua di uno sciocco scherzo, era come se emanassero qualcosa di perfido. – Forse era meglio non venire sull'isola…

– Ma che fesserie dici? – chiosò Agatha, sorridendole allegra. – Finiamo il tè e andiamo fuori a prenderci una boccata d'aria. Il salone è buio perfino di giorno, e queste dieci pareti mi inquietano. Ecco perché finiamo per ingigantire piú del dovuto pure delle sciocchezze, capito?

Seduto sull'attracco nell'insenatura, Ellery fissava rapito il colore blu intenso delle acque.

– Non riesco a non pensarci, Ellery.

– Eh?

– Hai capito benissimo, dài. Le tavolette…

– Ah…

– Non sarai mica tu il colpevole, vero?

– Ma per favore…

Era da prima che la conversazione andava avanti cosí: qualsiasi cosa Leroux dicesse, Ellery non faceva che rispondere distrattamente, senza nemmeno voltarsi.

– Eppure la presenza delle tavolette per il detective e l'assassino mi fan pensare a te.

– Pensala come ti pare.

– Non serve che tu mi risponda cosí male, ho solo azzardato un'ipotesi, – Leroux si strinse nelle spalle tondeggianti e si rannicchiò sul posto. – Tanto lo so che sei convinto che non si tratta che di uno stupido scherzo.

– In realtà no, – controbatté sicuro Ellery, le mani infilate nelle tasche del cappotto. – Anche se ovviamente spero lo sia.

– E perché non sarebbe uno scherzo?

– Nessuno si è fatto avanti.

– Be', è vero, ma…

– E poi non credi che sia fin troppo elaborato? – chiese voltandosi verso l'amico. – Potrei capire se avesse usato dei semplici fogli da disegno e scritto con un pennarello, ma non solo ha ritagliato delle lastre di plastica della stessa identica grandezza, ha addirittura preparato dei ritagli di caratteri gotici e usato dello spray rosso. Se dovessi solo spaventare qualcuno, non mi spingerei certo fino a quel punto.

– In effetti… – Leroux si tolse gli occhiali e iniziò a pulire le lenti. – Ma allora vuoi dire che avverranno sul serio degli omicidi?

– La probabilità è alta.

– M… ma dài! Come puoi credere una cosa del genere? Omicidio significa morire, sai, qualcuno verrebbe ucciso! E poi, se le scritte sulle tavolette fossero davvero dei preannunci di omicidi, morirebbero almeno cinque persone. Mi sembra fin troppo…

– Assurdo?

– Sí, è assurdo. Non siamo mica in un film o in un romanzo. Secondo te le tavolette hanno lo stesso significato delle dieci statuine degli indiani, no? Se finissero uccisi anche il detective e l'assassino, poi, non ci sarebbe nulla di diverso da *Dieci piccoli indiani*…

– Cosí parrebbe.

– E poi, scusa, perché mai qualcuno vorrebbe ucciderci?

– E io che ne so?

I due rimasero per un po' in silenzio a osservare le onde infrangersi sulla parete rocciosa dell'isola. Rispetto al giorno precedente si erano fatte leggermente piú violente, cosí come il rumore; le acque si erano scurite. Infine, Ellery si alzò lentamente.

– Io torno su, Leroux. Fa freddo qua.

4.

Fra le nuvole echeggiava lo sciabordio delle onde, il cui riverbero somigliava al respiro di un brutale gigante assopito che minacciasse i loro animi già sprofondati nell'angoscia, che li trascinasse sempre di piú verso nefasti pensieri.

Terminata la cena, nel salone decagonale era calata la penombra, mitigata solo dal labile bagliore della lampada.

– Non le trovate sinistre? – esordí Agatha mentre serviva i caffè. – Parlo delle pareti di questo salone... Mi mandano in confusione.

Le dieci mura bianche che affioravano alla luce soffusa della lampada. In teoria avrebbero dovuto trovarsi l'una accanto all'altra in un angolo di centoquarantaquattro gradi, ma, a causa dei giochi d'ombra, le angolazioni davano l'impressione di essere talvolta piú curve, altre piú acute. Al contrario, la tavola al centro della sala manteneva perfettamente la propria forma decagonale facendo sembrare l'ambiente ancora piú distorto.

– A me fanno girare la testa, – chiosò Van, coprendosi gli occhi rossi.

– Va' a dormire presto, tu. Hai un colorito pessimo, – fece Poe.

– Non sei ancora guarito? – Agatha gli appoggiò la mano sulla fronte. – Senti che febbre che hai! Non restare qui, vai subito a letto.

– Non importa, sono solo le sette…

– No! Siamo su un'isola deserta, ricordi? Non ci sono medici come si deve, pensa se dovessi peggiorare.

– … Ok.

– Hai preso la medicina?

– La prendo prima di dormire, mi fa venire sonno subito.

– Allora muoviti a prenderla e fila a letto. È meglio essere prudenti.

– Va bene…

Sentendosi come rimproverato dalla propria madre, Van si alzò lentamente. Nel frattempo, Agatha era andata in cucina a prendergli una caraffa e un bicchiere.

– Vi saluto, allora, – e, cosí dicendo, si avviò verso la propria stanza, quando…

– Chissà cosa ti metterai a fare da solo al buio cosí presto…

Era la voce bassa e minacciosa di Carr. Van fermò la mano con cui stava per girare la maniglia e si voltò.

– Mi metto a dormire e basta…

– Tu dici? Io ho come l'impressione che inizierai ad affilare qualche lama.

– Come?!

Carr rispose con un ghigno all'espressione indispettita dell'altro.

– Sono quasi certo che ci sia tu dietro quelle tavolette, sai?

– Van, lascialo perdere e vai a letto, – intervenne Ellery.

– Aspetta, Ellery, – riprese Carr con voce melliflua. – Non credi che in questa situazione sia la norma sospettare di lui?

– Tu dici?

– Prova a pensarci. Facciamo finta che avvenga una catena di omicidi in un luogo dove si sono radunate diverse persone, proprio come nel nostro caso. In situazioni simili di norma è l'ospite, colui che invita, o l'organizzatore a essere il colpevole... O quantomeno è implicato in qualche modo.

– Sí, nei romanzi è cosí.

– Quelle tavolette premonitrici non sono altro che una parte dei preparativi, ma il colpevole ha commesso un errore nel mostrarcele! Cosa c'è di male nel ragionare come se fossimo dentro a un giallo?

Carr scosse il mento.

– Che hai da dire, signor ospite?

– Piantala con queste baggianate, – rispose Van pestando il pavimento con un piede, brocca e bicchiere ancora tra le braccia. – Mettiamo le cose in chiaro, io non vi ho mai invitati, vi ho solamente detto che mio zio è diventato il proprietario della casa. A dirla tutta, comunque, l'organizzatore è il nostro prossimo caporedattore, Leroux.

– Esattamente. Quando Leroux me ne ha parlato, poi, sono stato io a insistere per venire sull'isola con i qui presenti, – affermò Ellery con decisione. – Se sospetti di Van, allora dovresti necessariamente fare lo stesso di me e Leroux. Altrimenti il tuo non è definibile un ragionamento logico.

– Detesto i detective che si mettono a ragionare a caso solo dopo che qualcuno c'ha lasciato la pellaccia!

Ellery, allora, si strinse disdegnosamente nelle spalle.

– A ogni modo, il modello in cui l'ospite è al contempo il colpevole mi sembra troppo banale. Né tantomeno penso che sia il metodo migliore che un assassino come si deve possa scegliere. Se fossi in lui agirei con molto tatto sfruttando l'invito e...

– Ma che razza di discorsi fate! – sbraitò Poe schiacciando rabbiosamente il mozzicone della sigaretta fumata a metà. – Detective, assassino... Non riuscite nemmeno a distinguere la realtà dai romanzi? Dài retta a me, Van, non perdere tempo con questi deviati e muoviti ad andare a letto.

– Deviato a chi? – Carr strabuzzò gli occhi e calciò il pavimento con il piede che aveva continuato ad agire compulsivamente. – In che senso sarei un deviato, eh?

– Lo sei e basta. Prova a vedere la realtà, a volte –. Dopo essersi acceso una nuova sigaretta, Poe riprese, scuro in volto. – Tanto per cominciare, la discussione di poco fa è del tutto sterile. Non è la prima volta che ci troviamo tutti insieme come lo siamo adesso. Certo, come dici tu, è possibile che Van sia il colpevole e ci abbia fatto abboccare a una golosa esca. Ma i colpevoli potrebbero essere pure Ellery e Leroux, che hanno architettato il viaggio... Oppure proprio tu, Carr, sfruttando l'occasione propizia che ti si è proposta in questa circostanza. E potrei andare avanti ancora con le congetture, vero?

– Ha ragione Poe, – intervenne Agatha. – Sono solo discussioni che girano a vuoto.

– In piú, – Poe fumava con calma imperturbabile, – voi siete convinti che quelle tavolette preannuncino una catena di omicidi, ma non vi sembra un'ipotesi del tutto priva di senso? Vi ricordate che siamo un gruppo di appassionati di un gioco chiamato «romanzo giallo» e che ci troviamo in un luogo su cui girano strane storie, vero? Perché non riuscite a vederla sotto un'ottica ludica? Per esempio... – e Poe raccontò a tutti l'interpretazione che aveva esposto nella sua camera a Van dopo pranzo.

– Giusto! Hai proprio ragione, Poe! – esclamò gioioso Leroux battendo le mani.

– Il sale nel caffè, eh... – Ellery si mise le mani in testa abbandonandosi allo schienale della sedia. – Se fosse cosí, mi leverei il cappello al cospetto di un simile senso dell'umorismo.

– Siete ottimisti, vedo, bravi! – chiosò Carr alzandosi corrucciato in volto e tornando rumorosamente nella propria stanza. Quando si fu accertato che questi fosse entrato, anche Van se ne andò, augurando agli altri con voce rauca la buonanotte.

– Ora sí che si è fatto intrigante scoprire il colpevole, vero? – fece con un sorriso Agatha nel rivolgersi a Orczy.

– S... sí... – rispose questa a bassa voce, senza nemmeno alzare lo sguardo.

Ellery estrasse dalla tasca il mazzo blu di carte Bicycle e le dispose sulla tavola bianca.

– Bene... Chi sarà la prima vittima? Il gioco si sta facendo interessante... – sussurrò, ma non era chiaro se intendesse solo dissimulare l'ansia che lo attanagliava. Erano rimasti tutti influenzati dalle parole di Poe e l'angoscia che dalla mattina aveva stagnato su di loro sembrava essersi dissolta.

Eppure...

Proprio nel medesimo istante, vi era sull'isola una persona che lo sapeva molto bene... Il significato delle parole sulle tavolette andava interpretato alla lettera.

Capitolo 4

Secondo giorno – Terraferma

1.

L'auto avanzava verso ovest.

Kawaminami lanciava di tanto in tanto un'occhiata al volto di Shimada Kiyoshi, intento a tenere il volante, e ogni volta doveva sforzarsi di contenere le risate. L'ultimo figlio di una famiglia di bonzi che guidava una Mazda Familia rossa indossando, per giunta, un maglione casual e dei jeans che per nulla si addicevano all'elegante giacca grigia e ai raffinati occhiali da sole turchesi. Sebbene fossero elementi a primi vista del tutto stonati tra loro, era come se il carattere dell'uomo riuscisse in qualche modo a conferirvi una stravagante armonia.

Come da ipotesi, la moglie dello scomparso Yoshikawa Seiichi abitava ancora ad Ajimu, il suo nome era Masako. Shimada in mattinata aveva compiuto delle indagini circa l'indirizzo esatto, e ne aveva approfittato per fissare un appuntamento con la diretta interessata.

Da Beppu imboccarono la strada di montagna e superarono le terme di Myōban. Ai lati della non troppo larga carreggiata si osservavano costruzioni simili a tende, realizzate in paglia intrecciata, tra le cui fessure filtravano vapori bianchi: a quanto pareva, erano i luoghi adibiti all'estrazione dello *Yu no hana*, un particolare sale da bagno tipico del luogo.

Quindi giunsero finalmente al valico che conduceva nella zona di Usa.

– Come sono andate le indagini, Conan? – chiese Shimada.

– Mi scusi, in effetti non gliene ho ancora parlato, – appoggiato al finestrino per osservare il panorama che scorreva fuori dal veicolo, Kawaminami si sedette composto grattandosi la testa. – Non sono riuscito a controllare tutto quanto avrei voluto, ma per il momento non ci sono dubbi sul fatto che i presenti all'after quella notte abbiano ricevuto la lettera.

– Capisco... E di loro in quanti si trovano sull'isola?

– Esattamente non saprei, molti abitano da soli e non ho avuto modo di verificare. Ma ho il sospetto che tutti a parte e me e Morisu siano là, ora...

– Ci deve essere qualcosa di losco sotto.

– Anche io la vedo cosí, ma se Morisu fosse con noi magari ci andrebbe piú cauto e azzarderebbe forse l'ipotesi contraria...

– Ovvero?

– Be', in sostanza potremmo dire che chi era presente per puro caso quella notte ora si sia recato altrettanto casualmente sull'isola, no? In fondo si incontravano spesso, quindi è normale che adesso escano insieme, cosí come è plausibile che organizzino una gita. Di conseguenza potrebbe non esserci nulla di significativo che relazioni la ricevuta di quelle lettere con la loro partenza per l'isola... Qualcosa del genere, credo.

– Ah... Una teoria alquanto particolare, direi.

– Morisu è un tipo molto cauto, oserei dire anche sincero e tutto d'un pezzo. Forse è per questo che non si lancia mai in conclusioni azzardate.

– Ieri sera mi è parso molto preso dal ruolo di detective, però.

– Vero… devo ammettere di essere rimasto un po' sorpreso, per come lo conosco io, comunque, è un ragazzo molto arguto…

Kawaminami Takaaki e Morisu Kyōichi erano un bel duo sin dai tempi del circolo. Il primo era estremamente curioso, votato all'azione, come individuava qualcosa che attirasse il suo interesse, non riusciva neanche per un attimo a starsene con le mani in mano. Eppure sapeva fin troppo bene che questa sua smodata curiosità tendeva a portarlo a ragionare in modo semplicistico, talvolta fin troppo diretto; cosí come riconosceva di essere una personalità in grado di appassionarsi in un attimo a qualcosa per poi perdere ogni interesse con altrettanta velocità.

D'altro canto, Morisu, pur essendo un appassionato come l'amico, tendeva a nascondere tale lato del suo carattere. Preferiva prima ragionare a fondo con la propria testa e, solo quando convinto della bontà della propria deduzione, passare all'azione. Ecco perché Kawaminami lo considerava un antidoto alle proprie lacune logiche e, al contempo, un consigliere in grado di correggerlo laddove necessario.

Mi riservo il ruolo di detective in poltrona…

In effetti gli si addiceva alla perfezione, nessun dubbio. Non che volesse abbassarsi o considerarsi meno capace di lui, ma Kawaminami sapeva che dei due il ruolo di Watson sarebbe stato piú consono alla sua personalità. Morisu avrebbe impersonato Holmes.

Eppure, continuava a pensare sbirciando il profio di Shimada, *quest'uomo non sembra il tipo da accontentarsi del ruolo di Watson o Lestrade…*

La macchina raggiunse finalmente un altopiano da cui

si godeva di una splendida vista. I dolci pendii ricoperti dall'erba rigogliosa si estendevano uno dopo l'altro.

– Il monte a sinistra è lo Tsurumi-dake, vero?

– Esatto, di questi tempi pare che sia molto frequentato da chi si diletta col deltaplano.

– Manca ancora molto ad Ajimu?

– Dobbiamo proseguire ancora un po' e scendere per arrivare a Usa, poi saliamo di nuovo e arriviamo all'altopiano di Ajimu. Se ora è l'una e mezza, saremo là poco prima delle tre.

Kawaminami si mise le mani sul bacino e, stiracchiatosi la schiena, sbadigliò vistosamente.

– Sei stanco, Conan?

– In genere sto sveglio fino a notte fonda, non sono molto abituato ad alzarmi presto...

– Dormi pure, se vuoi. Ti sveglio quando arriviamo.

– Grazie. Allora, con permesso...

Quando Kawaminami ebbe reclinato il sedile, Shimada premette a fondo sull'acceleratore.

2.

Yoshikawa Masako, nell'accoglierli sull'uscio di casa, indossava un elegante kimono che riportava un piccolo stemma araldico e, contro ogni aspettativa di Kawaminami, aveva tutta l'aria di essere una donna garbata, che gradiva la compagnia altrui. Considerato il pregiudizio per cui le veniva rinfacciato di essere la moglie di un uomo resosi colpevole di ben quattro omicidi in seguito a una passione adulterina, si sarebbe aspettato di trovarsi davanti una donna molto fredda, se non del tutto apatica. Probabilmente aveva ancora poco piú di quarant'anni, ma l'ansia e lo stress le avevano impietosamente logorato il viso, facendola sembrare piú anziana del dovuto.

– Buongiorno, mi chiamo Shimada. Ci siamo sentiti per telefono stamattina, chiedo scusa per il disturbo, – esordí Shimada, al che la moglie del giardiniere chinò cortesemente il capo. – Lei e il buon Kō... Volevo dire Nakamura Kōjirō, vi conoscete, dico bene?

– Sí, è sempre stato molto gentile con me. Forse lo sa già, ma prima di sposare mio marito lavoravo presso la residenza di Tsunojima, sin da quando il signor Seiji vi si trasferí. Era stato il signor Kōjirō a fare da tramite...

– Capisco, quindi vi siete conosciuti lí lei e suo marito?

– Esatto, pure lui sin dai primi tempi si recava spesso sull'isola.

– E questa è la casa dove era nato?

– Sí. Dopo il matrimonio abbiamo vissuto per un certo periodo nella città di O., ma con il peggiorare della salute dei suoi genitori ci siamo trasferiti qui.

– Certo che faceva un bel po' di strada ogni volta...

– Dopo che siamo venuti a vivere qua, si era tenuto solo il lavoro sull'isola e quello per il signor Kōjirō.

– Ah, quindi suo marito si prendeva cura anche di quel giardino?

– Esattamente.

– A proposito, oggi siamo venuti a trovarla per via di questa... L'ha ricevuta il qui presente mio amico Kawaminami, – e Shimada le mostrò la lettera.

– Che cos'è?

– Una lettera scritta da qualcuno che finge di essere il defunto Nakamura Seiji. Kōjirō ne ha ricevuta una molto simile.

– Ah...

– Per questo abbiamo pensato che potesse avere a che fare con gli eventi di Tsunojima e siamo venuti a trovarla sperando di ottenere qualche informazione utile al caso.

Masako non nascose un certo disagio, ma alla fine alzò il viso.

– Non stiamo qui a parlare, entrate pure. Già che ci siete, sarei lieta se accendeste un incenso per mio marito…

Shimada e Kawaminami furono introdotti nella sala tradizionale, avvolta dalla penombra. Masako si sedette sui talloni di fronte a loro. Alle sue spalle, in fondo a un ambiente delimitato da una porta scorrevole spalancata, vi era un piccolo altarino buddhista. La tavoletta mortuaria nuova di zecca risaltava, bianca in quell'oscurità.

– Come avrete saputo, mio marito non è stato ancora trovato. Ormai, però, mi sono rassegnata e il mese scorso ho deciso di dedicargli un funerale chiamando solo alcuni parenti… – spiegò la donna asciugandosi le lacrime.

– Mi scusi, signora, ma non c'è la possibilità che sia effettivamente in vita?

– Se cosí fosse, si sarebbe fatto senza dubbio sentire.

– Però…

– Permettetemi di dirvi solo una cosa. Mio marito non avrebbe mai potuto rendersi protagonista di omicidi tanto orripilanti. So cosa pensa la gente, ma io non credo a nessuna di quelle storie, cosí come coloro che lo conoscevano di persona, – affermò con risolutezza. Shimada annuí senza rimostranza alcuna, poi riprese.

– Dalle indagini sembrerebbe che suo marito si fosse recato sull'isola tre giorni prima dell'incendio. Non è che saprebbe dirmi la data precisa?

– Era il 17 settembre quando uscí di casa per l'ultima volta.

– Da allora, prima che la residenza prendesse fuoco, non vi siete piú sentiti?

– Solo una volta, nel pomeriggio del giorno in cui è partito.

– Per telefono?

– Sí, per avvisarmi di essere arrivato sull'isola senza problemi.

– In quel momento non ha notato nulla di strano in lui?

– No, era come sempre. Però mi disse che la signora stava male...

– Intende Kazue?

– Esatto. A quanto pareva non l'aveva vista in giro, cosí, dopo aver chiesto al signor Seiji, era venuto a sapere che era a letto malata.

– Aha, – mentre si toccava la punta del naso, Shimada sporse le labbra in fuori. – Sarò indelicato, ma ci terrei comunque a farle una domanda. Le è mai parso che suo marito provasse qualcosa verso Kazue?

– Sia io che mio marito ammiravamo molto la signora... – rispose Masako, visibilmente pallida in viso. – Come le ho già spiegato, mio marito non era l'uomo malvagio che dipingono i pettegolezzi della gente. È un'assurdità che potesse avere un rapporto di quel tipo con la signora, e poi...

– E poi?

– Anche le voci che insinuano un interesse da parte di mio marito verso il patrimonio del signor Seiji sono sciocchezze prive di alcun fondamento. Tanto per cominciare, ormai era difficile che rischiasse di venire ucciso da qualcuno bramoso del suo denaro...

– Intende dire che non gli era rimasto piú nulla?

– Scusatemi, ho parlato piú del dovuto...

– Ci mancherebbe, capisco la sua frustrazione, – ammiccò Shimada, e i suoi occhi incavati scintillarono. – Dunque a

Seiji non era rimasto piú nulla dell'eredità, eh… – e, borbottando tra sé e sé, riprese come se si fosse ricordato di qualcosa: – Pare che Seiji e Kōjirō non andassero troppo d'accordo, che ne pensa al riguardo?

– Ecco… Il signor Seiji era una persona alquanto particolare, quindi… – fece Masako con parole ambigue.

– Capitava che Kōjirō si recasse in visita sull'isola?

– I primi tempi, quando ancora lavoravo là, a volte veniva eccome. Dopo un po', però, credo che non sia piú capitato.

– Quindi fino a quando c'era lei, eh… Interessante.

– Mi scusi, – intervenne Kawaminami, rimasto ad ascoltare in silenzio fino ad allora. – Sa cosa è successo a Nakamura Chiori, vero? Io ero un suo compagno di università… Penso che sia per questo che ho ricevuto la lettera che il signor Shimada le ha mostrato prima.

– La signorina Chiori? – Masako abbassò lo sguardo sul tatami nerastro. – Mi ricordo ancora benissimo il suo viso quando era una bambina. Anche dopo aver abbandonato l'isola ricevevo notizie sul suo conto da parte di mio marito… Povera ragazza, era troppo giovane per fare quella brutta fine.

– Lei sa fin quando ha abitato sull'isola? – chiese Shimada.

– Mi sembra che si sia trasferita dal nonno l'anno in cui ha iniziato l'asilo. Stando ai racconti di mio marito, non tornava praticamente mai sull'isola, delle due era la signora Kazue che andava a trovarla alla città di O. Quanto le voleva bene la signora…

– E Seiji, invece? – fece Shimada mostrandosi interessato. – Che rapporto aveva con la figlia?

– Ecco… – Masako si mostrò titubante. – Non credo proprio che l'amasse molto.

3.

Tra una cosa e l'altra, rimasero a parlare quasi due ore e, quando lasciarono casa Yoshikawa e Ajimu, si erano già fatte le cinque di pomeriggio inoltrate. Sulla strada del ritorno si fermarono a mangiare qualcosa e cosí giunsero a Beppu dopo le nove.

Shimada era senza dubbio provato dalle numerose ore passate alla guida. Lo si poteva udire schioccare stizzito la lingua ogniqualvolta incrociavano i fari delle auto provenienti dal senso opposto.

– Ti spiace se passiamo un attimo a casa di Kō?

– Certo che no, – rispose Kawaminami, nonostante in realtà non fosse molto dell'idea; dopo la visita ad Ajimu, si sentiva sopraffatto da una forte prostrazione dovuta in gran parte al poco sonno e alla stanchezza fisica. Avvertiva, però, un'innegabile spossatezza a livello psicologico, quasi fosse piombato in un'improvvisa apatia. Nonostante l'entusiasmo che lo aveva accompagnato nelle prime ore dell'escursione, aveva l'impressione di non essere riuscito a ottenere quanto cercasse. Non che sin dal principio sperasse in qualche risposta precisa, eppure si aspettava almeno di mettere le mani su qualche informazione al momento sconosciuta ai piú.

E se...

Ragionò disgustato da tali pensieri.

Mettiamo caso che anche Yoshikawa Masako avesse ricevuto a sua volta la lettera da parte di Seiji... Ne sarei stato contento?

Sapeva di essere un ragazzo che, come si appassiona di getto a qualcosa, perde interesse con altrettanta facilità. Sotto sotto non era altro che un bambino, bramoso di un nuovo giocattolo: desiderava sempre nuovi stimoli, ma, non appena subentrava un barlume di monotonia, ecco che si stufava e lasciava perdere.

L'auto si fermò dinanzi alla residenza di Kōjirō a Kannawa.

Era una serata placida, in cielo vi erano sottili nuvole tra cui, sfocata nell'oscurità, fluttuava pallida la luna.

Shimada suonò il campanello, si udí labile il rumore provenire dall'interno. Restarono qualche secondo in attesa, ma nessuno rispose.

– Che strano, e dire che le luci sono accese, – borbottò perplesso Shimada, quindi provò a suonare di nuovo e bussò diverse volte. – Che sia già andato a dormire? – e fece per avviarsi sul retro, quando si girò verso Kawaminami e lo vide appoggiato ai pilastri del cancello d'ingresso con lo sguardo abbassato. – Va be', riproverò... Scusami, Conan, ti ho portato fin qua per niente. Sembri piuttosto stanco, che dici, andiamo?

Imboccata la statale, si avviarono verso la città di O.

Shimada abbassò il finestrino. La brezza notturna penetrò nell'abitacolo accompagnata dall'odore del mare.

– Hai freddo, Conan?

– No, non troppo, – rispose Kawaminami. Il senso di prostrazione e la rabbia verso di sé non accennavano a diminuire.

– Scusami per oggi. È da stamattina che ti faccio girare a destra e a manca.

– Ci mancherebbe, anzi, sono io a dover chiederle scusa... Non so, mi sento cosí privo di energie.

– Non darci troppo peso, sei palesemente provato, – e in effetti Shimada non sembrava affatto risentito per la scarsa partecipazione del ragazzo. Tolse la mano sinistra dal volante, si stropicciò gli occhi uno a uno e riprese. – In un certo senso, anche io ho avuto la sensazione di aver preso un bel granchio. Ma se vediamo le cose da un'altra prospettiva, la nostra gita ad Ajimu ci ha fruttato un buon bottino!

– In che senso?

– Il granchio riguarda la storia della sparizione di Yoshikawa Seiichi. Se fosse ancora vivo, sarebbe stato piú che lecito aspettarsi almeno un contatto con la moglie. Tuttavia, come lei stessa ha affermato, ciò pare non essere avvenuto affatto.

– Mi scusi, però, e se ipotizzassimo che ci fosse qualcosa dietro la scelta di celebrare il funerale dopo appena sei mesi dalla sparizione?

– Potremmo, certo, ma a mio parere quella donna non è una in grado di mentire. Mi è parsa sincera, una brava persona, insomma.

– Mah...

– Ho un buon occhio nel giudicare le persone, sai? Vedila come l'intuito da bonzo, – affermò Shimada sorridendo. – A ogni modo, questo era il granchio. Caro Conan, avresti una sigaretta?

– Una sigaretta? – chiese sorpreso Kawaminami. Non aveva ancora visto Shimada fumare. – Se le vanno bene le Seven Stars... – e gli offrí l'intero pacchetto. Con lo sguardo fisso sulla strada, l'uomo estrasse agilmente una sigaretta con una sola mano e se la infilò in bocca.

– Fino a qualche anno fa ero un fumatore incallito, sai. Poi ho avuto un problemino ai polmoni e da allora ho praticamente smesso. Vivo nell'ozio e senza vincoli, ma ho deciso di impormi almeno una regola: una sigaretta al giorno, non di piú –. Accesala, esalò con goduria la prima boccata di fumo. – Tornando a noi, il bottino a cui facevo riferimento riguarda l'aver capito intanto che a Seiji non era rimasto praticamente nulla del suo ingente patrimonio. Se ciò fosse vero, allora la teoria che attribuisce a Yoshikawa il movente economico risulterebbe deboluccia.

– E per la storia della tresca con Kazue?

– Non so, ma c'è da sempre qualcosa che non mi convince di quella teoria, mi sa molto di forzatura. Qualche tempo fa ne avevo parlato anche con Kō e mi aveva assicurato che Kazue non era certamente una che potesse civettare con un giardiniere. E aveva definito lo stesso Yoshikawa un uomo tutto d'un pezzo, leale, non certo in grado di intrattenere una relazione adulterina. Di fatto la sua testimonianza coincide con quella di Masako che abbiamo sentito oggi.

– Quindi secondo lei Yoshikawa non è il colpevole, vero?

– Ritengo che ci siano buone probabilità che non lo sia, – Shimada consumò in un batter d'occhio la sigaretta fino all'estremità e, a malincuore, la buttò nel posacenere. – C'è dell'altro, però. Sentendo i discorsi di oggi, mi sono fatto l'impressione che dietro al cattivo rapporto tra Seiji e Kō ci possa essere stata Kazue.

– Kazue?

– E se avesse avuto veramente una relazione extraconiugale, non certo col giardiniere, bensí proprio con Kō?

– Il signor Kōjirō e Kazue?!

– Precisamente. A posteriori, deve essere per forza cosí. Dopo i fatti dell'anno scorso, è rimasto chiuso in casa come un derelitto per quasi due settimane e, a questo punto, non credo proprio per lo shock dovuto alla scomparsa del fratello, quanto per quello legato alla morte di Kazue.

– Ma… Allora chi c'è dietro agli omicidi?

– Ho una mia ipotesi, piú avanti te ne parlerò. Piuttosto, non dovresti comunicare le nostre scoperte al caro Morisu?

– Ora che mi ci fa pensare…

Kawaminami controllò l'orologio sul cruscotto: erano le dieci e quaranta. La statale costiera che conduceva alla città di O. era ormai deserta. In mezzo agli sparuti bagliori rossi dei fanali posteriori, vi erano i neri corpi mastodontici dei camion. La lunga scia luminosa dei treni che correvano lungo la ferrovia parallela alla strada.

– Aveva detto di chiamarlo, ma già che ci siamo potremmo passare a casa sua. Che ne dice?

Ravvivato dalle allusive parole di Shimada, Kawaminami stava ritrovando il vigore perduto. Quasi l'avesse intuito, l'uomo sogghignò assottigliando gli occhi.

– Morisu, eh... Anche il suo è un bel nome.

4.

– Trattandosi di te, avrei giurato di vederti già stufo dopo una giornata passata a fare il detective, – constatò ironicamente Morisu mentre versava dell'acqua bollente sulla bustina di tè appoggiata all'interno della tazza. – Strano... Sarà perché eri insieme al signor Shimada?

– Non ti sfugge nulla, eh, – replicò Kawaminami con un sorrisetto di circostanza.

– Comunque, onorevole detective, mi racconti cosa avete scoperto?

Kawaminami, allora, illustrò in modo esaustivo le informazioni che erano riusciti a recuperare quel giorno.

– Uhm... Capisco, – Morisu si versò una seconda tazza di tè che bevve senza aggiungere nemmeno un po' di zucchero. – Dunque, mio caro Watson, che piani hai per domani?

– Non saprei, – e si sdraiò sul posto. Quindi riprese appoggiando fiaccamente a terra il braccio con cui sorreggeva la testa. – In realtà, mi è un po' passata la voglia. All'inizio ero entusiasta, in fondo, per colpa di queste lunghissime vacanze, mi stavo annoiando a giocare a Mahjong tutte le sere, ma poi ecco la «lettera dal morto», come potevo ignorarla? Allora mi sono sentito spronato sperando di poter trovare qualcosa, ma...

– Ehi, non serve che ti fai una diagnosi psicologica da solo, il signor Shimada potrebbe restarci male!

Ma questi si limitò a sorridere grattandosi il mento ossuto.

– Che male c'è a vederla come un passatempo? Cento volte meglio che lasciar deperire la fantasia sommersi dagli impegni quotidiani, penso. In fondo siamo simili, io e Conan. Se non fossi uno sfaccendato non mi sognerei nemmeno alla mia età di ficcare il naso in storie simili, anche se, sotto sotto, mi appassiona curiosare. Comunque, caro Morisu...

– Sí?

– Mi piacerebbe sentire il parere del detective in poltrona.

– Sapevo che prima o poi me l'avrebbe chiesto, – fece il ragazzo sogghignando e inumidendosi con la lingua le labbra rinsecchite. – In realtà è da quando ne abbiamo parlato ieri che mi sono fatto una mia idea. Purtroppo, tuttavia, non si tratta di una vera e propria inferenza, bensí di una supposizione, quindi non prendetela troppo sul serio.

– Sei proprio un tipo prudente come afferma Conan, eh... Sentiamo.

– Per essere prudente, però, questa mia idea è a dir poco azzardata. Ma forse anche lei, signor Shimada, se n'è fatta una simile...

– Anch'io nutro quel presentimento.

– Ebbene... – riprese Morisu spostando lo sguardo su Kawaminami. – Devo ammettere che non capisco come possa non essermi passato per la testa... A ogni modo, detto in parole povere, e se dietro ai fatti di Tsunojima ci fosse ciò che Francis Nevins Jr definisce «Gambetto di Birlstone»?

Kawaminami sussultò.

– Vuoi dire che in realtà Seiji potrebbe essere vivo?

– Non lo sto asserendo. Ho solamente suggerito un'ulteriore possibilità, nulla di piú nulla di meno –. Morisu, quindi, continuò lentamente la spiegazione mentre si versava l'ennesima tazza di tè. – I coniugi Kitamura sono stati rinvenuti col cranio fracassato da una mannaia, ma non credo che ci sia lo spazio per trucchi alla «cadavere senza volto», per quanto l'incendio possa averne reso complesso il riconoscimento. Riguardo alla moglie, Kazue, a parte il problema della mano sinistra scomparsa, non c'è nulla che meriti particolare attenzione. È il cadavere di Seiji su cui ci si deve soffermare, piuttosto, checché se ne dica. Provate a pensare: è morto carbonizzato dopo che gli era stato cosparso del cherosene su tutto il corpo. Viso a parte, non deve essere troppo semplice rinvenire tracce di eventuali cicatrici o segni di operazioni su un corpo del genere. Non so come abbia fatto la polizia a essere certa che si trattasse proprio di Seiji, ma ritengo che ci sia sufficiente spazio per ipotizzare che fosse il cadavere di qualcun altro. Per giunta, al contempo si aggiunge anche il giardiniere scomparso... Signor Shimada.

– Dimmi, signor detective.

– Non è che in realtà si è già informato in merito a fisico ed età di Seiji e Yoshikawa Seiichi?

– Aha, molto perspicace. Complimenti! – esclamò con un evidente sorriso. – Entrambi avevano quarantasei anni ed erano della medesima statura e corporatura media. Per inciso, anche il gruppo sanguigno era lo stesso: A. Non serve che ti dica quale sangue è stato rinvenuto nel cadavere...

– Come ha fatto a ottenere informazioni simili? – chiese attonito Kawaminami, al che Shimada rispose strofinandosi imbarazzato le guance.

– Ah, non te l'avevo detto? Diciamo che ho un aggancio in polizia... Dunque, Morisu, poniamo pure che ci sia stato uno scambio di identità. A questo punto come ricostruiresti lo svolgersi dei fatti?

– Dunque... – e si appoggiò una mano sulla fronte fissando il soffitto. – La prima vittima dovrebbe essere la signora Kazue, se non vado errato il decesso è stato stimato tra il giorno 17 e 18. Dato che Yoshikawa Seiichi, una volta giunto sull'isola, avrebbe telefonato alla moglie il pomeriggio del 17, probabilmente a quell'ora Kazue era già morta. Quando il giardiniere si era insospettito non vedendola, quindi, Seiji avrebbe inscenato la malattia della consorte, ma in realtà le aveva fatto bere il sonnifero e l'aveva già strangolata. In seguito, temendo di poter essere scoperto, Seiji avrebbe deciso di liberarsi sia dei coniugi Kitamura che dello stesso Yoshikawa. Allora li avrebbe drogati con altro sonnifero e poi legati con una corda; il giorno 19, si sarebbe sbarazzato brutalmente dei primi, quindi avrebbe trascinato il giardiniere, ancora assopito, nella stanza dove aveva ucciso la moglie e, liberatolo dalla corda, avrebbe cosparso il suo corpo con del cherosene, magari dopo essersi scambiato gli indumenti. Infine avrebbe appiccato il fuoco alla villa e si sarebbe dato alla fuga dall'isola. Ecco come potrebbe reggersi in piedi la teoria dello scambio d'identità tra Seiji, il vero colpevole, e Yoshikawa. In altre parole, sarebbe il tipico caso di «cadavere senza volto», ma bisogna riconoscere che anche interpretandola in questa maniera persistono diversi punti oscuri. Me ne vengono in mente almeno quattro.

– E sarebbero? – lo incalzò Shimada.

– Tanto per cominciare, il movente. Perché Seiji avrebbe dovuto uccidere la moglie con cui aveva vissuto assieme per piú di vent'anni? Sarebbe banale risolvere il problema concludendo che sia impazzito all'improvviso, ma, se anche cosí fosse, di sicuro deve esserci stato qualcosa che l'ha spinto a un gesto tanto folle. In secondo luogo, come dicevamo ieri sera, persiste il mistero della mano amputata. Quale necessità avrebbe avuto di reciderla e dove l'avrebbe nascosta? Poi, il problema della tempistica con cui avrebbe compiuto gli omicidi. Supponendo che avesse ucciso la moglie il 17 e il giardiniere il 20, che cosa avrebbe fatto in quei tre giorni? Per concludere, come avrebbe potuto ad abbandonare l'isola, e ora dove si nasconderebbe?

– Corrisponde piú o meno all'idea che mi ero fatto, direi, – commentò Shimada. – Anzi, forse potrei essere in grado di rispondere almeno alla prima domanda.

– Intende quella sul movente che l'avrebbe spinto a uccidere la moglie?

– Esatto. Ovviamente la mia risposta non è che una mera supposizione, proprio come la tua teoria.

– ... Secondo Seiji lei è stato travolto dalla gelosia? – anticipò Morisu, al che Shimada serrò le labbra e annuí.

– Io penso che perfino un sentimento tanto ordinario possa sfociare in assurda follia se accumulato per anni e anni, e lo stesso varrebbe persino per un genio come Seiji... Dimmi, Conan.

– Sí?

– Ti ricordi cosa raccontava Yoshikawa Masako riguardo a Nakamura Chiori?

– Certamente.

– Era raro che tornasse sull'isola e, cito testuali parole, «quanto le voleva bene la signora». Per quel che riguarda il padre, invece...

– Mi pare abbia detto che non ci fosse troppo affezionato.

– Già. Seiji non amava molto la figlia.

– Ora che mi viene in mente, al funerale di Chiori il nome del rappresentante di famiglia non era quello di Seiji.

– Avete già capito cosa voglio dire, vero?

Shimada guardò a turno i due ragazzi. Kawaminami annuí mestamente, Morisu distolse lo sguardo e aggrottò le sopracciglia.

– Chiori in realtà non era sua figlia... Questo intende?

– Esatto, caro Morisu.

– E allora di chi era figlia?

– Ma di Nakamura Kōjirō, di chi altri sennò? Come racconta anche Masako, Kō aveva frequentato l'isola fino a quando lei non si era sposata con Yoshikawa. Ciò implica che lui e Seiji non avessero sin dal principio un brutto rapporto. All'improvviso, però, Kō ha smesso di presentarsi sull'isola. Ecco, io ritengo che quel periodo possa combaciare con la nascita di Chiori. Tu che ne pensi, Morisu?

– Mah, non saprei... – e allungò la mano verso la sigaretta sul tavolino di vetro. – Quindi era per questo che siete passati a casa del signor Kōjirō prima di venire qui?

– Sí, avevo in mente di incontrarlo e provare a carpire qualcosa, ma...

– Signor Shimada, – irruppe Morisu, non riuscendo a trattenersi. – Io sono del parere che sia decisamente meglio non mettere il becco in certi argomenti.

– Oh, oh. Che ti succede all'improvviso? – Shimada si mostrò sorpreso.

– Potrei risultare insolente, lo so, ma non mi pare corretto rivangare su problemi del passato, per quanto lei possa essere in buoni rapporti con il diretto interessato, – spiegò Morisu scrutando con fare posato Shimada. – Finché siamo noi tre a parlarne privatamente possiamo dire quel che ci pare, ma ritengo che sia decisamente meglio evitare di violare la privacy delle persone sulla base di mere supposizioni... Specie se riguardano fatti che non si vorrebbero rendere pubblici per alcun motivo.

– Ma scusa, non eri stato proprio tu a suggerirci di andare a trovare la signora Yoshikawa? – replicò Kawaminami, al che l'altro sospirò.

– Mi sono pentito tutto il giorno per essere stato cosí sconsiderato. Non è facile neanche per me combattere tra coscienza e curiosità, difatti ieri sera mi sono lasciato coinvolgere troppo... Ma ripensandoci a mente fredda non credo che sia giusto comportarsi in quel modo solo per pura curiosità. Me ne sono reso conto del tutto oggi, mentre osservavo quei Buddha di pietra sui monti, – cosí dicendo, gettò lo sguardo sul cavalletto appoggiato alla parete. Il dipinto sulla tela ora era colorato con tratti spessi di mestichino. – Sarò un po' egoista, signor Shimada, ma preferisco tirarmi fuori da questa storia. Prima di rassegnare le mie dimissioni da detective in poltrona vi ho comunque esposto la mia inferenza.

– Dunque, – riprese Shimada, che non appariva affatto risentito, – la tua conclusione sarebbe che Seiji è ancora vivo, esatto?

– Non so se «conclusione» sia la parola piú adatta, in fondo mi sono solo limitato a segnalare un'eventualità mai avanzata prima d'oggi. Se dovessimo parlare in termini realistici e mi chiedessero se ritenessi Seiji ancora vivo o già morto, be', propenderei per la seconda risposta.

– E la storia delle lettere?

– Sarà stato sicuramente qualcuno dei nostri compagni

andati sull'isola che si è divertito a fare uno scherzo... Gradisce del tè?

– No, grazie.

Morisu fece per versarsi la quarta tazza di tè.

– Facciamo finta per un attimo che Seiji sia tuttora vivo. Per quale motivo avrebbe dovuto perdere tempo a scrivere lettere accusatorie per la morte della figlia a cui non era nemmeno troppo legato?

– Uhm...

– Aggiungo, poi, che ritengo molto piú complesso di quanto si possa immaginare riuscire a mantenere vivo un sentimento estremo come quello di uccidere qualcuno, per lo meno per cosí tanto tempo. Mettiamo pure che Seiji sia il colpevole dietro ai fatti di sei mesi fa: se avesse nutrito lo smodato desiderio di uccidere al contempo la moglie, i presunti colpevoli della morte della figlia e il fratello minore, se la follia lo avesse veramente consumato portandolo a esplodere, allora, dopo avere tolto la vita a Kazue, non ci avrebbe pensato due volte a tentare di uccidere subito pure gli altri. Invece è rimasto nascosto chissà dove per tutti questi mesi e ora se ne salta fuori con lettere accusatorie che sanno di minacce e riprende la sua vendetta con gli ultimi superstiti... I nervi degli esseri umani non possono essere cosí saldi.

– ...

– C'è rimasta un po' di acqua bollente, Morisu? – intervenne Kawaminami in aiuto di Shimada, ammutolito.

– Non ce n'è piú tanta, vuoi che te ne metta sul fuoco?

– No, allora non fa niente, – e si mise a pancia in su con le braccia conserte. – Va be', in fondo io e il signor Shimada non abbiamo niente da fare, per cui proseguiremo ancora un po' nelle indagini, a prescindere dal tuo parere.

– Non voglio certo imporvi di lasciar perdere, – riprese tranquillo Morisu. – Dico solo che sarebbe meglio evitare di calpestare i segreti della gente, tutto qua.

– Sí, sí, lo so, – Kawaminami fece un piccolo sbadiglio, poi farfugliò tra sé e sé. – Chissà che staranno facendo gli altri sull'isola...

Ma ancora non potevano certo sapere che, su quella piccola isola poco lontana dalla terraferma, la morte stava per abbattersi inesorabile da un momento all'altro.

Capitolo 5

Terzo giorno – Isola

1.

Era quasi mezzogiorno quando si svegliò. Quella notte era andata a letto troppo tardi. Agatha controllò l'orologio e si alzò di scatto, ma, con l'orecchio teso in ascolto verso il salone, sembrava che nessuno degli altri si fosse già alzato. Allora si riavvolse sotto le coperte e si coricò lentamente sul ventre.

Di certo, gli altri stavano dormendo ancora. In fondo, a parte Carr e Van, erano andati tutti a dormire dopo le tre, quella notte.

Per quanto non fosse che una gita tra amici, Agatha fu sollevata nel sapere di non essere l'unica ad aver fatto tardi, non avrebbe tollerato una simile onta. Mentre rifletteva tra sé e sé, prese le sigarette che teneva sul comodino. Soffriva di pressione bassa, per questo la mattina impiegava sempre piú di un'ora a riacquistare le energie.

Ma anche Orczy sarà ancora a letto?

Era strano che quella ragazza restasse a dormire cosí a lungo, a prescindere dall'orario in cui era andata a letto. Che si sentisse poco bene? Magari in realtà era già sveglia e stava solo aspettando che qualcun altro si alzasse. Oppure...

Agatha osservava distrattamente i movimenti del fumo uscire dalla sua bocca. Le piaceva fumare, ma preferiva farlo quando non c'era nessuno a vederla. Dopo essersi appena accesa la seconda, staccò pigramente il corpo dal letto e, indossata una camicetta nera abbinata a una gonna in maglia color beige, si mise dinanzi allo specchio. Quindi si accertò di non essere trasandata e uscí dalla stanza portando con sé il beauty contenente il necessario per lavarsi e truccarsi.

Nonostante fosse ormai mezzogiorno, il salone deserto della Casa decagonale era come al solito avvolto dalla penombra, la sola bianca tavola al centro risaltava nell'oscurità. Il cielo decagonale che si intravedeva dal lucernario era dello stesso color plumbeo del giorno precedente.

Agatha entrò subito in bagno e, dopo essersi lavata il viso, si truccò rapidamente. Di ritorno nel salone, fece per mettere in ordine tazze, bicchieri e posacenere colmi fino all'orlo lasciati alla rinfusa sulla tavola, quando la sua attenzione fu catturata da qualcosa di rosso che aveva notato con la coda dell'occhio.

Ma cosa…?

Mentre si voltava nella direzione del rossore intuí subito cosa potesse essere. Avvertí il proprio viso impallidire. Sulla porta in legno bianca vi era esattamente ciò che aveva pensato.

La prima vittima

D'un tratto le parve di udire un rumore sordo provenire da qualche punto della magione e, l'attimo successivo, Agatha gridò con tutta la voce che aveva nei polmoni. La porta alle sue spalle si spalancò di colpo: fu Carr il primo a balzare fuori. Era già sveglio e si era appena cambiato.

Come notò la ragazza ritta in piedi, impalata, guardò nella sua stessa direzione.

– Di chi è quella camera? – chiese sbraitando, ma ad Agatha la risposta si bloccò in gola. La tavoletta con la scritta rossa era appesa a coprire la targha con su riportato il nome del proprietario della stanza. Nel frattempo le porte attorno alla tavola decagonale presero ad aprirsi una dopo l'altra e anche gli altri si precipitarono in salone.

– Allora, Agatha, si può sapere di chi è questa stanza? – chiese nuovamente Carr.

– Di… O… Orczy.

– Che cosa?! – fece Poe, ancora in pigiama, scattando verso la porta. I capelli, già scompigliati, si arruffarono ancora di piú mentre si fiondava sul pomello: la stanza non era chiusa a chiave e la porta si aprí con facilità disarmante.

All'interno, il buio. I sottili raggi di luce che filtravano attraverso le fessure degli scuri squarciavano l'oscurità alla stregua di una lama affilata.

– Orczy… – la chiamò Poe con voce tremolante. – Orczy?

Il letto a parete si fondeva pallido nella penombra. Lei era lí, distesa in silenzio, la coperta a coprirle il corpo fino al petto. Sul viso, infine, vi era appoggiato il suo stesso cardigan blu marino…

– Orczy! – il grido di Poe parve un ruggito. Quindi si precipitò dentro la stanza, ma il corpo disteso sul letto non mostrò il benché minimo movimento. – Ma che diavolo…? – e, con mano incerta, quasi le forze gli stessero venendo meno, sollevò il cardigan che le copriva il viso. L'attimo seguente, le sue larghe spalle presero a tremare sempre di piú. A tale visione, gli altri cinque, rimasti a osservare dalla porta, fecero per precipitarsi nella stanza.

– Non entrate, – li supplicò Poe alzando entrambe le mani. – Vi prego… non guardatela.

A quelle parole, gli altri si bloccarono, come folgorati. Poe, allora, fatto un profondo respiro, sollevò nuovamente il cardigan e prese a controllare con discrezione il corpo immobile di Orczy, che ormai non aveva piú nulla di cui potersi vergognare. Quando ebbe terminato le operazioni, la ricoprí con l'indumento e, alzatosi molto lentamente, tirò un lungo sospiro simile a un gemito mentre osservava il soffitto.

– Usciamo tutti, – fece rivolgendosi agli amici. – È meglio chiudere a chiave la stanza del crimine... Dove saranno?

– Qua –. Ellery nel frattempo era entrato e sollevò le chiavi appoggiate al tavolo di fianco alla finestra. – Anche il chiavistello della finestra è aperto, che facciamo?

– Meglio chiudere. Vieni fuori, ora.

– Ma Orczy? – chiese Van, al che Poe, strette nel polso le chiavi ricevute da Ellery, rispose con voce sommessa.

– È morta... Qualcuno l'ha strangolata.

– Non ci credo! – sussultò Agatha.

– Invece è tutto vero, Agatha.

– Ma... Fammela vedere, Poe!

– No, non te lo permetto, – continuò questi scuotendo la testa con gli occhi serrati. – Orczy è stata strozzata, Agatha. Ti prego, non andare a vederla. La sua morte non toglie il fatto che fosse pur sempre una giovane donna –. Agatha intuí subito a che cosa si stesse riferendo Poe: lo spaventoso aspetto del cadavere di una persona strangolata. Quindi fece un cenno di assenso e, come richiesto, uscí dalla stanza.

Ma quando Poe fece per appoggiare la mano sul pomello, sentí un corpo ossuto venirgli contro piantandosi proprio dinanzi a lui.

– Non hai perso un secondo a sbatterci fuori, eh?

Era Carr. Teneva gli occhi fissi rivolti in alto su Poe e parlava con un'espressione che ricordava in tutto e per tutto un sorrisetto falso. – Guarda che in un certo senso noi siamo esperti di omicidi, potremmo provare almeno a stanare l'assassino che ha ucciso Orczy, non credi? Lasciaci indagare meglio la situazione all'interno, su.

– Razza di idiota! – tuonò Poe impallidendo e facendo tremare tutto il corpo. – Hai davvero intenzione di giocare sulla morte di un'amica? Lascia che se ne occupi la polizia!

– Che sciocchezza. E sentiamo, allora, quando arriverebbe la polizia? Come hai intenzione di avvisarla? Ti ricordi quelle tavolette, vero? Ora che arrivano gli ispettori saremo già tutti morti, a parte «detective» e «assassino».

Poe non lo ascoltò nemmeno ed era sul punto di chiudere la porta con la forza, ma Carr allungò la sua spigolosa mano giallognola e lo bloccò un'altra volta.

– Pensaci bene, Poe. Non puoi mica rimanere tanto tranquillo, sai? Potresti essere tu la prossima vittima...

– Lasciami, Carr.

– Oppure rimani cosí impassibile perché sei certo che non verrai mai ucciso? E dire che dovrebbe essere l'assassino l'unico ad avere una simile certezza...

– Che hai detto?!

– Ho indovinato, per caso?

– Vergognati!

– Smettetela tutti e due.

Poe fece per lanciarglisi contro, mentre Carr si era già contratto pronto a picchiarlo. Fu allora che Van afferrò con rapidità il braccio di quest'ultimo e lo trascinò a lato della porta.

– Che fai, maledetto! – strillò Carr, ormai paonazzo. Allora Poe approfittò dell'attimo propizio per serrare in fretta e furia la porta.

– Carr, sei ridicolo, – chiosò Ellery, che nel mentre era andato in cucina a prendere le restanti sei tavolette.
– Poe ha ragione... Purtroppo.

2.

– Ma è assurdo, non può essere che lo scherzo di qualcuno. Mi rifiuto di credere che sia reale!
– Leroux...
– Un omicidio, poi... Ma stiamo scherzando? Dev'essere per forza un brutto sogno, non abbiamo controllato bene e...
– Smettila, Leroux! – alla voce squillante di Agatha, Leroux fece un sussulto e alzò lentamente il viso.
– Scusami, – replicò con fare sottomesso per poi abbassare lo sguardo in silenzio.
I sei ragazzi erano seduti intorno alla tavola nel salone, ma evitavano di incrociare lo sguardo l'uno dell'altro. La loro attenzione ricadeva inevitabilmente sul posto vuoto, dove fino alla sera precedente era mestamente seduta quella timida ragazza dai capelli corti.
– Chi è stato...? – il quesito, uscito rabbioso dalle labbra rosate di Agatha, scosse minutamente la gelida atmosfera, lasciandosi dietro strascichi del proprio passaggio.
– Nessuno ammetterà mai di essere l'assassino, – rispose Ellery.
– Ma deve essere per forza qualcuno fra noi. Chiunque sia stato, la smetta di fare finta di niente e venga allo scoperto! Allora, chi ha ucciso Orczy?
– Non l'ha certo uccisa con l'intento di costituirsi, sai...
– Ma, Ellery...

– Lo so, Agatha, lo so… – riprese il ragazzo battendo leggermente il pugno sulla tavola. – Abbiamo l'obbligo di scoprire il colpevole… Che ne dici, Poe, ti andrebbe di illustrarci meglio ciò che hai avuto modo di appurare?

Dopo un primo momento di esitazione, Poe strinse le grosse labbra e annuí profondamente.

– Come vi avevo già detto, Orczy è morta strangolata. Sul collo è rimasto avvolto un comunissimo laccio di nylon sotto a cui è visibile il solco. Si tratta senza alcun dubbio di omicidio.

– Nessun segno di resistenza?

– No, con ogni probabilità è stata assalita nel sonno, oppure quando non se l'aspettava. Sulla testa non c'erano tracce di contusione, per cui non era svenuta prima di essere uccisa. C'è solo un punto che non riesco a spiegarmi…

– Ovvero?

– Hai visto prima, no? L'assassino ha sistemato il cadavere, ma non capisco con quali intenzioni. Prima l'ha adagiato per bene in posizione supina, poi, aggiustate le coperte, le ha posato il cardigan sopra il viso. Potremmo considerare questi come atti di coscienza da parte sua, ma il problema vero è un altro… – continuò Poe corrugando con vigore la fronte. – Al cadavere di Orczy mancava la parte dopo il polso sinistro…

– Cosa?!

– Ma che vuoi dire, Poe?

– Mi sembra fin troppo chiaro: la mano sinistra le è stata recisa, – Poe scrutò il tumulto scoppiato nel salone, quindi appoggiò entrambe le mani sul tavolo e rivolse i palmi all'insú. Sulle sue dita vi era rimasta qualche traccia nerastra di sangue. – Avrà usato un coltello da cucina o qualche grossa lama, ma non deve essere stato semplice amputarla. Il moncone era orribile da vedere…

– Gliel'ha recisa per forza dopo averla uccisa, giusto? – chiese Ellery.

– Non posso affermarlo con certezza, ma credo proprio di sí. Se l'avesse fatto col cuore ancora pulsante, non sarebbe finita con un'emorragia cosí esigua.

– E non hai trovato nulla che potesse assomigliare alla lama usata dall'assassino?

– No, per quanto ho avuto modo di constatare non c'è nemmeno traccia della mano recisa.

– Quindi se l'è portata via... – sussurrò tra sé e sé Ellery incrociando fermamente le dita eleganti. – Perché mai avrebbe compiuto un gesto simile?

– È un folle! – sbraitò Agatha, ma l'altro sbuffò leggermente.

– Se cosí non fosse, si tratterebbe di qualcuno che adora gli scherzi macabri. Abbiamo a che fare con un'allusione... Il colpevole ha senza dubbio agito emulando gli eventi accaduti l'anno scorso su questa stessa isola.

– Ah...

– Il quadruplo omicidio al Villa Blu... Una delle vittime, Nakamura Kazue, morta strangolata, era stata privata della mano sinistra.

– Ma, Ellery, perché il colpevole avrebbe dovuto fare una cosa simile?

– Intendi chiedere quale significato si celi dietro al delitto allusivo? Be'... – fece stringendosi nelle spalle. – Ci penseremo dopo, intanto, Poe, riusciresti a fornirci una stima dell'orario del decesso?

– L'ipostasi era lieve e, quando ho provato a prenderle il polso, mi sono accorto che il rigor mortis era già iniziato. Sono riuscito ad aprirle facilmente le dita della mano destra che teneva strette, quindi l'irrigidimento non aveva ancora interessato le articolazioni. Se a ciò aggiungiamo il grado di coagulazione del sangue, dunque... Sí, ipotizzerei che siano passate quattro o cinque ore dalla morte, quindi deve essere accaduto tra le sette e le otto di stamattina, o, per stare larghi, tra le sei e le nove. Si tratta comunque dell'analisi di una persona non competente, per cui vi inviterei a non prenderla troppo alla lettera.

– Come potremmo non farlo? – si intromise Carr, mostrando i denti alla stregua di un lupo. – Sei o non sei uno dei migliori studenti della facoltà di Medicina, predestinato successore alla guida della celebre clinica di tuo padre? Certo che ti crediamo... Ah, ovviamente, a meno che tu non sia il colpevole, si intende.

Poe rimase in silenzio, senza nemmeno voltarsi a guardarlo.

– Qualcuno di noi è in grado di comprovare il proprio alibi tra le sei e le nove di stamattina? – chiese Ellery rivolgendosi a tutti loro. – Qualcuno che abbia osservazioni inerenti al fatto?

Ma nessuno aprí bocca.

– Chiedo, allora, se abbiate una vaga idea del movente.

L'attimo seguente gli sguardi di Leroux, Van e Agatha si spostarono inesorabilmente su Carr.

– Capisco... – fece Ellery con indifferenza. – A quanto pare il solo Carr, fermo restando che si tratterebbe di un movente fin troppo ovvio.

– Che cosa?! Perché proprio io?

– Non eri stato respinto da Orczy?

– Uh... – Carr sussultò e si morse le labbra pallide.

– Però, Ellery, se Carr fosse veramente il colpevole non credo proprio che si preoccuperebbe di risistemare il cadavere, – notò Agatha con fare ironico. – Tra noi tutti è forse l'unico che non lo farebbe.

3.

– Andassero tutti al diavolo!

Sedutosi su una roccia, Carr sputò per terra tenendo lo sguardo fisso verso Nekojima, che si stagliava di fronte a lui. Strappava furiosamente l'erbaccia ai suoi piedi e, incurante di macchiarsi, se la stropicciava tra le mani.

– Maledetti…

Continuava a sfogare la propria ira, e intanto l'erba che aveva strappato svolazzava via portata dal vento verso il mare.

Non sono altro che un branco di egoisti, solo quando se la devono fare con me si mettono in combutta. Anche quel cretino di Poe che si atteggia con belle parole, poi…

Carr andava avanti a pensare fra sé e sé.

E comunque non ero certo l'unico che desiderasse esaminare il cadavere di Orczy… Figurati se Ellery non moriva dalla voglia di ficcare il becco. Cosí come Van, sicuramente, ma alla fine per qualche motivo hanno lasciato fare tutto a Poe, senza nemmeno rendersi conto del possibile pericolo.

Avvertiva il nervoso pervaderlo persino alla sola vista delle onde che si agitavano sotto di lui. Sputò per terra una seconda volta e, serrate le labbra, si dette un pugno sul ginocchio.

È tutta colpa di Orczy. Io sarei stato respinto? Ma quando mai, l'ho solamente avvicinata perché non avevo nulla da fare e mi annoiavo, invece lei là mi ha preso sul serio e si è montata la testa… Che stupida, ma chi si credeva di essere? Figurati se sarebbe valsa la pena di ucciderla solo per questo…

Carr scrutava il panorama dinanzi a sé agitandosi in preda all'ira, per l'umiliazione subita.

– Come previsto, pare non esserci alcuna imbarcazione. Non possiamo nemmeno tagliare della legna e costruirci una zattera vista la mancanza degli attrezzi necessari. Ammesso e non concesso che riuscissimo a cavarcela in qualche modo, poi bisognerebbe capire se sia in grado di traghettarci fino alla terraferma… Ti va una sigaretta, Van?

Escluso Carr, gli altri cinque ragazzi si erano divisi in due gruppi per ispezionare l'isola alla ricerca di un modo per mettersi in contatto con la terraferma. Poe, Van e Agatha stavano perlustrando la parte che dalla scogliera meridionale proseguiva per quella orientale.

Offerta una sigaretta a Van, Poe se ne infilò a sua volta una in bocca e incrociò le braccia con aria grave.

– Non ci resta che bruciare della legna e sperare che ci trovino.

– Siamo sicuri che sia il metodo migliore? E poi… – fece Van alzando lo sguardo al cielo dopo essersi acceso la sigaretta. – Il tempo sta peggiorando, stasera potrebbe venire a piovere.

– Dannazione, perché non abbiamo preso in considerazione prima a un metodo per tenerci in contatto con qualcuno in casi di emergenza?

– Ciò che è fatto è fatto, d'altronde nessuno si sarebbe aspettato una situazione del genere, – chiosò Van. – Che seccatura, e dire che mi era finalmente scesa la febbre…

– È da prima che non si vede nemmeno un peschereccio, – lamentò Agatha con voce patetica.

Sotto al cielo plumbeo il mare si estendeva solenne, pervaso da soffusa malinconia.

– Magari tra un po' ne passerà uno, non possiamo saperlo. È meglio restare a turno di guardia, ci divideremo a coppie, quindi tre cambi.

– Assolutamente no, Poe! – gridò con fare isterico Agatha. – Ma vuoi scherzare? Non ho alcuna intenzione di stare insieme a qualcuno che potrebbe essere un assassino!

– Potremmo metterci di guardia tre alla volta.

– Pure tutti insieme a questo punto, Van. Le uniche imbarcazioni che potrebbero transitare nei paraggi sono quelle che vanno e vengono dal porto... Nel caso passerebbero o al tramonto o all'alba.

– Non si può mai dire...

– In ogni caso, ritengo molto improbabile che possano trovarci. L'aveva detto anche il pescatore che ci ha portati qui: le zone di pesca sono molto piú a sud e le barche passano di rado vicino all'isola.

– Ma non abbiamo altra scelta. C'è qualcosa che si potrebbe bruciare?

– Ecco un altro problema, – fece Poe voltandosi verso il bosco alle sue spalle. – Ci sono solo pini, se la loro legna non viene stagionata brucia male. Potremmo al massimo raccogliere delle foglie secche e appiccare un fuocherello, ma dubito che basterebbe per essere avvistati dalla terraferma. In effetti l'unica possibilità è proprio aspettare che passi una barca.

– Ma che ne sarà di noi?

Agatha rivolse verso i due gli occhi intrisi di terrore, non era rimasta nemmeno l'ombra della sua consueta radiosità colma di fiducia nei propri mezzi.

– Stai tranquilla, in qualche modo ne verremo fuori, – e Poe le diede un colpetto sulla spalla sforzandosi di mostrarle un sorriso. Tuttavia, la ragazza assunse un'espressione ancora piú severa.

– Sí, ma chi mi dice che non sia tu, o Van, l'assassino di Orczy, eh? – Poe rimase in silenzio e si accese un'altra sigaretta. – O magari Carr, Leroux, Ellery... – continuava Agatha gonfiando le pallide guance. – Uno di voi l'ha uccisa! E le ha persino reciso la mano!

– Guarda che anche tu sei inclusa nei sospettati... – aggiunse arcigno Van.

– Non sono stata io! – e prese a indietreggiare verso il bosco tenendosi le mani fra i capelli. – Non ci credo... Com'è possibile che tutto ciò stia accadendo davvero? Van, Poe... Sul serio Orczy è morta e il colpevole è uno fra noi?

– Vedi, Leroux, io ritengo che si possa considerare anche un'ulteriore possibilità...

– Cosa intendi?

– Non ci arrivi da solo? Forse sull'isola si nasconde qualcun altro.

– Eh?!

Dopo essersi recati in esplorazione dell'insenatura con l'attracco e della scogliera a fianco di Villa Blu, Ellery e Leroux stavano percorrendo il vialetto in mezzo al bosco diretti al promontorio settentrionale da cui si scorgeva Nekojima.

– Che cosa vorresti dire esattamente, Ellery? – chiese nuovamente Leroux, fermatosi.

– Parlo della possibile presenza di un colpevole esterno al nostro gruppo, – Ellery si voltò con un sorriso. – Non vorrai mica dirmi che secondo te l'assassino è uno di noi?

– Per carità! Non me lo sognerei nemmeno. Ma mi chiedo chi potrebbe nascondersi sull'isola...

– Io sono convinto che possa trattarsi di Nakamura Seiji, – rispose Ellery senza batter ciglio.

– Cosa?!

– Non ci sarebbe da stupirsi tanto, dopotutto.

– Ma, scusa, non era stato ucciso l'anno scorso...?

– Ti sto dicendo che si è trattato di un errore. Hai mai provato a pensarci, Leroux? Il suo cadavere, rinvenuto sei mesi fa, era o non era il prototipo di «cadavere senza volto»? A ciò si aggiungeva addirittura la scomparsa misteriosa del giardiniere.

– Quindi Seiji sarebbe l'assassino, e il cadavere apparterrebbe al giardiniere?

– Esatto, nient'altro che un banale trucco di scambio d'identità.

– E vorresti dire che Seiji è vivo e che in questo momento si trova sull'isola?

– Potrebbe darsi... Anzi, magari ci abita proprio.

– Ci abita?

– Ricorderai quanto raccontava il pescatore l'altro ieri in merito alle luci accese alla Casa decagonale. Non trovi che potrebbe averle accese proprio Seiji?

– Ma se diamo credito a simili racconti di fantasmi non ne veniamo piú fuori. E poi dove sarebbe rimasto nascosto mentre la polizia e i giornalisti erano sull'isola? E dove si trova ora?

– Ma è proprio per scoprirlo che stiamo perlustrando l'isola. Siamo pur passati all'insenatura a controllare la rimessa per barche... Anche se non c'era nulla di sospetto. Ovviamente la nostra priorità deve essere quella di escogitare un modo per metterci in contatto con la terraferma, ma non mi dispiacerebbe nemmeno trovare tracce della presenza di qualcuno. Per questo voglio provare a dare un'occhiata da lontano a Nekojima.

– Mah... Non saprei. A me sembra impossibile che Seiji possa essere il colpevole.

– Tu dici? Eppure nella stanza di Orczy il chiavistello della finestra era aperto. Sarebbe facile provare a ipotizzare, per esempio, che si sia dimenticata di chiuderlo e che qualcuno possa essersi infiltrato da lí.

– E allora perché la porta non era chiusa a chiave?

– Dopo l'omicidio il colpevole l'ha aperta da dentro per accedere al salone e appendere la tavoletta.

– Non sta in piedi! Se il colpevole fosse qualcuno di esterno al nostro gruppo, come avrebbe potuto sapere delle tavolette che avevi riposto nel cassetto in cucina?

– Chiunque avrebbe potuto procurarsi quelle tavolette, perdipiú il portone principale della Casa decagonale è rotto e non si riesce a chiudere a chiave, per cui l'accesso è libero. Colui che ha appoggiato le tavolette sulla tavola ieri mattina ha aspettato che ci alzassimo ed è rimasto a osservare la situazione dalla finestra della cucina, ipotizzo. Può anche essere, però, che abbia un complice tra i nostri.

– Ma dài… Assurdo.

– Sto solo discutendo ogni possibile evenienza. Leroux, certo che per essere un fanatico di gialli non hai una gran fantasia…

– La realtà è diversa dai romanzi, Ellery! Se la metti cosí, allora, mi diresti perché mai quel Nakamura Seiji vorrebbe ucciderci tutti?

– Chissà…

Una volta fuori dal vialetto, trovarono Carr sulla scogliera. Come li notò, si alzò voltandosi stizzito da un'altra parte e fece per andarsene.

– Non dovresti andartene in giro da solo, eh, – lo ammoní Ellery, ma Carr non lo considerò nemmeno e, con passo concitato, sparí all'interno del bosco. – Che ragazzo sgradevole… – fece schioccando la lingua. – Prima eravamo tutti nervosi, e anche io mi rendo conto di aver esagerato. Eppure ho la netta impressione che non mi possa vedere…

– Un po' lo capisco… – disse Leroux osservando Carr che si era incamminato. – Ellery, vedi, tu resti sempre calmo perfino in situazioni come questa e dài spesso l'impressione di guardare gli altri dall'alto.

– Davvero?

– Sí. Non per farti un complimento, ma, in un certo senso, provo ammirazione per questo motivo nei tuoi confronti. Per Carr, invece, è l'esatto opposto: ti invidia senz'altro.

– Mah, sarà, – concluse Ellery mostrandosi indifferente, quindi fece un passo verso il mare. – Ci sono troppi cespugli, non si vede un granché da qua.

Parlava della vista su Nekojima. Leroux gli si affiancò, prestando molta attenzione a dove mettesse i piedi.

– Non dovrebbe essere impossibile nascondersi per due o tre persone. Ma come ci si arriva da questo dirupo?

– Magari c'è un'imbarcazione da qualche parte. Per così pochi metri basterebbe un piccolo gommone. Si potrebbe scendere da questa scogliera e... Ah, guarda là, Leroux, – e indicò un punto sull'isola dinanzi a loro. – Quella pendenza ha l'aria di essere accessibile.

– Sí... Forse.

Mentre osservava la cupa Nekojima, accovacciata in mezzo alle bianche onde, Leroux cercava in ogni modo di fare mente locale tra i pensieri confusi che gli frullavano in testa. In effetti non era da escludere a priori la possibilità di un assassino esterno, magari c'era veramente qualcuno nascosto sull'isola che mirava alle loro vite. Tuttavia era un po' azzardato credere che potesse trattarsi di Nakamura Seiji: tanto per cominciare, quali erano le reali probabilità che potesse essere ancora vivo? E se anche lo fosse stato, che cosa lo spingeva a ucciderli?

In fondo non è mica possibile... ragionò scuotendo la testa... Era assurdo, non poteva essere. Eppure...

Da qualche parte nella sua memoria si annidava qualcosa che non tornava, qualcosa che sentiva di dover ricordare.

Le onde che si frastagliavano sugli scogli ai suoi piedi lo colpivano dritto al cuore. A ogni colpo gli pareva che frammenti di memoria gli passassero davanti, per poi sfuggirgli volta dopo volta.

Leroux alla fine si arrese e prese a scrutare Ellery, in piedi al suo fianco. Senza ormai piú nulla da dire, questi se ne stava a osservare gelidamente il mare.

Una folata di vento trasportò l'aroma del tramonto.

4.

«... A causa della depressione atmosferica, a partire da stanotte molte località saranno soggette ad annuvolamenti che continueranno fino alla serata di domani. Le condizioni atmosferiche non subiranno tuttavia grossi peggioramenti e, da dopodomani, si inizieranno a vedere miglioramenti. Passiamo alle previsioni locali del Kyūshū...»

Dal radioregistratore che aveva portato con sé Leroux partí la fastidiosa voce di un'altra annunciatrice.

– Basta, dài, mi ha stufata. Non mi va di ascoltare, – disse irritata Agatha, al che Leroux si affrettò a premere il pulsante di spegnimento.

Avevano appena terminato di consumare una semplice cena avvolti da un pesante silenzio. Alla luce della lampada, i sei ragazzi erano seduti attorno alla tavola decagonale lasciando libero il posto esattamente di fronte alla stanza di Orczy, sulla cui porta era ancora appesa la tavoletta: «Prima vittima». Avevano provato a staccarla, ma era stata appiccicata con una potente colla e non voleva saperne di venire via.

– Ellery, mi fai vedere qualche altro gioco di prestigio? – fece, stavolta con piú brio, Agatha.

– Ah… Va bene, si può fare, – rimasto fino a quel momento in silenzio a giocherellare con le carte, Ellery le rimescolò per poi sistemarle nella custodia che infine si mise nella tasca della giacca.

– Ma scusa, ti ho chiesto di farmi vedere qualcosa e le metti via?

– No, Agatha, le ho messe via un attimo proprio perché mi hai chiesto un gioco di prestigio.

– Cosa vuoi dire?

– Per una buona resa, si deve iniziare cosí la magia, – spiegò Ellery. Quindi, schiaritosi la gola, prese a fissare Agatha, che gli si era seduta a fianco. – Sei pronta? Ora desidero che tu scelga a mente la carta che preferisci, a esclusione dei Jolly.

– Devo solo pensarla?

– Esatto, non devi dirla… Fatto?

– Sí.

– Allora… – Ellery tirò nuovamente fuori la custodia dalla giacca e, senza estrarre le carte, la appoggiò sulla tavola. Erano delle Bicycle dal retro rosso. – Fissa bene la custodia e trasmettile col pensiero il nome della carta che hai scelto. Concentrati, mi raccomando.

– Va bene, devo restare in silenzio, vero?

– Sí… Benissimo, cosí, – e, afferrata la custodia, se la mise nella mano sinistra. – Dunque, ora puoi dirmi qual era la carta che hai scelto liberamente e hai trasmesso col pensiero?

– Posso dirlo ad alta voce?

– Prego.

– Sarebbe la regina di quadri…

– Va bene, ora proviamo a controllare dentro la custodia, – allora Ellery estrasse il mazzo con le carte a faccia in su e iniziò ad aprirle a ventaglio con entrambe le mani.

– Regina di quadri, eh... Oh, – esclamò fermando i movimenti per attirare l'attenzione di Agatha. In mezzo alle altre, era apparsa una carta girata sul retro. – Ce n'è una sola cosí.

– In effetti...

– Potresti estrarla e girarla?

– Ok. Non vorrai mica dirmi che... – Agatha la prese e, con poca convinzione, la appoggiò sulla tavola dopo averla voltata. Era senza dubbio la regina di quadri. – Non ci credo! – esclamò spalancando gli occhi.

– Fa un certo effetto, vero? – cosí dicendo, Ellery ripose le carte nella custodia che poi infilò in tasca.

– Incredibile, Ellery!

– Non te l'avevo mai fatto vedere, Leroux?

– No, lo vedo ora per la prima volta.

– Questo in particolare è uno solo fra i tanti trucchi per indovinare la carta, ma indubbiamente uno dei meglio riusciti.

– Non è che eri in combutta con lui, Agatha?

– Assolutamente no, Leroux.

– Siamo sicuri?

– Nessun complice, fidati. Tanto per essere precisi, poi, non si tratta nemmeno di un trucco basato sulla probabilità che Agatha potesse scegliere proprio la regina di quadri tra le cinquantadue carte.

Ellery si accese una Salem e inspirò lentamente.

– Che ne dite di un piccolo indovinello, ora? L'ho letto su un libro qualche tempo fa: «Ce n'è una in fiore, due in chi corre, tre nell'errore e quattro in ritrarre». Hai capito di che si tratta?

– Puoi ripetere? – chiese Leroux, e mentre Ellery era impegnato a recitare nuovamente l'indovinello, subentrò Agatha.

– Ho capito! – esclamò battendo le mani. – La lettera *r*, giusto?

– Esatto.

– In effetti…

– Che ne dici di questo, invece? «Cosa ha una lingua ma non sa parlare, si muove molto ma sola non riesce a camminare»?

– Oddio, cos'è?

– Non l'hai mai letto? È un indovinello criptico abbastanza famoso…

– Io l'ho già sentito, – fece Poe riempiendo il portasigarette in betulla con un nuovo pacchetto di Lark.

– Se si pensa a qualcosa di animato solo perché c'è la parola «lingua» si viene depistati, ma pure il resto della domanda comunque potrebbe risultare fuorviante se non ci si concentra.

– E difatti la risposta corretta è «scarpa».

– Esatto.

– Non ci sarei mai arrivato, ma mi sembra un po' forzata come risposta.

– Be', in fondo è pur sempre una sorta di enigma.

– Parlando di enigmi… – intervenne Ellery. – A quanto pare, il testo piú datato su cui si può riscontrare qualcosa di simile è il Libro di Daniele, se non sbaglio, contenuto nell'Antico Testamento.

– Addirittura?

– Anche in Giappone abbiamo testi piuttosto antichi e alquanto criptici. Avete presente il dialogo sotto forma di scambio di poesie tra Yoshida Kenkō e il monaco Ton'a nello *Shokusōanshū*? Dovreste averlo studiato al liceo…

– Mai sentito, di che si tratta? – fece Agatha.

– Kenkō esordisce con questa composizione indirizzata a Ton'a:

Yo mo suzushi [Fresche le notti,]
Nezame no kariho [il tugurio, al risveglio]
Tamakura mo [il mio braccio come cuscino,]
Masode mo aki ni [le mie maniche, in autunno]
Hedatenaki kaze [soffia schietto il vento.]

Se prendiamo la prima sillaba da ogni verso otteniamo *Yone tamahe*, in altre parole «dammi del riso». Allo stesso modo, se leggiamo le ultime sillabe dall'ultimo verso in su notiamo *Zeni mo hoshi*, ovvero «vorrei anche dei soldi».

– Che storia miserabile...

– Il monaco Ton'a, dal canto suo, risponde cosí:

Yoru mo ushi [Deprimenti le notti.]
Netaku wagaseko [Amore mio, ingrato]
Hatekozu [piú non arrivi]
Nahozari ni dani [neanche contro tua voglia.]
Shibashi tohimase [Ti prego, di tanto in tanto fammi visita.]

Come per la poesia precedente, basterà prendere le sillabe iniziali e finali per ottenere pressappoco le risposte *Yone ha nashi* e *Zeni ha sukoshi*, ovvero «riso non ne ho» e «soldi ne ho pochi».

– E che si sono messi pure a pensarci seriamente...

– Mi pare proprio che anche in *Ore d'ozio* ci fossero altri di tipi di componimenti enigmatici, tu te li ricordi, Orczy...?

In ascolto fino a quel momento, gli altri rimasero agghiacciati, incapaci di proferire parola.

– ... Scusate, mi è scappato.

Persino uno come Ellery si mostrò a disagio: non incappava spesso in figuracce del genere.

Nonostante sin dall'inizio della cena si fossero attenuti alla regola non scritta di evitare discorsi sulla scomparsa di Orczy, la gaffe di Ellery li aveva trascinati inesorabilmente alla realtà, da cui non potevano fuggire. Un silenzio imbarazzante avvolgeva la sala.

– Ellery, non hai altri indovinelli? – intervenne Leroux, quasi a porgere un'ancora di salvezza all'amico.

– Ah, sí, giusto...

In quel momento, tuttavia, come a farsi beffe di Ellery che riusciva a stento a mantenere il suo immancabile sorrisino, Carr picchiò sul tavolo.

– Agatha, prepara un caffè, ne avrò bisogno... – disse lanciando uno sguardo beffardo a Ellery con l'intento di chi voleva rendere pan per focaccia. Sul viso aveva disegnato un ghigno insolente. Quando Ellery scosse irritato il ginocchio e fece per replicare all'offesa, però, Agatha intervenne come a fermarlo.

– Va bene, vado. Lo bevete tutti, vero? – e si alzò di fretta per andare da sola in cucina.

– Sentite un po'... – riprese Carr fissando con lo sguardo traboccante d'odio i volti dei quattro membri rimasti. – È o non è la sera della veglia funebre per la povera Orczy? Piantiamola di far finta di niente e cerchiamo di mostrare piú rispetto.

– Ecco qua, aggiungete pure latte e zucchero come preferite.

Agatha appoggiò sulla tavola un vassoio con sopra sei tazze color verde muschio.

– Scusaci se le facciamo sempre portare a te, – fece Ellery allungando la mano su quella piú vicina, e gli altri lo imitarono a turno. Dopo aver preso la propria, Agatha passò il vassoio su cui era rimasta l'ultima tazza a Van, seduto accanto a lei.

– Ah, grazie, – e, adagiata la Seven Star fumata a metà sul posacenere, questi avvolse l'oggetto a forma decagonale con entrambe le mani, come a scaldarsele.

– Sei guarito dal raffreddore?

– Direi di sí, per fortuna... Senti Ellery, non ne abbiamo ancora parlato come si deve, ma siamo proprio certi che non ci sia un modo per metterci in contatto con la terraferma?

– Parrebbe di no, – rispose questi sorseggiando il caffè non zuccherato. – Per un attimo avevo immaginato di provare a sventolare una bandiera bianca al calar della notte sfruttando il faro al promontorio di J., ma mi sa che sia uno di quelli senza il guardiano...

– Già, è vero.

– Oppure potremmo azzardare una nuotata disperata, altrimenti tentare di costruire una zattera raffazzonata.

– Nessuna delle due mi sembra praticabile come idea.

– Noi avevamo considerato anche il fuoco segnaletico, – intervenne Poe. – Ma le foglie di pino non sarebbero sufficienti a farci trovare.

– E se dessimo fuoco alla Casa decagonale e basta?

– Ellery, c'è un limite a tutto...

– Indubbiamente, sarebbe pericoloso dopotutto... Poe, in realtà io e Leroux prima ci siamo messi alla ricerca di qualcos'altro.

– Cioè?

– Qualcosa che però non abbiamo trovato, e dire che abbiamo controllato tutta l'isola... No, aspetta un attimo, però.

– Che ti prende?

– Villa Blu, o quel che ne rimane, almeno... – bisbigliò Ellery premendo con le dita tra le sopracciglia. – Non c'era una cantina alla villa?

– Una cantina?

In quel preciso istante, un orribile gemito mozzò senza preavviso la conversazione. Uno di loro si era accasciato sulla tavola.

– Ma che succede? – strillò Agatha. – Che hai fatto?

Si alzarono tutti, la tavola aveva preso a vibrare violentemente, il liquido ambrato fuoriusciva schizzando dalle tazze ancora semipiene. Le sue gambe si divincolavano alla cieca, alla stregua di una bambola guasta, e fecero ribaltare la sedia con un tonfo assordante. Alla fine, il suo busto aggrappato alla tavola cedette, e scivolò sul pavimento di piastrelle blu.

– Carr! – gridò Poe accorrendo. Nella fretta era andato a sbattere contro Leroux che, sbilanciato, aveva fatto cadere la propria sedia.

– Che ti prende, Carr? – seguí Ellery.

Mentre esaminava il volto del compagno riversato a terra, Poe scosse la testa.

– Non capisco... Nessuno di voi sa se Carr avesse qualche malattia cronica?

Non una risposta.

– Qui si mette male... – e Poe appoggiò una mano sul busto di Carr, dalla cui gola continuavano a fuoriuscire suoni labili, simili a quelli di un flauto rauco. – Aiutami, Ellery, dobbiamo farlo vomitare! Ho il sospetto che si tratti di veleno...

Il corpo di Carr si contorse in preda agli spasmi e si allontanò dalla mano di Poe. Ruotò gli occhi, tanto da lasciare solo il bianco, strisciando sul pavimento alla stregua di una serpe. Dopo un altro lancinante spasmo, una copiosa quantità di liquido marrognolo straripò dalla sua bocca accompagnata da un rumore disgustoso.

– Ma non morirà, mica, vero? Vero? – chiese Agatha a Poe con gli occhi intrisi di terrore.

– Come faccio a saperlo?
– Non si salverà?
– Non so con quale veleno abbiamo a che fare, ma, anche se lo sapessi, non sarebbe di alcun aiuto. Dobbiamo solo pregare che non ne abbia ingerito una dose letale.

Erano le due e mezza di notte.
Carr esalò l'ultimo respiro sul letto della stanza che gli era stata assegnata.

5.

Ognuno di loro era esausto, al punto tale da non riuscire nemmeno ad aprire bocca. O meglio, parevano quasi in uno stato di paralisi, la loro non doveva essere semplice stanchezza. A differenza di Orczy, stavolta una persona era morta atrocemente, a terra, agonizzante in preda agli spasmi, e il tutto proprio dinanzi ai loro occhi. Sembrava quasi che tale crudezza, unita a una violenta sensazione di sgretolamento della loro normalità, avesse al contrario finito per anestetizzarli.

Agatha e Leroux, a bocca semiaperta, che fissavano intontiti il soffitto, Van che sospirava con il mento appoggiato sulle mani, Poe, con lo sguardo rivolto al lucernario, che non riusciva nemmeno ad allungare la mano sul portasigarette, Ellery impietrito a occhi chiusi come una maschera del teatro *Nō*.

Nessun raggio di luna che penetrasse dal lucernario, solo i fasci di luce del faro che fendevano a intervalli l'oscurità. Il bagliore della lampada che tremava alla stregua di un essere vivente, in lontananza il ritmo regolare delle onde che si avvicinavano per poi ritirarsi e viceversa.

– Mettiamo fine a questa storia, ho sonno, – esordí Ellery sollevando svogliato le palpebre.

– ... Sono d'accordo, – alla pigra risposta di Poe, gli altri tre si destarono dal proprio torpore. – L'unica cosa di cui posso essere certo è che è stato usato qualche veleno, ma non saprei dire quale.

– Non riesci a farti qualche idea?

– Dunque... – Poe aggrottò le folte sopracciglia. – A giudicare dalla rapidità con cui ha agito, deve trattarsi di una sostanza altamente tossica. Ritengo molto alte le possibilità che sía una neurotossina, considerato che gli ha provocato spasmi e dispnea. Le piú comuni tra queste sono il cianuro, la stricnina e l'atropina, ma non sono da escludere nemmeno la nicotina, l'arsenico e l'acido arsenioso. Tuttavia, nel caso di atropina e nicotina dovrebbe verificarsi la midriasi, cosa che invece non è accaduta, invece per quanto riguarda i composti cianidrici avremmo dovuto avvertire il tipico odore di mandorle amare, ma niente. Per questo sarei portato a ipotizzare stricnina o arsenico.

Le sei tazze ancora piene di liquido erano appoggiate sulla tavola. Osservandole mentre era intenta ad ascoltare la disamina di Poe, d'un tratto ad Agatha scappò una risatina.

– In una situazione del genere, a quanto pare sono l'unica colpevole plausibile...

– Cosí si direbbe, Agatha, – annuí Ellery senza mostrare emozione alcuna. – Sei tu, quindi?

– Mi crederesti se ti dicessi di no?

– Non penso proprio.

– Comprensibile.

I due si scambiarono una soffusa risata, ben consci del proprio atteggiamento anomalo che tuttavia non sfuggí agli altri.

– Piantatela voi due, – li redarguí Poe con voce grave e severa. Infilatosi una Lark in bocca, passò l'intero portasigarette a Ellery. – Cerchiamo di pensare seriamente, ora.

– Lo so, non stiamo mica scherzando perché ci divertiamo, – replicò questi respingendo le sigarette offertegli per poi estrarre dal taschino della camicia le proprie Salem. Quindi ne prese una e, mentre la picchiettava con delicatezza sulla tavola dalla parte del filtro per compattarla, continuò. – Iniziamo dal riepilogo dei fatti, – disse. – Intanto, è stato Carr in persona a chiedere che gli venisse preparato del caffè. Agatha era in cucina e gli altri tutti qua. Tra far bollire l'acqua e la preparazione, ci sono voluti pressappoco quindici minuti perché i caffè fossero pronti e lei facesse ritorno in sala con le tazze sul vassoio. Allora lo ha appoggiato sulla tavola, aggiungo, per completezza, che sul vassoio, oltre alle sei tazze, c'erano una confezione di zollette di zucchero, una boccetta in vetro contenente latte in polvere e un piattino con su sette cucchiaini, di cui uno per il latte. Confermi, Agatha? – e questa annuí mesta. – Passiamo all'ordine con cui sono state prese le tazze, – continuò Ellery. – Io ho preso la mia per primo. Poi?

– Io, – rispose Leroux. – Piú o meno in contemporanea a Carr.

– Dopo mi sa io, – fece Poe.

– Poi io, infine ho passato tutto il vassoio a Van. Confermi?

– Confermo, sí.

– Molto bene. Per riepilogare, dunque: io, Leroux e Carr, Poe, Agatha, Van. Corretto? – Ellery si accese la sigaretta tenendola da un lato della bocca. – Bene, proviamo a ragionare un po'. Chi di noi ha avuto l'opportunità di inserire del veleno nella tazza di Carr? In primis Agatha, senza dubbio.

– Guarda che la tazza col veleno sarebbe anche potuta capitare a me. E poi come sarei riuscita a far sí che la prendesse proprio lui? – Agatha questa volta replicò seccata. – Se fossi davvero io la colpevole, mi sarei preoccupata di distribuire le tazze con un ordine ben preciso.

– In genere tu passi le tazze a uno a uno, perché proprio oggi non l'hai fatto?

– Non mi andava e basta.

– Uhm... Però, Agatha, è molto probabile che l'assassino non puntasse solo a Carr. Se il suo obiettivo ultimo è quello di ucciderci tutti, allora non sarebbe piú tanto importante chi risulti essere la «seconda vittima».

– Vuoi dire che Carr ha estratto la carta sfortunata solo per puro caso?

– Credo che possa essere la conclusione piú logica. Non c'era nessuno seduto accanto a lui, no? Chi di noi potrebbe avergli messo il veleno nella tazza dopo che l'aveva presa? Quindi devi essere stata per forza tu.

– E se ipotizzassimo che il veleno fosse nello zucchero o nel latte?

– Be', il latte l'hai usato anche tu. Pure con lo zucchero nulla da fare, Carr beveva il caffè come me, senza nulla. Va da sé che non ha usato nemmeno il cucchiaino.

– Aspetta un attimo, Ellery, – fu Leroux a intervenire. – Io sono rimasto a controllare tutto il tempo Agatha che preparava i caffè. La porta della cucina era spalancata e io ero seduto proprio di fronte. Dalla mia angolatura riuscivo a vedere benissimo cosa facesse... Sul bancone c'era una candela, in fondo. Eppure non mi pare proprio che abbia fatto mosse sospette.

– Grazie per il tuo intervento, ma non possiamo certo considerarla come una testimonianza scagionatrice. Da questa tavola al bancone della cucina, dopotutto, c'è una notevole distanza e chi ci dice che non ti possa essere sfuggito qualcosa? Per giunta non ti eri messo a fissarla in principio con l'intento di controllare i suoi movimenti, no?

– Chiedo scusa...

– Non serve mica che ti scusi.

– No, non intendevo quello... In realtà la stavo proprio tenendo d'occhio.

– Leroux! – Agatha lo fissò sbarrando gli occhi attonita.

– Scusami... Non volevo, – ripeté il ragazzo con voce intimorita, tenendo la testa abbassata. – Devi capirmi, però! Chi ha ucciso Orczy è uno di noi, magari proprio tu, Agatha. Per questo ho temuto anche per i cracker, lo scatolame e le bevande che ci hai servito a cena. Anzi, se proprio devo essere onesto, non concepisco come tu, Ellery, possa aver iniziato a mangiare per primo senza alcuna preoccupazione.

– Adesso comprendo... – sogghignò beffardo quest'ultimo. – Allora spiegami, Leroux, puoi affermare con assoluta certezza che Agatha non è la colpevole?

– Be', ecco...

– Carr è morto e c'è qualcuno che l'ha avvelenato. Non starai mica insinuando che si sia suicidato?

– Io...

– Insomma, Ellery, è da prima che te lo sto chiedendo! Mettiamo pure che io sia veramente l'assassina, mi spieghi come avrei fatto a evitare la tazza avvelenata? Guarda che io l'ho bevuto il mio caffè.

Spenta nel posacenere decagonale la Salem ormai consumata, Ellery batté lentamente le palpebre piú volte.

– Erano pur sempre solo sei tazze, non deve essere stato troppo complesso ricordarsi la posizione di quella incriminata. Dopo esserti scelta la tua, hai lasciato l'ultima a Van. Supponendo che il veleno si fosse trovato in una delle due rimaste, avresti potuto benissimo passargliela. Nella remota eventualità che ti fosse capitata fra le mani proprio quella, infine, ti sarebbe bastato non bere il caffè.

– Non sono stata io! – Agatha scosse piú volte il capo, scompigliando la lunga chioma. Le candide dita con cui si teneva alla tavola tremavano.

– Ellery, – fece Van aprendo impercettibilmente la bocca. – Pensavo... Ma se fosse davvero lei la colpevole, non eviterebbe di scegliere un'occasione cosí poco vantaggiosa correndo il rischio di essere la prima sospettata? Non è una ragazza tanto sciocca... Tu che ne dici, Poe?

– Sono d'accordo, – e, cosí risposto, questi rivolse lo sguardo a Ellery. – Il salone è illuminato solo dalla lampada sulla tavola. Come se non bastasse, nessuno di noi deve aver fatto caso ai movimenti degli altri nell'afferrare le tazze.

– Che cosa vorresti insinuare?

– Sei stato tu il primo a prendere la tua, Ellery. In quel frangente potrebbe esserti risultato alquanto semplice versare il veleno che tenevi nascosto tra le mani nella tazza accanto. Ebbene, signor mago?

– Non male, non c'è dubbio, – sogghignò conservando estrema calma. – D'altro canto non mi resta altra scelta che rassicurarti della mia innocenza.

– Non posso certo dare per scontata la tua sincerità, a ogni modo ci sono altre possibilità. E se, per esempio, Carr avesse ingerito il veleno prima di bere il caffè?

– Intendi con compresse a rilascio modificato, tipo?

– Esatto.

– Se la metti cosí, allora, il piú sospetto diventi tu, doc. Non ci vuole molto a intuire che per un ignorante in materia debba risultare piuttosto arduo procurarsi veleni come l'arsenico o la stricnina. I piú papabili a questo punto sareste tu, Van e Agatha, rispettivamente iscritti alle facoltà di Medicina, Scienze naturali e Farmacia. Io e Leroux studiamo Scienze umane, nelle aule studio della nostra facoltà non si trovano composti letali o veleni vari.

– Chiunque potrebbe riuscire a procurarseli, la custodia dei laboratori della nostra università è a dir poco approssimativa. Basterebbe fingersi studenti di Agraria o Ingegneria per entrare a proprio piacimento, nessuno se ne curerebbe piú di tanto. Se poi vogliamo dirla tutta, Ellery, non eri stato tu a raccontarci di un tuo parente che ha la farmacia in città a O.?

Ellery emise un labile fischio.

– Caspita, che memoria!

– In altre parole, dunque, non ha senso discutere su come l'assassino si sia procurato il veleno, – riprese Poe, sporgendosi in avanti. – Per quanto riguarda la somministrazione del veleno, poi, c'è un'altra eventualità, sebbene stenta a credere che non te ne sia ancora accorto: l'assassino l'aveva messo nella tazza prima che questa venisse usata. In tal caso, ognuno di noi avrebbe potuto riuscirci.

– Giustissimo, proprio cosí.

Risistemandosi i capelli che le avevano coperto la fronte, Agatha lanciò un'occhiata furiosa a Ellery, intento a sogghignare.

– Ma come, eri già di questa idea?

– Mi sembra ovvio, per chi mi hai preso?

– Maledetto! E allora perché non hai fatto altro che darmi dell'assassina dall'inizio?

– Pian piano mi sarei divertito a farlo con chiunque.

– Sei fuori di testa!

– Be', in fondo non ci troviamo certo in una situazione del tutto ordinaria. Sarebbe quasi assurdo riuscire a non andare fuori di testa.

– Ma che...

– Lasciamo perdere. Piuttosto, Agatha, ho bisogno di sapere una cosa da te.

– Che c'è adesso?

– Non preoccuparti, solo una verifica. Hai lavato le tazze subito prima di usarle per il caffè?

– No...

– E quando lo hai fatto l'ultima volta?

– Di ritorno dal giro d'ispezione dell'isola abbiamo preso il tè, no? Subito dopo le ho lavate e infine le ho riposte sul bancone della cucina...

– Anche la settima, quella di Orczy?

– No, la sua l'ho riposta in credenza. Era troppo doloroso lasciarla insieme alle altre...

– Uhm... Bene, a questo punto la possibilità che il veleno fosse stato applicato in precedenza si fa ancora piú consistente. In fondo bastava recarsi in cucina nel corso della serata e applicare il veleno a una delle sei tazze. Ciascuno di noi potrebbe aver avuto quest'occasione.

– Però, Ellery... – disse Leroux. – Nel caso, come avrebbe fatto il colpevole a riconoscere quella avvelenata? Non c'è stato nessuno a non aver bevuto dalla propria.

– Deve esserci per forza un tratto distintivo.

– Un tratto distintivo?

– Certo, posso ipotizzare della lacca scrostata o una scheggiatura.... – cosí dicendo, Ellery allungò la mano sulla tazza color verde muschio usata da Carr.

– Trovato qualcosa?

– Non mettermi fretta... Uhm, che strano, – commentò storcendo dubbioso il capo. Quindi passò la tazza a Leroux. – Prova a dare un'occhiata pure tu. A me pare di non riscontrare nulla di diverso rispetto alle altre.

– Sul serio?

– Non c'è nemmeno una piccola graffiatura? – chiese Agatha.

– Nulla di nulla. Magari se usassimo una lente d'ingrandimento potremmo trovare qualcosa, però...

– Che stupidaggini. Fa' vedere, – e la tazza passò nelle mani di Agatha. – In effetti non sembrerebbe esserci alcun tratto particolare.

– E l'ipotesi del veleno applicato in precedenza viene smontata... – affermò Ellery con evidente disappunto mentre si lisciava i capelli. – Dunque restano in piedi solo le altre tre possibilità: o è stata Agatha, o il sottoscritto, oppure qualcuno che gli ha somministrato una compressa a rilascio modificato.

– A ogni modo, allo stato attuale delle cose è impossibile identificare colpevole e modalità, – chiosò Poe.

Ellery riportò verso di sé la tazza di Carr che Agatha aveva lasciato appoggiata sul tavolo.

– A un assassino esterno al nostro gruppo non importerebbe nulla dell'assenza di segni particolari...

– Come hai detto?

– No, niente... – fece distogliendo lo sguardo dalla tazza. – Comunque ora ci deve interessare capire il movente. Per prima cosa, non ci sono dubbi nel ritenere la stessa persona colui, o colei, che ha ucciso Orczy e Carr e chi ha lasciato sulla tavola le famose tavolette. Tutti gli indizi lasciano immaginare che abbia intenzione di uccidere almeno cinque dei qui presenti. Dico cinque supponendo che il «detective» non diventi la «sesta vittima»...

– Ma come potrebbe avere un movente per... – sussurrò Leroux scuotendo fiaccamente il capo.

– Lo ha per forza, – asserí convinto Ellery. – Per quanto bizzarro possa risultare.

– Dev'essere un folle! – fece con voce stridula Agatha. – Come possiamo sapere quello che frulla nella testa di un pazzo?

– Pazzo, dici? – ribatté Ellery sdegnosamente, al che sollevò il braccio sinistro e controllò l'orologio. – Ormai è l'alba, che facciamo?

– Non possiamo non riposare. Avrebbe ben poco senso continuare a discutere con la mente stanca, non arriveremmo comunque a nessuna risposta.

– Hai ragione, Poe. Anche io sono allo stremo, – Ellery si alzò malfermo stropicciandosi gli occhi e, senza aggiungere altro, si avviò verso la propria camera tenendosi una mano dietro la schiena.

– Aspetta, Ellery, – lo fermò Poe. – Non credi che faremmo meglio a dormire tutti assieme?

– Ci mancherebbe, io mi rifiuto! – lamentò Agatha, gli occhi terrorizzati. – E se ti trovi di fianco all'assassino? Non ci metterebbe molto ad allungare le mani per strozzarti, mi vengono i brividi solo a pensarci!

– Figurati se ucciderebbe chi gli dorme a fianco. Verrebbe smascherato subito.

– Puoi essere certo che non lo farà, Poe? Magari alla fine mi avrebbe catturato, ma intanto tu saresti già morto! – e si alzò ribaltando la sedia. Aveva l'aria di qualcuno in procinto di scoppiare in lacrime.

– Fermati, Agatha!

– No! Non mi fido di nessuno.

Agatha scappò nella propria stanza. Dopo averla vista svanire dietro la porta, Poe tirò un lungo sospiro.

– Deve sentirsi proprio male...

– Mi sembra ovvio, – commentò Ellery facendo spallucce con entrambe le braccia allargate. – A dire la verità, sono d'accordo con lei. Vado a dormire da solo.

– Mi associo, – fece Leroux, gli occhi oltre le lenti completamente arrossati. Quando anche Van si fu alzato, Poe si fece passare la mano tra i capelli e concluse.

– Mi raccomando, chiudete bene a chiave porte e finestre.

– Ci mancherebbe… – e, con tale risposta, Ellery lanciò un'occhiata alle porte a doppio battente che conducevano all'atrio. – Pure io ho paura di morire.

Capitolo 6

Terzo giorno – Terraferma

1.

Il crepuscolo si avvicinava e il mare si faceva man mano piú cupo.

In piedi sul frangionde, Kawaminami scrutava l'ombra dell'isola che fluttuava sulle acque, amalgamandosi indistintamente fra esse. Un gradino piú sotto, in prossimità del mare, Shimada, con quel corpo allampanato, stava importunando un bambino intento a pescare.

Alla fine, i due erano approdati alla città di S. con l'obiettivo di trovare un qualche indizio per risolvere il quesito a cui erano giunti il giorno precedente: Nakamura Seiji era ancora vivo in realtà? In piú, colsero l'occasione per osservare Tsunojima. Eppure, dopo mezza giornata passata a chiedere informazioni agli abitanti e ai pescatori della zona, tutto ciò che avevano ottenuto erano banalissime storie di fantasmi.

Privi di qualcosa che nella pratica potesse permettere di espandere le loro inferenze, i due si erano fermati a riposare, esausti, in quel luogo poco distante dal porto.

Kawaminami si accese una sigaretta e, una volta seduto, distese le gambe. Con l'orecchio teso a captare il rumore delle onde che si infrangevano ai suoi piedi, osservava il profilo posteriore di Shimada. Questi indossava un giubbotto color verde oliva abbinato a un paio di jeans e si era fatto prestare l'amo da pesca dal bambino; i versi innocenti che emetteva pescando non si addicevano per nulla a un uomo prossimo ai quarant'anni. Kawaminami pensò che fosse proprio un tipo strano e, senza volerlo, tirò un sospiro quando gli tornò alla mente l'atmosfera pesante che si era venuta a creare la sera precedente tra lui e Morisu. In un certo senso, erano due persone dalle personalità agli antipodi. Shimada era il giorno, Morisu la notte. Forse a quest'ultimo, sobrio e introspettivo, il frivolo comportamento del secondo, fin troppo fedele ai propri interessi, doveva essere apparso parimenti di sventata curiosità. Per giunta era una persona molto piú avanti negli anni, motivo questo che, con ogni probabilità, deve aver dato loro particolarmente ai nervi. D'altro canto, Shimada sembrava alquanto irritato dall'atteggiamento con cui Morisu cercava di farsi passare per il buono della situazione.

– Iniziamo ad andare? – Kawaminami lo chiamò dall'alto. – Ci vorrà piú di un'ora anche per rientrare, no?

– Andiamo pure.

Shimada restituí l'amo al bambino e lo salutò agitando la mano, quindi per salire fece un saltello con le slanciate gambe.

– Le piacciono i bambini, vedo.

– Mah, direi di sí, – rispose per nulla imbarazzato. – Dopotutto è una bella cosa la gioventú, no?

Scesi in strada, i due camminavano allineati.

– Alla fine non abbiamo cavato un ragno dal buco…

– Tu dici? – fece Shimada assottigliando gli occhi divertito. – Abbiamo pure recuperato diverse storie sul fantasma.

– Quelle sono solo pettegolezzi, come se ne sentono ovunque. Quando qualcuno muore in circostanze misteriose, spuntano sempre fuori storielle dell'orrore di quel genere.

– Sí, ma io credo che, al contrario di quanto ci si possa aspettare, sia proprio in esse che talvolta si celi la verità.

Sul ciglio della strada, un vigoroso ragazzo abbronzato stava riparando con destrezza una rete. Probabilmente non aveva nemmeno vent'anni, l'espressione con cui fissava con attenzione i movimenti delle proprie mani tradiva una certa innocenza fanciullesca.

– Vedi, caro Conan, – riprese Shimada, – io non posso far altro che pregare che i tuoi compagni, o meglio, ex-compagni, non si lascino stregare dallo spettro di Tsunojima.

– Che cosa vuol dire?

– Voglio dire che il fantasma di Tsunojima, in realtà, non è altri che Nakamura Seiji, dato per defunto. È ancora vivo, abita tuttora sull'isola, e i tuoi ex-compagni sono andati ignari a fargli visita.

– Ma come...

– Scusate... – fece d'un tratto una voce sconosciuta. Sorpresi, i due si voltarono e capirono che era stato il giovane con in mano la rete a parlare. – Siete amici degli universitari che sono andati sull'isola? – chiese questi a voce alta, reggendo la rete con entrambe le mani.

– Sí, è cosí, – senza la minima esitazione, Shimada rispose portandosi verso il giovane. – Li conosci, per caso?

– Siamo stati io e mio padre a traghettarli fino all'isola. Andremo a riprenderli martedí prossimo.

– Ah sí? – fece Shimada con voce squillante e abbassandosi all'altezza del ragazzo. – E dimmi, non hai notato nulla di strano in loro?

– Non mi pare, erano fin troppo su di giri. Proprio non capisco cosa diavolo ci possano trovare di tanto divertente in quell'isola... – Il suo modo di fare era brusco, ma gli occhi con cui osservava Shimada riflettevano cordialità. Grattandosi i corti capelli, continuò mostrando i denti bianchissimi tra le labbra spesse. – State indagando sulla storia del fantasma?

– Be', in un certo senso sí. Di' un po', tu l'hai mai visto?

– Figuriamoci, sono solo dicerie. Non credo mica ai mostri, io.

– Ma i fantasmi non sono mostri...

– Ah no?

– Sai chi è quel fantasma?

– Non è un tal Nakamura Seiji? C'è anche chi dice che ci sia pure quello della moglie.

– E a te non è mai balenata l'idea che quel tizio possa essere tuttora sull'isola, vivo?

Il giovane sbatté le palpebre confuso.

– Vivo? Ma come, non era morto? Per questo si manifesterebbe come fantasma...

– Potrebbe non esserlo... – chiosò Shimada con fare estremamente serio. – E se, ad esempio, le luci che dicono accendersi di tanto in tanto nella Casa decagonale fossero opera sua? Riguardo agli avvistamenti della sagoma sull'isola, poi, non credi che sia molto piú realistico credere che possa trattarsi di lui in carne e ossa, e non di uno spettro? C'è infine chi parla di una barca a motore affondata dopo essersi avvicinata all'isola, no? Magari Seiji ha ucciso l'equipaggio e affondato l'imbarcazione dopo essere stato visto... Che ne dici?

– Sei un tipo interessante, – sorrise il ragazzo. – Ma per la storia della barca hai fatto un bel buco nell'acqua... Dopotutto, l'ho vista io stesso mentre si ribaltava.

– Come?!

– Le onde erano molto alte quel giorno. Mi trovavo per caso al porto e avevo consigliato a quei tizi di lasciar perdere, in fondo da quelle parti non abboccano che pesciolini da poco, ma non mi hanno voluto dare ascolto e sono partiti lo stesso. Alla fine non hanno fatto nemmeno in tempo ad arrivare sull'isola che dopo aver lasciato il porto erano già in balia delle onde. Gli anziani sostengono che sia opera del fantasma, ma in realtà non si è trattato che di un semplice incidente. A proposito, hai parlato di un omicidio, ma guarda che non è mica morto nessuno... Sono stati tratti in salvo subito dopo essersi ribaltati in mare.

Rimasto in ascolto fino a quel punto, Kawaminami non riuscí a trattenere una risata, mentre Shimada fece una smorfia di disappunto.

– E sia, dimentichiamoci pure la storia della barca... Ma resto comunque dell'idea che Seiji sia ancora vivo.

– Quindi sarebbe sull'isola? E sentiamo, come farebbe per i viveri?

– Ha una barca a motore. La tiene nascosta da qualche parte e di tanto in tanto si reca in paese a fare compere.

– Uhm... – il ragazzo piegò il capo perplesso.

– Ti sembra improbabile?

– Non saprei... Se salisse di notte dal retro del promontorio di J., allora forse no. Da quelle parti, in fondo, non passa quasi mai nessuno. Ma se lasciasse la barca ormeggiata sulla riva, prima o poi qualcuno lo scoprirebbe.

– Potrebbe comunque inventarsi un modo per nasconderla. A parte questo, mi confermi che, salvo in caso di mare grosso, è possibile fare avanti e indietro dall'isola con una semplice barca a motore?

– Sí, certo, con un tempo come quello di oggi basta avere un motore e sei a posto.

– Bene, bene... – Shimada si alzò con aria visibilmente soddisfatta. – Grazie tante, mi sei stato di grande aiuto.

– Davvero? Certo che sei proprio un tipo divertente.

Salutato il giovane, Shimada si avviò a passo svelto verso l'auto che aveva lasciato parcheggiata sulla strada poco piú avanti. Kawaminami si affrettò a raggiungerlo e, quando gli fu a fianco, l'uomo si rivolse a lui.

– Nulla da dire, Conan? – chiese divertito. – Pesca grossa, non ti pare?

Kawaminami non era convinto che i discorsi sentiti dal ragazzo potessero essere un bottino tanto succulento. In ogni caso non fornivano nemmeno negazioni certe in merito alla teoria di Shimada che voleva Seiji tuttora in vita.

– Eh già... – gli fece eco.

Certo che loro là dovevano proprio andare a impelagarsi nei brutti affari di quell'isola... Va be', non che possa capitare chissà cosa...

Mentre Kawaminami rifletteva buttando gli occhi sul mare oltre il frangionde su cui stava scendendo il crepuscolo, all'orizzonte l'ombra nera dell'isola si scioglieva silenziosa nell'oscurità.

Capitolo 7

Quarto giorno – Isola

1.

Si udiva qualcuno parlare.

Non erano voci eccessivamente fastidiose, né troppo vicine. Il tono, come la cadenza, gli erano familiari. Alla stregua di un effetto sonoro, in sottofondo continuava a scorrere il rumore dell'acqua… Che fossero onde? Ma certo, doveva essere per forza cosí.

Si destava dal sonno a poco a poco quando, come spalancò gli occhi, il suo corpo si irrigidí sul letto polveroso. Cercò gli occhiali a tentoni e si girò supino; ora che si era aggiustata la vista, gli apparve il soffitto bianco e tirò un sospiro fiacco.

… *Sono nella Casa decagonale.*

Le tempie gli dolevano quasi palpitassero e, all'unisono, immagini e ricordi che avrebbe voluto sopprimere continuavano a pulsare nella sua mente. Scosse il capo come si farebbe con un oggetto guasto e, uscito dal letto, prese a cambiarsi con movimenti lenti. Quando si fu avvicinato alla finestra, infine, sciolse la cintura con cui aveva legato saldamente le maniglie. Una volta sbloccato il chiavistello, spalancò la finestra e le persiane all'esterno.

Il prato incolto, i pini inclinati. Era basso il cielo, pareva disegnato in tenue china.

Si stiracchiò sollevando le braccia pesanti e, in qualche modo, riuscí a tirare un profondo respiro. Quando ebbe cambiato l'aria stantia che sentiva accumulata nei polmoni, richiuse la finestra abbassando il chiavistello e annodò le maniglie con la cintura, quindi uscí dalla stanza.

Le voci che aveva sentito erano quelle di Ellery e Van, che stavano parlando nel salone. Anche Poe e Agatha erano già svegli, si trovavano in cucina.

– Buondí, Leroux. Mi fa piacere che sei vivo, – disse Ellery senza la minima parvenza di scherzo, per poi indicargli qualcosa alle spalle.

– Eh?! – Voltatosi, questi si portò d'istinto le dita sulla montatura dei tondi occhiali.

La seconda vittima

Era la porta della stanza di Carr. Come per Orczy, la tavoletta era stata affissa all'altezza degli occhi in modo da nascondere il nome del proprietario della stanza.

– Proprio un assassino coscienzioso, vero? Mette quasi allegria sapere che si impegna fino a tal punto.

Leroux si allontanò come a indietreggiare e gettò lo sguardo a Ellery, seduto con le lunghe gambe accavallate.

– Le restanti tavolette le avevamo lasciate dentro al cassetto, vero?

– Sí… Vuoi farci intendere che sia meglio se ce ne disfiamo, immagino –. Allora Ellery, che le aveva già prelevate dalla cucina, le raggruppò per poi farle scorrerle sulla tavola in direzione di Leroux. Questi le contò, ma erano sempre sei.

– Che cosa significa…?

– Esattamente ciò che vedi. La tavoletta della seconda vittima è rimasta sempre lí. È un tipo alquanto prudente, deve aver ipotizzato che avremmo tenuto d'occhio le tavolette lasciate sul tavolo la prima volta nel caso fosse accaduto qualcosa. Di certo ne ha una copia per ciascuna... Ah, c'è dell'altro, ma non devi farne parola ad Agatha... – continuò Ellery abbassando il tono di voce e invitando Leroux ad avvicinarsi.

– E perché?

– Se lo scoprisse darebbe di nuovo di matto. Ce ne siamo accorti prima che si alzasse, cosí io, Van e Poe abbiamo ritenuto opportuno tenerglielo nascosto...

– Che diavolo è successo?

– Secondo te cosa può essere accaduto?

– Non ne ho idea.

– L'ha trovata Poe. Dopo essersi alzato verso mezzogiorno è andato a lavarsi la faccia e, senza un motivo preciso, ha dato un'occhiata alla vasca dietro la porta. L'ha vista lí...

– C'era qualcosa nella vasca?

– Proprio cosí... C'era una mano grondante di sangue.

– Che cosa?! – esclamò Leroux coprendosi la bocca con le mani. – M... ma intendi dire quella di Orczy?

– No, non era la sua...

– E allora di chi...?

– Di Carr. La mano sinistra gli è stata recisa e lasciata dentro la vasca.

– Non ci posso credere...

– L'assassino deve aver agito stamattina, scegliendo il momento piú opportuno durante il quale eravamo tutti addormentati. In fondo la porta della stanza di Carr non era chiusa a chiave, chiunque sarebbe riuscito a entrare e ad asportare la mano dal cadavere. Con le dovute tempistiche, anche la stessa Agatha avrebbe potuto riuscirci.

– Dov'è ora la mano?

– L'abbiamo riposta sul letto di Carr. Ci vorrà ancora un bel po' prima che la polizia possa arrivare sull'isola, non potevamo certo lasciarla lí fino ad allora.

– Ma perché...? – si interrogò Leroux premendo sulle tempie doloranti. – Perché il colpevole avrebbe dovuto compiere un gesto simile?

– Chissà...

– Ha voluto ricreare un'altra situazione allusiva?

L'attimo seguente Agatha uscí dalla cucina insieme a Poe e iniziò ad apparecchiare la tavola. Il menu del giorno prevedeva spaghetti, pudding di pane al formaggio, insalata di patate e zuppa.

Nell'accomodarsi al proprio posto, Leroux guardò l'orologio: erano già le tre del pomeriggio. Il giorno prima aveva consumato un solo pasto, ma, per quanto potesse essere naturale avvertire la morsa della fame, era come se non avesse voglia di mandare giú nulla.

– Leroux, stai tranquillo, Poe è rimasto tutto il tempo a controllarmi come si deve. Mangia pure sereno, ho addirittura lavato di nuovo le stoviglie per sicurezza... O non crederai mica che sia in combutta con Poe, vero? – affermò ironica Agatha, che fece anche per accennare un piccolo sorriso, ma i suoi occhi erano innaturalmente rigidi. Doveva aver dormito poco, sul suo viso dai bei lineamenti, miste al tenue trucco, risaltavano sfumature di stanchezza. Perfino il rossetto color rosa appariva piú sbiadito del solito.

2.

Consumato quel pranzo tardivo, i cinque ragazzi si avviarono alle rovine di Villa Blu. La superficie di circa trecento metri quadrati su cui doveva erigersi l'edificio era ricoperta da cenere nera e macerie. Intorno al perimetro si stagliavano pini color verde scuro, tra cui ve ne erano di rinsecchiti. Pesanti nuvole incombevano nel cielo, il mare ondeggiava cupo... Il panorama risultava tetro al punto da indurre il desiderio di rovesciarvi sopra vernice bianchissima, cosí da coprirlo.

La scogliera a ovest delle rovine, da cui si scorgeva in lontananza il promontorio di J., non era troppo elevata. A un certo punto, i pini attorno si aprivano su un piccolo sentiero che conduceva a stretti scalini in cemento, pensati per l'accesso agli scogli sottostanti.

I ragazzi osservavano dall'alto se si scorgesse qualche imbarcazione passare per le vicinanze, ma uno di loro d'un tratto si allontanò in solitudine e si addentrò tra le ceneri dell'edificio. Era Ellery. Mentre girava in lungo e in largo tra le rovine, talvolta smuoveva con i piedi le macerie, altre si piegava a controllare.

– Ma che stai facendo? – chiese a gran voce Van. Ellery, allora, alzò lo sguardo e rispose con un sorriso.

– Cerco.

– Che cosa?

– Ve ne ho pure accennato ieri notte, no? Magari troviamo davvero l'accesso alle cantine.

Gli altri si scambiarono un'occhiata perplessi, quindi fecero per raggiungere il compagno accovacciato tra le ceneri.

– Guarda, guarda... – sussurrò questi prima di mettere le mani su un'asse di legno di circa un metro quadrato completamente annerita. – Sembrerebbe che qualcuno l'abbia spostata di recente.

Aveva l'aria di essere una parte di muro, vi era rimasta qualche piastrella blu attaccata qua e là. Con tutta la forza che aveva in corpo fece per sollevarla, ma alla fine ci riuscí senza nemmeno troppa fatica.

– Eccolo! – gridò colmo di gioia: sotto vi era un'apertura quadrata nera come la pece, da cui partivano anguste scalette che scendevano nell'oscurità. Doveva trattarsi senza alcun dubbio dell'ingresso alle cantine di Villa Blu.

Ellery lasciò cadere l'asse dalla parte opposta e, estratta dalla giacca con impazienza la torcia che si era portato dietro, si addentrò nell'oscurità.

– Fai attenzione, potrebbero cedere, – si raccomandò preoccupato Poe.

– Lo so, non ti preoc... – la sua risposta si interruppe e il corpo di Ellery slittò incerto in avanti. Questi emise un breve grido e svaní come risucchiato dalle tenebre.

– Ellery!

– Ellery?

– Ellery, ehi!

– Tutto bene?

I quattro lo chiamarono a gran voce, quindi fu Van il primo a lanciarsi in aiuto dell'amico.

– Aspetta! È pericoloso lanciarsi cosí alla cieca, – lo redarguí Poe.

– Ma, Poe...

– Vado prima io, – e, lanciata via la sigaretta che teneva tra le dita, rovistò nelle tasche della giacca in cerca della piccola penna luminosa che portava con sé. Mise il piede sul primo gradino, illuminando l'interno della buca. – Ellery! – provò a chiamarlo, ma non ottenne alcuna risposta. Piegato il corpo, Poe avanzò di un paio di gradini quando, all'improvviso, si arrestò. – Ma... Qualcuno ha legato una lenza qua! Deve essere per questo che Ellery è inciampato.

Era tesa con precisione all'altezza della tibia, annodata ai condotti che si inerpicavano su entrambe le pareti. Sembrava assai robusta e molto sottile, per cui risultava pressoché impossibile da scorgere senza prestarvi la dovuta attenzione. Scavalcatola con cautela, Poe accelerò il passo. Nell'oscurità sottostante riusciva ora a scorgere un raggio di luce: era la torcia di Ellery.

– Van, Leroux, venite facendo attenzione al filo. Ellery...?

Una volta raggiunto il fondo della scalinata, trovò l'amico riverso a terra. Raccolse la torcia finita una manciata di centimetri piú in là e illuminò il suolo per gli altri due che stavano scendendo le scale.

– Ellery, tutto a posto?

– Sí... – rispose debolmente, sempre disteso a terra. Ma l'attimo seguente si afferrò la caviglia destra gemendo per il dolore. – Mi sa che ho preso una storta.

– Non hai sbattuto la testa?

– Non saprei.

Arrivarono anche Van e Leroux.

– Datemi una mano, – gli ordinò Poe afferrando Ellery per un braccio.

– Aspetta, Poe, – disse quest'ultimo sollevandosi da terra. – Io sono a posto. Piuttosto, mi fareste il piacere di controllare i paraggi?

Ricevuta la torcia da Poe, Leroux illuminò l'ambiente circostante.

La stanza doveva misurare una cinquantina di metri quadrati. Le pareti, cosí come il soffitto, erano in cemento grezzo a vista e su ogni lato erano installate diverse tubature. Sulla parete piú in fondo solo un grosso apparecchio molto simile a un generatore di energia domestico, ma nulla di particolarmente degno di nota. A terra non vi erano che assi e bastoni in frantumi, lattine e vasetti in vetro lerci, secchielli e altre cianfrusaglie simili sparse ovunque.

– Questo è quanto, parrebbe non esserci niente di interessante, Ellery.

– Come niente?

Alzatosi grazie al sostegno di Van e Poe, Ellery farfugliò seguendo con gli occhi il fascio di luce della torcia. Alla fine, il suo morale sembrò risollevarsi.

– Come sarebbe a dire che non c'è niente, Leroux? Guarda bene a terra, su.

Questi allora fece come gli era stato detto e illuminò di nuovo il pavimento ai suoi piedi.

– Ah! Ma...

I quattro buttarono l'occhio su una superficie ad arco di circa due metri, non troppo distante dal punto in cui si trovavano in quel momento: a differenza della restante area, lí non era sparsa alcuna cianfrusaglia. Come se non bastasse, solo in quella zona non c'era la benché minima traccia di cenere o polvere.

– Che ne dici? Non è innaturale? Sembrerebbe proprio che sia stata pulita con una scopa, – chiosò Ellery. Sul suo viso ceruleo si stagliava un sorrisetto a dir poco fuori luogo per la situazione. – Qualcuno è stato qui.

3.

– Non è nulla di grave, in teoria non ha nemmeno battuto la testa, – spiegò Poe mentre trattava la caviglia destra di Ellery. – Hai subito solo una leggera distorsione, accompagnata da qualche contusione e piccoli graffi. Con un impacco e una notte di riposo ti rimetterai subito. Certo che ti è andata proprio bene, avresti potuto rischiare la vita, lo sai?

– Devo essermi protetto d'istinto cadendo, – replicò Ellery mordendosi le labbra. – Sono stato troppo superficiale. Che figura... Cascare come un tordo nella trappola di quel tizio.

I cinque ragazzi avevano già fatto ritorno al salone della Casa decagonale.

Ellery, appoggiato di schiena alla parete con la gamba distesa a terra, stava ricevendo le medicazioni di Poe. Gli altri tre osservavano in piedi con fare agitato.

– Sarebbe meglio legare con una corda dall'interno le maniglie del portone di accesso al salone. Non uscite per nessuna ragione, in particolar modo dopo il calar del sole: siamo tutti in pericolo.

– Ellery, io continuo a non crederci, però... – Agatha appariva alquanto confusa dopo che il compagno, sulla strada del ritorno, aveva esposto la sua teoria secondo cui Nakamura Seiji era il vero assassino. – Come è possibile che sia ancora vivo, scusa?

– Hai visto la cantina prima, no? È quella la prova. Quantomeno mi pare certo che qualcuno sia rimasto nascosto lí di recente. Consapevole che prima o poi ci saremmo potuti accorgere dell'esistenza dei sotterranei, ha approntato quella trappola. Nella peggiore delle eventualità, a quest'ora sarei già la «terza vittima».

– Bene, ho finito Ellery, – terminata la bendatura, Poe gli picchiettò il ginocchio. – Non metterti a camminare avanti e indietro stasera, intesi?

– Grazie, doc... Ma, dove stai andando?

– Voglio controllare una cosa.

Poe attraversò con passo svelto il salone e scomparve oltre il portone che conduceva all'atrio. Dopo neanche un minuto, tuttavia, aveva già fatto ritorno.

– Proprio come avevo immaginato... Scusami, ti prego, – fece rivolgendosi affranto a Ellery.

– Che ti prende?

– Il filo di prima è uno dei miei.

– Tuo? Ma perché…?

– È una delle lenze che mi ero portato dietro. Quando siamo arrivati sull'isola ho lasciato la cassetta degli attrezzi da pesca nell'atrio. Prima ho controllato e mancava proprio quella piú spessa.

– Ora capisco, – fece Ellery reggendosi con le mani la gamba sinistra piegata. – Il portone d'ingresso non si chiude a chiave, per cui chiunque potrebbe entrare e uscire a piacimento, Seiji o chi per lui. Deve essere stato un gioco da ragazzi sottrarti quella lenza.

– Però, – replicò Poe dopo essersi accomodato su una sedia e aver acceso una sigaretta, – mi sembra troppo affrettato ritenere a priori che Seiji sia vivo e possa essere il carnefice.

– Non sei d'accordo, dunque?

– Non escludo certo tale possibilità, ma, se mi è concesso di controbattere, allo stato attuale delle cose ritengo assai improbabile che il colpevole sia qualcuno di esterno al nostro gruppo.

– Uhm… – ancora appoggiato alla parete, Ellery alzò lo sguardo a osservare il volto barbuto del compagno. – A quanto pare il doc desidera che l'assassino sia qualcuno tra noi.

– Non lo spero di certo, ma ritengo che sia molto piú probabile. Ecco perché, Ellery, ora voglio proporre di controllare insieme le camere di ciascuno.

– Un'ispezione degli effetti personali, eh…

– Esattamente. Nella stanza del colpevole dovrebbero esserci le copie delle tavolette, la mano sinistra di Orczy, un'arma da taglio e, magari, un po' di veleno avanzato.

– L'idea non è male, anzi. Mi chiedo solo, Poe, supponendo che sia tu il colpevole, se ti verrebbe mai in mente di lasciare oggetti cosí compromettenti in camera. Ci sono tanti altri posti in cui poter nasconderli.

– Sí, ma per il momento…

– Scusa, Poe, – intervenne Van. – Ma non sarebbe addirittura piú rischiosa come mossa?

– In che senso?

– Se l'assassino fosse davvero uno di noi cinque, significherebbe permettere che entri nella propria camera offrendogli cosí l'opportunità di ispezionarla in tutta libertà.

– Ha ragione Van, – chiosò Agatha. – Non voglio che entri nessuno di voi in camera mia. Il colpevole potrebbe appoggiare di nascosto una tavoletta o chissà cos'altro ancora. E se architettasse qualcosa di pericoloso già che è dentro? No, non se ne parla.

– Tu che dici, Leroux? – chiese severo Poe.

– Io, piuttosto, sto iniziando a detestare questo edificio decagonale… – replicò scuotendo il capo a viso abbassato. – Qualcuno di noi l'aveva già notato nei giorni scorsi: ti viene male agli occhi solo a guardare le pareti… Anzi, sembra quasi di impazzire.

4.

– Se cerchi il sale, l'hai appoggiato là prima, – disse timidamente Van ad Agatha che, dopo aver assaggiato la zuppa, era rimasta con il piattino in mano a guardarsi intorno in cerca di qualcosa.

– Che vista lunga… – si voltò questa spalancando gli occhi. – Come controllore sei promosso a pieni voti, direi.

La sua fu una battuta gelidamente ironica, ma pronunciata con una voce priva di qualsiasi vigore. Sotto ai suoi occhi risaltavano pronunciati aloni bluastri.

La cucina della Casa decagonale.

Alla luce soffusa della lampada che aveva portato dal salone, Agatha stava preparando la cena, mentre Van, in piedi vicino a lei, controllava attento ogni suo movimento. Gli altri tre erano rimasti nella stanza accanto e sbirciavano la situazione in cucina attraverso la porta a doppio battente lasciata spalancata. La ragazza lavorava velocemente e senza sosta, quasi cercasse di esorcizzare le morti avvenute fino a quel momento. Tuttavia, avvertiva tutto come vago e non faceva altro che perdere tempo a cercare cose.

– È qui lo zucchero, Agatha, – fece Van, al che questa ebbe un tremore e lo guardò furiosa.

– Adesso basta! – lanciò un urlo lacerante appoggiandosi le mani sui capelli legati col foulard. – Se avete tutta questa paura di mangiare quello che vi preparo, accontentatevi delle scatolette o fate come vi pare e basta!

– Agatha, ma io non volevo…

– Ne ho abbastanza! – e, puntato Van, gli scagliò contro il piattino, che volò sfiorandogli un braccio per poi andare in frantumi nello scontro con il frigorifero. Sopresi dal frastuono, i tre nel salone accorsero in cucina. – Io so benissimo di non essere l'assassina! Avete capito? – Agatha continuava a lagnarsi a gran voce tenendo stretti i pugni e contorcendosi. – Dev'essere uno di voi per forza! Non vi servirà a nulla affibbiarmi un controllore, non sono io la colpevole!

– Agatha! – gridarono all'unisono Ellery e Poe.

– Alla fine, poi, dareste di nuovo la colpa a me se qualcuno dovesse morire mangiando ciò che preparo, lo so! A che vi serve controllarmi? Vi siete messi d'accordo e state cercando di farmi passare per l'assassina!

– Calmati adesso! – esclamò con voce sicura Poe muovendo un passo verso di lei. – Nessuno di noi vuole farti questo, ora calmati, su.

– Non ti avvicinare! – Furiosa, Agatha indietreggiò incerta. – Guai a voi se venite! Adesso capisco... Siete tutti d'accordo voialtri! Avete tramato di nascosto e ucciso prima Orczy, poi Carr. Ora toccherebbe a me, eh?

– Agatha, torna in te!

– E va bene, se è proprio questo che desiderate, vi farò il piacere di diventare l'assassino del gioco... Giusto! Cosí mi eviterei anche di essere una delle vittime alla fine di tutto... Ah, poveri Orczy e Carr, quanto mi dispiace. Ebbene sí, sono stata io, li ho fatti fuori io e ora farò lo stesso con voi!

Perso del tutto il lume della ragione, Agatha prese a dimenarsi compulsivamente agitando braccia e gambe. Vedendola in tale stato, i quattro provarono a bloccarla e, dopo averla quasi trascinata con la forza in salone, la costrinsero a stare seduta.

– Non ne posso piú... Non ce la faccio... – toccato ormai il fondo, la ragazza prese a fissare demoralizzata il vuoto. Quindi si accasciò sulla tavola e iniziò a tremare sempre di piú. – Riportatemi a casa, vi prego... Sono stanca, me ne vado.

– Agatha...

– Io vado, torno indietro. Vado a nuoto...

– Calmati, avanti. Respira, – dopo averle appoggiato il grosso palmo sulla schiena, Poe cercò di confortarla. – Stammi bene a sentire, Agatha. Nessuno vuole farti passare per l'assassino, né ha intenzione di ucciderti.

Tuttavia, ancora con lo sguardo abbassato sulla tavola, quella continuava a fare segno di no con la testa alla stregua di una bambina. I suoi discorsi deliranti, infine, cessarono di colpo tramutandosi in singhiozzi quasi impercettibili.

Dopo un lungo lasso di tempo, senza preavviso alzò lo sguardo.

– Devo preparare da mangiare, – fece con voce roca e monotona.

– Lascia stare, ci penserà uno di noi. Tu riposati.

– No, – replicò discostando la mano di Poe. – Io non sono l'assassina.

5.

Durante la cena, nessuno di loro osò fiatare. Farlo avrebbe portato inevitabilmente a discutere degli omicidi, mentre il silenzio era un modo per sfuggire alla pericolosa realtà dei fatti. Oppure poteva essere un escamotage per evitare di infierire sull'ormai stordita Agatha.

– Pensiamo noi al resto qua, vai pure a riposarti, – le disse con gentilezza Poe, ma questa lo guardò con occhi inespressivi. Stava fumando davanti agli altri, cosa insolita per lei, e, con lo sguardo perso nel vuoto, osservava il fumo disperdersi nel salone. – Avrei un farmaco, se credi di non riuscire a prendere sonno... Anzi, te lo do subito. Prendilo prima di metterti a letto.

A quelle parole, gli occhi della ragazza si iniettarono di diffidenza.

– Un farmaco? Per carità...

– Non devi avere paura, si tratta di un banalissimo sonnifero.

– No, non lo voglio per nessuna ragione!

– E sia, facciamo cosí. Guarda, Agatha, – al che Poe, aprí la propria borsa in tela appesa allo schienale della sedia ed estrasse un minuto barattolino in vetro da cui fece cadere due pillole bianche sul palmo della mano. Quindi mostrò chiaramente di averle spezzate entrambe e passò metà di ciascuna ad Agatha. – Ora inghiottirò davanti a te le metà che mi sono rimaste, cosí non avrai piú nulla di cui preoccuparti.

Agatha restò in silenzio a fissare le pillole nella sua mano e infine annuí convinta.

– Bravissima, – e Poe, con un sorriso bonario disegnato sul viso barbuto, mandò giú le medicine che aveva conservato per sé. – Hai visto? Non hai di cui temere, dài, prendile anche tu.

– Non riesco a dormire... In nessun modo.

– Posso immaginare, hai i nervi molto tesi dopotutto.

– Stamattina, poi, non riuscivo a levarmi dalla testa le urla di Carr... Quando credevo di essere sul punto di prendere sonno, alla fine, ho sentito degli strani suoni provenire dalla sua camera, proprio di fianco alla mia...

– Ho capito. Ora ti basta ingerire quel sonnifero e stanotte dormirai come un ghiro.

– ... Davvero?

– Sicuro, ti addormenterai in un baleno.

Agatha si portò alla bocca la medicina e deglutí tenendo gli occhi chiusi.

– Grazie... – sorrise a Poe con lo sguardo privo di ogni energia vitale.

– Bene, buon riposo, allora. Mi raccomando, chiudi bene porta e finestra.

– Certo... Grazie ancora, Poe.

Quando Agatha fu all'interno della propria stanza, i quattro ragazzi rimasti nel salone emisero un verso molto vicino a un sospiro.

– Un comportamento a dir poco ineccepibile, Poe. Diventerai senza dubbio un bravo medico, – commentò ammiccando un sorriso Ellery, che tra le dita affusolate reggeva una sigaretta. – La situazione inizia a farsi proprio insopportabile, comunque. Guardate come è ridotta Sua maestà, poi... Chissà, magari già da domani uno di noi diventerà il prossimo «paziente».

– Piantala, Ellery. Prendi le cose troppo alla leggera, tu.

– Che altro potrei fare, scusa? – replicò stringendo le spalle. – Se restassi sempre serio, poi finirei per dare di matto io. Ti ricordo, inoltre, che oggi ho rischiato di essere ucciso.

– E se la ritenessi invece tutta una tua recita?

– Ma come ti... Va be', lasciamo perdere, non avrebbe senso arrabbiarsi. Se la metti cosí, però, allora non possiamo essere certi nemmeno dell'autenticità della scenata di Agatha, dico bene?

– Se il colpevole è uno di noi, i sospetti devono ricadere equamente su chiunque, – intervenne Van, che si stava mordendo le unghie. – Solo ciascuno di noi sa di essere o no colpevole, di conseguenza dobbiamo saper badare a noi stessi senza contare sugli altri.

– Ma insomma, come abbiamo fatto a cacciarci in questa orrenda situazione?

Leroux lanciò sul tavolo gli occhiali e si portò le mani in testa.

– Non vorrai mica fare l'isterico pure tu, vero?

– E come potrei? Non ne ho le forze, Ellery... Ma perché il colpevole avrebbe iniziato questa follia? Che sia uno di noi o Nakamura Seiji, quale diavolo di movente potrebbe mai avere?

I suoi piccoli occhi levati al cielo traboccavano di sofferenza.

– Il movente, eh... – sussurrò Ellery. – Certo, qualcosa ci deve pur essere.

– Io sono contrario a credere che Seiji sia l'assassino, – esclamò innervosito Van. – Ellery, è solo una tua fantasia il fatto che sia vivo! Anche supponendo che lo sia, allora è come dice Leroux: perché mai dovrebbe ucciderci? Non scherziamo, su!

– Seiji…

Ogniqualvolta che pronunciava o ne sentiva il nome, Leroux avvertiva un'impenetrabile inquietudine. Era cosí da quando, il giorno precedente, Ellery aveva paventato l'ipotesi che potesse essere vivo. Brancolando nel buio, cercava di risalire all'origine di quella sensazione… *Sono memorie lontane*… Ma non riusciva a fare mente locale in nessun modo. D'un tratto, dentro di lui si insidiò un ricordo offuscato, ma di gran lunga piú recente, che lo rese irrimediabilmente irrequieto… *Ma che cos'era?*

Leroux continuava a interrogarsi. La memoria piú fresca risaliva a quegli ultimi giorni trascorsi sull'isola, sí, nessun dubbio. Da qualche parte doveva aver visto qualcosa, qualcosa di molto importante…

Il mal di testa che l'affliggeva da quando si era svegliato continuava a non dargli tregua, cosí, arresosi, aveva deciso di andare a riposarsi.

– Poe, potrei avere un sonnifero?

– Sí, certo. Ma sono solo le sette passate, vai già a letto?

– Sí, mi fa ancora male la testa…

– Capisco, vorrà dire che seguirò il tuo esempio, – e, consegnato il barattolino di medicine a Leroux, Poe si alzò barcollando con la sigaretta in bocca. – Mi sa che stanno già facendo effetto.

– Poe, ti spiace se le prendo io? – chiese Van, alzandosi a sua volta dalla sedia.

– Fai pure, ma te ne basterà una pastiglia, fa subito effetto… E tu Ellery?

– Non mi serve, riesco ad addormentarmi da solo.

Fu cosí che, passato qualche secondo, la lampada sulla tavola si spense e l'oscurità calò all'interno del salone decagonale.

Capitolo 8

Quarto giorno – Terraferma

1.

– Ma siamo davvero sicuri che possa venire pure io? – chiese Kawaminami mentre si trovavano sull'auto partita dalla città di O. e diretta a Kamegawa. Il volante ben saldo, Shimada, concentrato sulla strada, annuí piú volte.

– Ci mancherebbe. In fondo Chiori era una tua conoscente e, se vogliamo dirla tutta, sei o non sei una vittima di quella lettera sospetta? Non penso che saresti troppo contento di essere escluso dalle indagini, giunti a questo punto, poi.

– Be', in effetti no...

Lo attanagliavano le parole pronunciate la sera precedente da Morisu Kyōichi. In fin dei conti, quanto sarebbe stato corretto calpestare i segreti altrui solo per soddisfare la propria curiosità?

Shimada, dal canto suo, sosteneva che i suoi rapporti con Kōjirō non fossero tanto effimeri come potessero sembrare, anzi. Riteneva, inoltre, che l'atteggiamento di Morisu, come il suo modo di vedere le cose, denotasse un'eccessiva severità. In un certo senso, Kawaminami si poteva dire d'accordo con Shimada. Dopotutto anche lui era rimasto alquanto seccato nel vedere l'amico partecipare prima con piacere a quel gioco investigativo, per poi tirarsi indietro all'improvviso ostentando un severo moralismo. D'altra parte, non poteva fare a meno di avvertire una forte reticenza, unita a un pesante rimorso, nel recarsi di nuovo a casa di quell'uomo, incontrato appena tre giorni prima.

– Conan, se devi sentirti cosí in colpa, che ne dici se fingiamo di essere diventati grandi amici nel corso di questi ultimi giorni? Sono stato io a trascinarti contro la tua volontà, possiamo dirgli cosí. Che ne pensi? A me pare una buona idea.

Nell'ascoltare tali parole, Kawaminami lo trovò una persona a suo modo bizzarra. Non lo si poteva definire un semplice curiosone, quanto un uomo dotato di capacità di osservazione e di ragionamento oltremodo acute. Ben piú di lui stesso, per giunta. L'ipotesi che Morisu aveva avanzato in merito al fatto che Nakamura Seiji potesse essere ancora in vita, tanto per dirne una, l'aveva già considerata e analizzata a sufficienza.

Mentre il compagno si distingueva per essere, in un certo senso, una sorta di realista conservatore, Shimada era un romantico che, talvolta, ricordava un ragazzino sognatore. Era di certo tale aspetto a contraddistinguerlo piú di qualsiasi altro.

Shimada amava dar libero sfogo alla fantasia per giungere a ipotesi in merito a un fatto reale verso cui provava interesse, sublimando poi quella preferita in un sogno… O perlomeno, cosí sembrava a Kawaminami. Ecco perché, forse, per lui era secondario – se non terziario – che quel sogno combaciasse con la realtà.

L'auto svoltò dalla statale ed entrò in un quartiere a loro familiare. Misto al venticello, il cattivo effluvio tipico delle zone termali entrava dal finestrino lasciato mezzo aperto. È cognizione comune paragonarlo all'olezzo di uova marce, ma a Kawaminami non dava troppa noia quel forte odore di solfuro.

Erano da poco passate le tre quando arrivarono a casa di Kōjirō.

– Oggi dovremmo trovarlo... – sussurrò Shimada fermatosi dinanzi al cancello. – Le lezioni non ci sono in questo periodo, ma, se dovesse essersi comunque recato a scuola, dovrebbe essere già tornato. In fondo è sabato, e non è nemmeno una persona solita uscire quando non ha nulla da fare.

– Vuol dire che non l'ha avvisato per telefono del fatto che saremmo venuti? – chiese Kawaminami.

– Esatto, proprio cosí, – annuí Shimada. – Vedi, il buon Kō adora le visite a sorpresa.

– Ah...

– Un tipo strano, vero? Be', dipende da chi si presenta, ovvio, ma io e lui siamo amici di vecchia data, quindi... – e, cosí dicendo, strizzò un occhio e fece un sorriso.

Nel giardino di cui un tempo si prendeva cura Yoshikawa Seiichi, i fiori sbocciavano come sempre rigogliosi. Oltre il tetto si scorgevano i rami di un albero di ciliegio colmo di candidi boccioli gonfi. Mentre transitavano lungo il lastricato, i fragili petali di una spirea cadevano leggiadri sfiorandogli le spalle.

Suonarono il campanello e, a differenza della volta precedente, ricevettero subito una risposta.

– Oh, sei tu, Shimada. Ma guarda, c'è pure... Kawaminami, dico bene?

Anche quel giorno, Kōjirō era vestito con grande eleganza. Pantaloni neri, camicia a righe della medesima tinta, cui aveva abbinato un cardigan di filato aran di un appena accennato color caffè.

Non mostrò alcun sospetto nel notare la presenza del ragazzo e, come già avvenuto qualche giorno prima, li condusse nella sala. Shimada si accomodò sulla sedia di vimini nel portichetto affacciato sul giardino, mentre Kawaminami attese un cenno da parte del padrone di casa e infine si accucciò sul divano.

– Che cosa vi porta qua, oggi? – chiese Kōjirō intento a preparare il tè.

– Volevamo farti solo qualche domanda, – rispose Shimada inclinando in avanti la sedia e appoggiando i gomiti sulle ginocchia. – Ma prima, mi diresti dov'eri l'altro ieri?

– L'altro ieri? – guardò perplesso l'amico. – In questi giorni sono a casa, il liceo è chiuso…

– Ah sí? Be', noi siamo passati la sera del 27 e, per quanto ti chiamassimo, non ci hai mai risposto.

– Scusami, avevo una scadenza imminente per un articolo accademico e, negli ultimi due-tre giorni mi ero imposto di non rispondere a nessuno, nemmeno al telefono.

– Che sgarbato, non certo un comportamento da amico.

– Hai ragione, perdonami. Se avessi saputo che eri tu avrei risposto, – cosí, dopo aver consegnato le tazze ai due ospiti, Kōjirō prese posto sul divano di fronte a quello su cui era già seduto Kawaminami. – Allora, che cosa volevate chiedermi? A giudicare dalla presenza di entrambi, immagino che si tratti ancora della lettera firmata da qualcuno col nome di mio fratello…

– Piú o meno sí, diciamo, – esordí Shimada traendo un respiro. – In verità, ecco, volevamo farti alcune domande poco discrete in merito alla defunta Chiori.

La mano con cui Kōjirō si stava portando la tazza di tè alla bocca si fermò di colpo.

– A Chiori?

– Inizierò con una domanda perfida, caro Kō. Sentiti pur libero di darmi un pugno se dovessi irritarti con quanto sto per dirti, – dopo tale premessa, Shimada andò dritto al sodo. – Non è che per caso Chiori era tua figlia?

– Che sciocchezza, ma che ti è saltato in testa? – aveva risposto senza alcuna esitazione Kōjirō, ma a Kawaminami parve di notare il suo viso impallidire per un istante.

– Mi sbaglio?

– Ovvio, che domande.

– Uhm...

Shimada si alzò dalla sedia di vimini e raggiunse Kawaminami sul divano. Kōjirō, invece, rimase seduto a braccia conserte con l'aria di essersi offeso, ma Shimada riprese tenendo gli occhi fissi sull'amico.

– So di essere stato inopportuno e capisco benissimo la tua rabbia, ma, vedi, Kō, voglio assolutamente sapere la verità. Chiori è nata dall'unione tra te e Kazue, dico bene?

– Smettila di parlare a vanvera. Che prove avresti per sostenere questa tua fantasia?

– Prove certe non ne ho, mi sembra ovvio, ma sono le circostanze a suggerirmelo.

– Piantala, ora.

– L'altro ieri sono stato ad Ajimu insieme al buon Conan. Abbiamo incontrato la consorte del disperso Yoshikawa Seiichi.

– La moglie di Yoshikawa? E perché mai?

– Vedi, quella losca lettera ci ha istigati ad approfondire le indagini in merito agli omicidi avvenuti l'anno scorso a Tsunojima. Alla fine siamo giunti alla conclusione che Nakamura Seiji è ancora vivo e che ha ucciso lui tutte quelle persone.

– Non dire idiozie, mio fratello è morto. Ho visto il cadavere io stesso.

– Un cadavere carbonizzato, vuoi dire.

– Sí, ma...

– Quello era il corpo di Yoshikawa Seiichi. Il vero responsabile era Seiji che, dopo aver ucciso Kazue e i coniugi

Kitamura, ha bruciato il giardiniere per trarre chiunque in inganno facendosi credere morto.

– Come al solito, la fantasia non ti manca. Quindi, in base alla tua fervida immaginazione, avresti pensato di collegare me a mia cognata?

– Sí, direi di sí, – chiosò Shimada per nulla intimidito. – Partendo dalla colpevolezza di Seiji, ho riflettuto sul perché avesse perso il lume della ragione tanto da arrivare a compiere azioni simili... Allora mi è venuto in mente di quando, qualche tempo fa, anche se non ricordo con esattezza l'occasione, tu mi avevi riferito come Seiji amasse alla follia Kazue e manifestasse un attaccamento nei suoi confronti fuori dal normale. Dicevi che si era trasferito sull'isola ancora giovane solo per averla sempre al proprio fianco, in altre parole, l'aveva trascinata con sé per tenerla lontana da tutto e da tutti. Se supponiamo che sia arrivato a uccidere con le proprie mani la donna che amava cosí tanto, allora l'unico movente plausibile non potrebbe che essere la gelosia.

– E che bisogno c'è di credere che possa esserci stato qualcosa tra me e mia cognata?

– La moglie di Yoshikawa ci ha confidato che Seiji non mostrava particolare affetto nei confronti della figlia, mentre è un dato di fatto che amasse alla follia Kazue. In tal caso, sarebbe oltremodo strano che potesse non adorare il frutto del loro amore, per giunta una bambina. Incoerente, non trovi? In conclusione, si potrebbe sostenere che Seiji quantomeno sospettasse di non essere il vero padre di Chiori.

– Mio fratello era una persona strana.

– Sicuramente, ma era comunque in grado di amare Kazue. Ritengo strano, piuttosto, che non riuscisse a fare altrettanto con la figlia data alla luce dalla moglie. Ci dev'essere qualcosa sotto, non me lo spiego altrimenti, –

continuò Shimada. – Per cui, data per valida l'ipotesi che ho appena esposto, la domanda successiva sorge spontanea: chi era il vero padre di Chiori? Tutti gli indizi portano a te, caro Kō. Kazue era confinata sull'isola, ma c'era comunque un giovane uomo con cui poteva venire in contatto. Il rapporto tra fratelli che si deteriora subito dopo la nascita della bambina e...

– Stiamo parlando del nulla. Penso che possa bastare, tanto non farei altro che continuare a negare, – disse innervosito Kōjirō togliendosi gli occhiali tartarugati. – E poi, te lo dico per l'ennesima volta, mio fratello non c'è piú, è morto... Io non c'entro nulla con quegli omicidi.

Il suo tono di voce denotava sicurezza, ma si vedeva che evitava di incrociare lo sguardo dell'amico. Le mani che teneva appoggiate sulle ginocchia tremavano piuttosto vistosamente.

– Sarà... Allora, Kō, permettimi di farti un'altra domanda, – riprese Shimada. – Torniamo al 19 settembre dell'anno scorso, il giorno prima dell'incendio a Villa Blu. Ti ricordi? In genere non sei tipo da darti all'alcol, ma quella sera mi telefonasti all'improvviso invitandomi fuori a bere. Avevamo girato diversi locali e tu eri arrivato alla fine ubriaco fradicio. Ecco, a me era proprio parso che tu stessi cercando di affogare la disperazione nell'alcol.

– ... E allora? Che c'entra?

– Ormai ubriaco, eri scoppiato a piangere. Questo non te lo ricordi, vero? Ti avevo riaccompagnato qui a casa e ci eravamo messi entrambi a dormire sui divani. In quel frangente, Kō, avevi ripetuto piú volte questa frase mentre piangevi: «Kazue, perdonami. Ti prego, perdonami». Di continuo.

– Non... Non ci... – e il colorito del suo volto cambiò in un istante, ma Shimada proseguí.

– Allora non ci diedi troppo peso, pure io ero piuttosto

brillo dopotutto. Ma anche una volta venuto a sapere di quanto era accaduto a Tsunojima non avevo connesso la cosa alle tue frasi della notte prima. All'epoca avevo diverse grane personali a cui badare e dimenticai in fretta. Ora, però, ripensandoci... – Trasse un profondo respiro e concluse la frase. – La sera del 19 settembre tu sapevi già dei tragici eventi di Tsunojima. Mi sbaglio?

– Ma... Come... – Kōjirō replicò tenendo il volto abbassato. – Come avrei potuto sapere quello che era accaduto?

– L'hai saputo da Nakamura Seiji, l'assassino, – disse Shimada fissando l'amico con occhi taglienti. – Il cadavere di Kazue era stato privato della mano sinistra, gliela recise Seiji, che poi la inviò a te, Kō... Con ogni probabilità la ricevesti proprio quel giorno, il 19 settembre. Temendo uno scandalo, però, non avvisasti la polizia e preferisti stemperare lo shock con l'alcol.

– Io... Io...

– Non so nulla del tuo rapporto con Kazue, mi sfugge ogni dettaglio. E non ho nemmeno intenzione di farti domande a tal proposito. Ammesso che fosse stata proprio quella la causa che condusse Seiji alla follia, non avrei comunque alcuna rimostranza da porti. Nessuno avrebbe il diritto di biasimarti, credo. Tuttavia, se quel giorno avessi contattato la polizia, forse saresti riuscito a evitare le morti di Yoshikawa e dei coniugi Kitamura. Ecco perché il tuo silenzio è un crimine, Kō.

– Un crimine... – e, cosí sussurrato, Kōjirō si alzò di scatto.

– Kō?

– Basta, Shimada, hai già detto abbastanza.

Allora distolse lo sguardo dall'amico e, come sopraffatto dal dolore, si avviò a passo lento verso il portichetto che si affacciava sul giardino.

– Quello, – esordí indicando la pergola di glicine in giardino, – lo feci piantare l'anno in cui nacque Chiori.

2.

Kawaminami sembrava non essere ancora tornato, le luci del suo appartamento erano spente.

Controllò l'orologio: le dieci e un quarto di sera... No, non era possibile che si fosse già addormentato.

Parcheggiata la motocicletta nei pressi dell'ingresso, Morisu Kyōichi entrò nella caffetteria sull'altro lato della strada, un locale che restava aperto fino a mezzanotte. A quell'ora in genere era gremito degli studenti che risiedevano nei paraggi, ma, visto forse il periodo di vacanza, quel giorno i clienti si contavano sulle dita di una mano.

Si sedette al tavolo accanto alla finestra che dava sulla strada.

Sorseggiando il caffè, a cui non aveva aggiunto né zucchero né latte, decise che se ne sarebbe tornato a casa se Kawaminami non si fosse presentato mentre finiva di berlo. Non che avesse impellente necessità di incontrarlo, avrebbe potuto sempre chiamarlo in un secondo momento.

Dopotutto è un tipo che perde interesse con facilità in ogni cosa che fa, ormai si sarà stancato di giocare al detective... pensava Morisu accendendosi una sigaretta.

In principio era stata quella «lettera dal morto» ad avere acceso in lui la miccia della curiosità, in effetti era un elemento piú che sufficiente a stuzzicare il suo interesse. Se poi si aggiungeva il fatto che, in concomitanza al recapito della lettera, gli altri del circolo erano partiti alla volta dell'isola in questione, allora era naturale per lui non riuscire a mantenere la calma. Si era quindi recato appositamente fino a

Beppu per far visita a Nakamura Kōjirō, poi era venuto addirittura a chiedere consiglio a lui. Eppure – pensava ancora Morisu – a quel punto ormai Kawaminami doveva essersi stancato, in fondo era fatto cosí quel ragazzo. Tuttavia...

Gli tornò alla mente il volto di Shimada Kiyoshi.

Non era solo un semplice impiccione, no. Doveva essere un tipo piuttosto arguto, eppure quella sua sfrontata indelicatezza e le sue parole, che sembravano giustificare tali comportamenti, avevano fatto maturare in lui un profondo astio nei suoi confronti.

Era normale che provasse interesse per quella lettera sospetta, cosí come era lecito per un amante di racconti gialli mettersi addirittura a rivangare sui fatti avvenuti l'anno prima sull'isola. Ma... a posteriori provava un profondo rimorso per avergli suggerito di andare in visita dalla moglie di Yoshikawa Seiichi. Aveva ragionato senza alcuna prudenza e quelle parole gli erano sfuggite di bocca, chissà che cosa gli era passato per la testa in quel momento. Come doveva essersi sentita Yoshikawa Seiko vedendosi arrivare in casa due sconosciuti che si erano messi a curiosare sulla scomparsa del marito, per giunta considerato da tutti l'assassino?

Quando aveva sentito i loro racconti, era stato lui stesso ad aver avanzato l'ipotesi che Nakamura Seiji potesse essere ancora in vita. Tuttavia, realisticamente, non era in effetti possibile che lo fosse. La sua voleva essere null'altro che un'ipotesi per mettere la parola fine a quel perverso gioco investigativo. Shimada, però, aveva spostato l'attenzione sul movente dietro agli omicidi, individuando nel rapporto tra Kazue e Kōjirō un possibile appiglio. Alla fine se n'era uscito ipotizzando che Chiori potesse essere figlia loro, e aveva addirittura aggiunto che ne avrebbe discusso col diretto interessato...

Il fumo gli pervase la gola, sul punto quasi di soffocarlo. Con aria sconsolata, Morisu sorseggiava quel caffè amaro.

Passata mezzora, proprio quando pensò di andarsene, notò una macchina accostarsi davanti all'appartamento di Kawaminami, una Familia rossa. Non appena riconobbe la sagoma di colui che era sceso dalla vettura, Morisu lasciò il locale.

– Kawaminami! – lo chiamò.

– Oh, ciao, – rispose questi salutandolo con la mano. – Sapevo che potevi essere qui, quella moto mi era familiare. Non c'è nessuno nel mio condominio? che guidi una Enduro da 250 cc, – fece guardando in direzione della Yamaha XT 250 sporca di fango, parcheggiata sul ciglio della strada. – Sei venuto apposta fin qua?

– No, passavo per caso, – rispose Morisu picchiettando lo zainetto che teneva appeso al braccio; quindi indicò col mento il cavalletto da pittura legato al portapacchi della moto. – Ero di ritorno da Kunisaki, ci sono stato anche oggi.

– Come va il dipinto?

– Domani dovrebbe essere l'ultima volta che mi reco sul posto. Passa a vederlo quando sarà terminato, eh.

– Carissimo Morisu… – sceso dal posto di guida, Shimada mostrò al ragazzo un sorriso scanzonato. Dal canto suo, Morisu prese a parlare formalmente.

– Buonasera, dove siete stati oggi?

– A fare un salto dal buon… Volevo dire, a fare un giretto a Beppu, vedi, io e Conan ci troviamo proprio bene insieme. Stasera pensavamo di bere qualcosa a casa sua.

Invitati da Kawaminami, Morisu e Shimada entrarono nella sua stanza. Dopo aver messo in ordine il *futon* che in genere lasciava sempre steso a terra, Kawaminami estrasse il tavolino pieghevole e iniziò a preparare le bevande.

– Favorisci anche tu, Morisu?

– No, grazie, sono in moto.

Come entrò nella stanza, Shimada si portò dinanzi alla libreria e iniziò a leggere i titoli dei libri stipativi, mentre Kawaminami metteva il ghiaccio nei bicchieri.

– Dunque, che cosa avete scoperto? – chiese Morisu.

– Ah… – fece l'amico con aria malinconica. – Ieri siamo andati alla città di S., abbiamo osservato da lontano Tsunojima e sentito storie di fantasmi a dir poco irrealistiche.

– Fantasmi?

– Ma sí, quelle che raccontano dello spettro di Seiji che apparirebbe sull'isola… Le solite cose.

– Capisco… Oggi, invece? Non siete andati a Beppu solo per fare un giretto, immagino.

– Ecco… In effetti… – esordí Kawaminami in vistosa difficoltà.

– Alla fine siete andati da Kōjirō, vero?

– Già… Scusaci per aver ignorato i tuoi suggerimenti.

Kawaminami bloccò le mani con cui stava diluendo il whisky e abbassò leggermente il capo. Morisu sospirò e si sporse per osservare meglio l'amico.

– Be', che cosa avreste scoperto quindi?

– Piú o meno abbiamo capito che cosa è avvenuto sull'isola l'anno scorso, ci ha raccontato tutto… Signor Shimada, il whisky è pronto.

– Vuoi dire che avete scoperto la verità dietro al caso? – chiese sorpreso Morisu, al che Kawaminami annuí e tracannò tutto d'un fiato il contenuto del bicchiere. – E quindi…?

– Per farla breve, si è trattato di un omicidio-suicidio a opera di Seiji.

Cosí Kawaminami iniziò a raccontare.

3.

«Quello lo piantai l'anno in cui nacque Chiori...»

La voce di Kōjirō trasudava commozione.

«Quel glicine? – Shimada piegò perplesso il capo. – E perché lo... – Non fece in tempo a terminare il quesito che intuí da solo la risposta. – ... Ah, ora capisco. È come in *La storia di Genji*, caro Conan», continuò guardando quest'ultimo, che pareva del tutto spaesato.

«Il *Genji*?»

«Ma certo... O mi sbaglio, Kō? – chiese rivolgendosi all'amico, in piedi nel portichetto affacciato sul giardino. – Dopo aver passato diversi anni a soffrire per amore nei confronti di Fujitsubo, la moglie del padre, il principe Genji riesce a passare una notte d'amore con lei. Tuttavia, in quell'occasione rimane incinta e da allora i due continuano a vivere consci di aver tradito, l'uno il padre, l'altra il marito».

Kōjirō doveva aver associato la moglie del fratello Kazue alla figura di Fujitsubo, il cui nome significava letteralmente «cortile di glicini».

Era nata Chiori, la figlia del peccato, e allora i suoi sentimenti verso l'amata, fattisi al contempo piú stretti ma altrettanto remoti, l'avevano indotto a piantare quell'albero. Fujitsubo non dimenticò il crimine commesso sino alla fine dei propri giorni, né cercò di perdonarsi, e forse nemmeno l'amante di Kōjirō lo fece... Doveva essere andata cosí.

«Mi hai sempre detto quanto ti piacesse *La storia di Genji*... – Shimada si alzò con garbo dal divano e si avvicinò all'amico, girato di spalle. – Seiji se n'era accorto, vero?»

«No... Credo che mio fratello nutrisse solo dei sospetti. Diciamo che una parte di lui aveva intuito qualcosa, mentre con l'altra cercava in ogni modo di negare quei sospetti. Io la vedo cosí, – rispose Kōjirō, gli occhi fissi sul giardino. – Era a suo modo una persona geniale, ma umanamente parlando gli mancava qualcosa. Adorava Kazue, certo, ma il suo era un amore deviato, egoistico, una sorta di sentimento macchiato da manie di possesso. O perlomeno, cosí appariva ai miei occhi. Anzi, sono quasi certo che ne fosse conscio, sapeva di non essere affatto un buon compagno. Per questo si sentiva costantemente ansioso e non faceva altro che dubitare di lei».

«Nei confronti di Chiori, poi, doveva provare un qualcosa di molto simile al timore. Al contempo, tuttavia, con la restante parte di coscienza, si sforzava di credere che fosse davvero sua figlia, desiderava farlo. È stata proprio questa sua volontà a permettergli, seppur con grandi sforzi, di credere nel legame con la moglie e a fargli mantenere l'equilibrio mentale per gli ultimi venti anni».

«Ma Chiori alla fine è morta. L'unico tassello che gli permetteva di tenere in vita la loro relazione, per quanto timore potesse incutergli, era venuto all'improvviso a mancare, e ogni sua ossessione è uscita allo scoperto. La moglie non lo amava, con ogni probabilità il suo cuore batteva per il fratello... Tormentato da tali pensieri, aveva sofferto molto. Infine, è uscito di senno e l'ha uccisa con le sue stesse mani».

Kōjirō continuava a dargli le spalle, immobile, intento a osservare le prime foglie che stavano spuntando lungo la pergola di glicine.

«I fatti di Tsunojima sono tutti opera sua... È stato un plurimo omicidio-sucidio».

«Un omicidio-suicidio?»

«Proprio cosí. Come dici tu, Shimada, il pomeriggio del 19 settembre ricevetti un pacco da mio fratello. Dentro vi trovai una mano sinistra grondante di sangue avvolta in una busta di plastica. Sapevo di chi fosse l'anello che portava al dito, e capii che cosa dovesse essere accaduto. Telefonai alla Villa Blu e mi rispose subito mio fratello, pareva quasi che non vedesse l'ora di ricevere la mia telefonata. La sua voce era un misto di singhiozzi e risate e mi disse, testuali parole: "Kazue sarà mia per sempre. Yoshikawa e i Kitamura sono già morti, ci hanno omaggiato di un bel regalo d'addio..." Pensai che avesse dato di matto. Qualunque cosa provassi a dirgli non mi ascoltava, anzi, se ne usciva dicendo che finalmente avrebbero ambito a una nuova fase della loro esistenza, che c'era da rallegrarsi per la benedizione ricevuta dalle tenebre eterne, che avrei dovuto trattare con cura il regalo che mi aveva spedito... Frasi senza senso. Alla fine, riagganciò il telefono.

Ecco perché non può essere vivo, per quanto esista una possibilità materiale che lo sia. Vedi, lui non è morto per i sensi di colpa derivanti dall'aver ucciso mia cognata. Non poteva sopportare oltre quella situazione, gli era impossibile vivere cosí, per questo l'ha trascinata con sé».

«Ma scusa, Kō...»

«Shimada, e anche tu Kawaminami, ve lo ripeto: Nakamura Seiji è morto, si è suicidato. I pochi giorni intercorsi dall'uccisione di Kazue non li ha impiegati solo per mandarmi la mano e vendicarsi di me immaginando quanto stessi soffrendo. Quelle ore erano piuttosto un mezzo per abbracciare il corpo della moglie, irraggiungibile quando costei era ancora in vita».

A tali parole, Kōjirō ammutolí. Rispetto a poco prima, ora la sua schiena dava l'impressione di essersi ingobbita, quasi fosse invecchiato di colpo. Kawaminami pensava a quali immagini stesse sovrapponendo al glicine in giardino, da cui non aveva mai staccato gli occhi. Forse erano quelle della donna amata, oppure quelle del fratello, il carnefice; e se invece fossero state le ombre della figlia, morta in un tragico incidente?

Giusto... Come sosteneva Shimada, era davvero Kōjirō il padre della defunta Chiori. Allora la persona che poteva davvero serbare rancore nei confronti degli studenti che ne avevano causato la morte era...

«Posso approfittarne per farti solo un'altra domanda, Kō? – Shimada ruppe quel gravoso silenzio. – Che ne hai fatto della mano di Kazue? Dove si trova ora? – ma l'amico non rispondeva. – Senti, Kō, io...»

«Lo so, tu vuoi solo sapere la verità. Stai cercando di dirmi che non dirai nulla alla polizia, no? Lo so bene, Shimada... – e indicò di nuovo la pergola di glicine in giardino. – È lí. Sotto quell'albero riposa la sua mano».

*

– Aveva proprio ragione Morisu, – fece Kawaminami scolandosi l'ennesimo bicchiere di whisky diluito. – Sarò scortese nei suoi confronti, signor Shimada, ma ha chiesto delle cose che non doveva... Sí, ora ne sono convinto. Che spiacevole sensazione...

Morisu continuava a fumare in silenzio.

– Nakamura Seiji è morto, anche Kōjirō ce l'ha assicurato, e io credo che abbia detto la verità. Alla fine, non resta che il problema delle lettere.

– E sulla scomparsa di Yoshikawa Seiichi, come la mettiamo? – domandò Morisu, rivolgendosi in parte anche a sé stesso.

– Sia io che il signor Shimada fatichiamo a darci spiegazioni in merito, ma, finché non viene fuori il cadavere, l'unica è ipotizzare che sia precipitato in mare finendo trascinato via dalla corrente.

A tale risposta, Kawaminami si voltò in direzione di Shimada. Seduto con la schiena appoggiata alla parete, questi sembrava non aver prestato troppa attenzione alla conversazione dei due ragazzi e, reggendo con una mano il bicchiere, era intento alla lettura di un libro che aveva prelevato dalla libreria.

– A ogni modo, – riprese Kawaminami picchiettandosi con entrambe le mani le guance arrossate dall'alcol che aveva in corpo, – direi di smetterla di fingersi detective. Capiremo martedí prossimo chi c'è dietro quella lettera, quando gli altri avranno fatto ritorno dall'isola.

Capitolo 9
Quinto giorno

1.

Aveva l'impressione che lo stesso identico incubo fosse durato tutta la notte. Non ricordava di preciso che cosa accadesse, ma si era trattato senza dubbio di qualcosa di spaventoso.

La coperta che aveva scalciato via si trovava a terra, di fianco al letto. Indossava la camicia della sera precedente, ora tutta sgualcita. Il corpo appiccicaticcio per il sudore, mentre la gola si era del tutto seccata e le labbra screpolate.

Alzò il busto e, portatosi le braccia al petto come ad avvolgersi, Leroux scosse la testa prima a destra, poi a sinistra. Il dolore si era affievolito, ma ora si sentiva annebbiato, intontito, avvolto da una velata foschia. La distanza tra il proprio corpo e gli oggetti che lo circondavano gli pareva piú ampia del solito, quasi non facessero parte della realtà.

I labili raggi di luce che filtravano attraverso le serrande annunciavano l'epilogo della notte.

Leroux allungò fiaccamente un braccio e raccolse la coperta, quindi se la appoggiò sulle ginocchia. Uno schermo rettangolare apparve nella sua testa, ancora avvolta dalla foschia. Assomigliava a una pellicola fotografica impressionata alla luce, i cui angoli anneriti apparivano sfuocati, ma che si schiariva sempre piú avvicinandosi al centro. Su di esso scorrevano in sequenza i volti dei compagni di quattro giorni prima, quando erano sbarcati sull'isola. Ellery, Poe, Carr, Van, Agatha, Orczy... Tutti, lui compreso, davano l'idea di godersi a loro modo quel viaggio all'avventura. O, quantomeno, tale era l'impressione che aveva avuto. La libertà offerta da un'isola deserta, la curiosità che stimolava in loro il caso irrisolto del passato, quella vaga adrenalina... Pensava che sarebbero anche potuti accadere piccoli inconvenienti o imprevisti, ma era certo che avrebbero rappresentato uno stimolo all'avventura e la settimana sarebbe trascorsa senza lasciare loro nemmeno il tempo di rendersene conto. Eppure...

Capelli corti poco voluminosi, grandi occhi che sbattevano sotto le spesse eppure rase sopracciglia, guance su cui risaltavano le lentiggini; quel viso si era fatto d'un tratto gonfio, violaceo, quindi aveva preso a tremare, a distorcersi, infine a distendersi. Il sottile filo avvolto al collo carnoso si era tramutato in un velenoso serpente nero che strisciava viscido sulla pelle.

Ahh! Orczy... Orczy... Orczy!

Leroux strinse i pugni e si colpí in testa, non voleva spingersi oltre nei ricordi. In un altro luogo della sua mente, tuttavia, la macchina da presa continuava a girare inesorabile, come mossa da volontà propria, e lo schermo non voleva saperne di svanire.

Le labbra sollevate a disegnare un sorriso cinico, il pallido mento sporgente, gli occhi infossati... Era la volta di Carr. Il suo corpo ossuto si contorceva in preda al dolore, la tavola tremava, la sedia scalciata via, spasmi lancinanti, vomito, e infine...

– ... Perché? – provò a sussurrare. – Perché tutto questo?

Il corpo di Ellery che precipita nell'oscurità dei sotterranei. La voce severa di Poe. Il pallore di Van. Il comportamento isterico di Agatha... Tra i suoi amici sopravvissuti vi era un omicida. E se invece fosse stato uno sconosciuto a celarsi da qualche parte sull'isola? Ellery sosteneva che Nakamura Seiji fosse vivo. Non l'avevano mai incontrato, né sapevano che faccia avesse, ma allora perché voleva ucciderli tutti?

Sul suo schermo mentale si proiettò un'ombra nera, una sagoma indistinguibile, ondeggiava sinistra come riflessa nell'acqua.

Nakamura Seiji, colui che aveva costruito la Casa decagonale, era stato dato per morto nel settembre dell'anno prima, carbonizzato all'interno di Villa Blu. Fosse stato vivo, allora sarebbe diventato per forza lui il colpevole anche degli omicidi avvenuti in quella circostanza.

Nakamura Seiji... Nakamura... Nakamura...

– ... Eh?! – sussultò senza rendersene conto. – Nakamura?

L'ombra nera prese all'improvviso ad assumere una forma. Nella sua mente, ancora in parte assopita e priva di totale coscienza, i fili della memoria si stavano unendo poco alla volta e, infine, si unirono creando una ragazza di bassa statura, dalla carnagione chiara.

No... Non può essere...!

Doveva essere per forza il prosieguo dell'incubo, non poteva essere che Nakamura Chiori fosse davvero la figlia di Nakamura Seiji.

Leroux si colpí di nuovo in testa.

La città di notte, le strade brulicanti di gente, il vento gelido. Il pub in cui si erano ritrovati per il terzo after, i bicchieri scintillanti, il rumore del ghiaccio, l'odore di alcol, le grida eccitate, l'inebriamento, il chiasso, la follia... Il cambiamento dall'euforia all'improvvisa tensione. Lo sgomento, il suono delle sirene che squarciava una ferita già aperta, le taglienti luci rosse che lampeggiavano...

– Non può essere! – disse volontariamente alzando la voce, quasi cercasse di coprire quel ronzio sinistro che gli rimbombava dentro le orecchie. I suoi sforzi, tuttavia, sortirono l'effetto opposto e il rumore si fece ancora piú impetuoso. Attanagliato dall'inquietudine e da un irrefrenabile nervosismo, avvertí il corpo pervaso da un denso sudore. Quelle emblematiche luci rosse lampeggianti strillavano lacerandogli i nervi.

Incapace di respingerle e ormai sul punto di gridare, Leroux si teneva la testa... In quell'istante, però, la ripresa traslò su un luogo del tutto differente, i suoni e le luci si erano dissolti.

Ma che succede...che posto è questo?, pensava tra sé e sé, quasi la cosa non lo riguardasse... Era il mare, si udiva il rumore delle onde. Doveva essere molto vicino, l'odore di salsedine era nitido. La superficie marina ondeggiava, le onde si frastagliavano sugli scogli neri per poi ritirarsi lasciandosi dietro una schiuma candida. Ma...

È la scena che ho visto ieri.

Leroux scoprí le ginocchia. Il terrore in lui ora era svanito, quasi qualcuno avesse tirato una spessa tenda su quella frazione del suo cuore.

Era una scena che aveva visto il giorno precedente, quando si erano appostati sulle scogliere a fianco di Villa Blu in cerca di una nave. Allora aveva buttato l'occhio sulle rocce in fondo al dirupo... Ripensandoci, due giorni prima era addirittura sceso fin lí con Ellery. Ma certo, anche quella volta era...

Si sentiva come posseduto da qualcosa. I suoi sensi non si erano ridestati del tutto, in qualche modo ne era conscio. Poteva essere pericoloso andare all'avventura da solo, ma tale prudenza fu subito risucchiata all'interno della foschia che avvolgeva la sua mente.

Leroux si alzò lentamente dal letto.

*

Agatha dischiuse la porta e scrutò la situazione nel salone.

Non c'era nessuno, dovevano essere ancora tutti a letto.

Grazie alla medicina ricevuta da Poe, quella notte era riuscita a dormire. Fino a quando non aveva aperto gli occhi poco prima, era rimasta profondamente addormentata; alla stregua di un cadavere, non ricordava nemmeno di aver sognato. Era inspiegabile come avesse potuto trascorrere una notte tanto serena nonostante la terribile situazione in cui erano incappati.

Ora si sentiva piú riposata, le pareva persino che l'isteria del giorno prima si fosse in parte affievolita.

Dovrei andare a ringraziare Poe...

Agatha uscí dalla stanza con circospezione e camminò rasente al muro fino a raggiungere la porta del bagno.

Si guardò intorno attenta, tendendo l'orecchio al minimo rumore. Nonostante fosse già illuminata dal sole del mattino, la sala decagonale appariva distorta. I suoi occhi erano rapiti da incerte ombrature accalcate sulle candide pareti che le impedivano di guardarsi bene attorno.

Come aveva immaginato, nessuno sembrava essersi alzato. L'unico rumore che percepiva era quello incessante delle onde.

Entrò in bagno e lasciò appositamente la porta socchiusa a metà, non trascurando di accertarsi che non vi fossero potenziali pericoli nella toilette e nella vasca da bagno dietro alle porte in fondo. Si mise davanti allo specchio e si guardò: nella penombra le apparve la propria sagoma con indosso una vestaglia bianca. Le occhiaie erano in parte scomparse, ma, rispetto a quando era arrivata sull'isola, le sue guance apparivano ora sciupate, pallide, coperte dai capelli scompigliati che avevano perso la loro lucentezza. Si vide decaduta al punto che, per un attimo, dubitò persino di essere proprio lei quella riflessa.

Mentre si pettinava, piú volte sospirò in profondità. Gli eventi di quei giorni la tormentavano, era ovvio, ma le bastava tornare al proprio comportamento a dir poco disdicevole del giorno precedente per riprendere a sospirare.

Apparire bella e fiera di sé... Era ciò che desiderava, in qualsiasi circostanza e in qualsiasi luogo. Sapeva di essere una donna in grado di riuscirci e ne andava fiera... Fino a quel giorno. Non percepí alcuna bellezza nel suo viso, né un minimo di orgoglio.

Si sentiva abbattuta.

Devo rendere il trucco piú luminoso... pensò aprendo il beauty contenente il necessario. Era quella la sua unica consolazione in quella situazione, dove ogni cosa le appariva assurda, folle.

Il rossetto oggi non lo voglio rosa, lo preferisco rosso.

Non doveva badare piú agli sguardi altrui sull'isola e, in quel momento, la sua attenzione era rivolta soltanto alla propria sagoma riflessa nello specchio.

2.

Van aprí gli occhi, svegliato dall'allarme dell'orologio da polso.

Le dieci di mattina, sarà meglio alzarsi.

Aveva le spalle tremendamente intorpidite, le articolazioni gli dolevano. Non era riuscito a dormire come avrebbe voluto, si strofinò con gentilezza gli occhi turgidi da sopra le palpebre e avvertí una certa nausea.

Chissà se gli altri stanno ancora dormendo...

Dopo essersi alzato, si accese una sigaretta mentre tendeva le orecchie. Quando il fumo raggiunse i polmoni, provò un forte giramento di testa. Sapeva benissimo di essere provato sia fisicamente che mentalmente.

Riuscirò a scamparla?, pensava tra sé e sé fissando assente il vuoto. A essere onesto aveva paura, il terrore lo attanagliava. Avrebbe voluto mettersi a piangere come un bambino se solo avesse potuto, quindi darsela a gambe.

Van ebbe un sussulto, poi, spenta la sigaretta, si alzò in piedi.

Non appena uscí in salone, notò che la terza porta alla sua sinistra era stata lasciata socchiusa. Era quella subito prima della cucina, che conduceva alla zona bagno.

Strano, non si sente nessun rumore però... Forse qualcuno è andato in bagno e si è dimenticato di chiudere.

L'apertura della porta dava sulla cucina. Van puntò alla porta scegliendo apposta di passare dal lato destro della tavola al centro della sala e camminando rasente quest'ultima. Il silenzio piú assoluto.

Avanzava sfiorando a uno a uno gli schienali blu delle sedie con la mano sinistra. Avvertiva i battiti del suo cuore farsi a mano a mano piú intensi. Piú si avvicinava alla porta socchiusa, meglio riusciva a scorgere che cosa vi fosse dietro.

– Ah! – emise un grido soffocato, quasi qualcuno lo stesse strozzando. Un brivido gli attraversò il corpo, sentí le gambe cedergli.

Dietro alla porta del bagno c'era un corpo bianco riverso a terra.

Un vestito in elegante pizzo, esili braccia abbandonate, capelli neri distesi dolcemente al suolo… Era il corpo di Agatha, ormai privo di alcuna energia vitale.

– Ah… Ah…

Portatosi la mano destra alla bocca, Van rimase immobile. In gola avvertiva una disputa tra l'impulso di gridare e quello di vomitare. Per quanto cercasse di urlare, la voce non gli usciva come avrebbe voluto, allora si piegò in avanti aggrappandosi con una mano allo schienale. Ancora tremante, trascinò con tutte le forze il proprio corpo verso la stanza di Poe.

*

Il rumore violento di qualcuno che picchiava disperato alla porta destò Poe dal sonno.

– Ma… Che succede?

La sonnolenza lo intorpidí solo per un secondo, scalciò la coperta e rotolò giú dal letto fiondandosi alla porta.

– Chi va là? Che cosa è successo?

Nessuna risposta.

Il rumore cessò e, al suo posto, si udí un labile pianto strozzato. Girò la chiave nella serratura e tirò la maniglia, ma, come bloccata da qualcosa, la porta non si aprí.

– Ehi! Ma chi è che c'è lí fuori?

Si appoggiò sulla porta e spinse con forza, cosí fu in grado di sgattaiolare in salone attraverso la fessura che si era creata.

Era Van. Rannicchiato con fare sofferente, si teneva entrambe le mani sulla bocca mentre la sua schiena tremava.

– Che ti prende, Van? Qualcosa non va? – e gli accarezzò gentilmente il dorso. Van, allora, sollevò una mano tenendosi sempre la bocca con l'altra e indicò il bagno.

– Eh?

La porta era socchiusa, ma da quella posizione non si riusciva a vedere dentro.

– C'è qualcosa in bagno?

– A… Agatha è…

Non appena udí quel nome, Poe lanciò un grido di stupore e tolse la mano dalla schiena dell'amico.

– Agatha?! Tu sei sano e salvo, invece?

Van annuí boccheggiando sofferente. Poe, allora, si fiondò a vedere la situazione in bagno e, come capí quanto era successo, chiamò a gran voce gli altri.

– Ellery! Leroux! Svegliatevi… svegliatevi!

*

Ellery fu svegliato dal rumore di qualcuno che bussava freneticamente a una porta.

Non era quella della sua stanza. Non fece nemmeno in tempo a figurarsi che cosa potesse essere accaduto che, simile a un tuono, un grido di Poe rimbombò nell'ambiente.

Questa è la voce di Poe, allora forse…

Sceso in fretta dal letto, si coprí con il cardigan. La caviglia destra era ancora avvolta da una fasciatura, ma ormai non avvertiva quasi piú dolore.

Poe continuava a parlare, a quanto pareva si stava rivolgendo a Van. Infine, si udí un grido piú intenso: – Agatha?!

Come appoggiò la mano sulla maniglia e fu in procinto di uscire, nel salone riecheggiò la voce di Poe che chiamava lui e Leroux.

– Che succede? – rispose Ellery aprendo la porta. Van si trovava a carponi dinanzi alla stanza di Poe, mentre, alla sua destra, la porta opposta a quella di Ellery era stata lasciata socchiusa. Era il bagno. Dentro vide un corpo riverso a terra, sembrava quello di Agatha; subito a fianco, inclinato in avanti tenendo un ginocchio appoggiato al suolo, c'era Poe. – È morta?

– Cosí pare... – rispose questi voltandosi verso di lui. – Van sta male, dàgli una mano tu a vomitare.

– Va bene.

Ellery si avvicinò all'amico e, aiutatolo ad alzarsi, lo accompagnò in cucina.

– Non hai ingerito del veleno, vero?

– No, è solo che ho trovato Agatha e all'improvviso...

Van si sporse sul lavandino e boccheggiò con sofferenza mentre Ellery gli accarezzava la schiena.

– Faresti meglio a bere dell'acqua, hai lo stomaco vuoto, no? Cosí non riuscirai mai a vomitare. Bevi, dài.

– Non ti preoccupare, mi arrangio da solo. Piuttosto, vai da Poe.

– Come vuoi, – Ellery si voltò e uscí dalla cucina per raggiungere Poe, rimasto in bagno. – È davvero morta?

L'altro annuí chiudendo gli occhi.

– Ancora veleno. Stavolta parrebbe cianuro...

Poe girò il cadavere di Agatha a pancia in su. Gli occhi spalancati allo stremo, la bocca socchiusa... In quell'espressione ghiacciata intravedeva quasi piú stupore che agonia.

Come Poe le abbassò con gentilezza le palpebre, d'un tratto il suo volto apparve quello di una ragazza serenamente assopita. Doveva aver appena terminato di truccarsi: le sue labbra rosate, vive, parevano sul punto di muoversi da un momento all'altro. Il tenue odore che emanava doveva essere la causa dietro ai sospetti di Poe.

– Ah... – Ellery aggrottò le sopracciglia con fare penetrante. – E cosí questo sarebbe il famoso odore di mandorla...

– Sí... Portiamola in camera, forza.

Quando Poe allungò una mano sulla spalla del cadavere, a passo malfermo sopraggiunse Van. Teneva appoggiato il corpo esile alla parete e, ormai sbiancato in volto, si guardò attorno nel salone.

– Sentite, ma Leroux? Che cosa gli sarà successo?

– Leroux?

– In effetti...

Ellery e Poe guardarono per la prima volta in direzione della stanza dell'amico, quindi gridarono all'unisono.

La terza vittima

La solita tavoletta dalle scritte rosse era lí, appesa alla porta come a farsi beffe di loro.

3.

– Ma che cosa significa? Vuol dire che Agatha è la quarta? Allora... Leroux! – Ellery fece uno scatto impetuoso fiondandosi davanti alla porta dell'amico. – Leroux! Leroux! Maledizione, è chiuso a chiave... Van, non c'è un passe-partout?

– Figurati... Non siamo mica in un albergo.

– Non ci resta che sfondarla. Ellery, scansati!

– Aspetta, – Ellery bloccò con un braccio Poe, già pronto a scagliarsi contro la porta. – Si apre verso l'esterno, non servirebbe granché scagliarcisi contro. Penso che faremmo prima a uscire e rompere la finestra.

– Hai ragione, prendo una sedia, – disse Poe voltandosi in direzione di Van. – Vieni anche tu.

– Guardate un po'... – intervenne Ellery mentre si dirigeva verso l'uscio. – Visto? I fili sono slegati, – e indicò la porta a doppio battente che conduceva all'ingresso principale. I fili con cui il giorno prima aveva legato le maniglie erano sciolti, una delle estremità ciondolava verso il suolo.

– Qualcuno è uscito... – commentò Poe afferrando la sedia a lui piú vicina.

– Deve essere stato Leroux, immagino.

– Non possiamo esserne certi, – replicò Ellery scuotendo il capo. – Muoviamoci, non ne verremo fuori finché non avremo ispezionato la stanza.

*

Poe sollevò la sedia e la scagliò con tutta la forza che aveva nelle braccia. Dopo svariati tentativi, la finestra della stanza di Leroux andò in frantumi. Prima si erano scardinate le massicce cerniere degli scuri, quindi si sfasciò il telaio. Non fu troppo difficile infilare il braccio dentro e sbloccare il catenaccio dall'interno. Al contrario, sciogliere la cintura che teneva chiuse le maniglie fu un'impresa piú che ardua.

La finestra si trovava in una posizione abbastanza elevata, circa all'altezza del petto di Van. Poe, il piú alto tra loro, sfruttò la sedia rotta come sgabello e si infilò dentro con un balzo felino per nulla consono alla sua massiccia corporatura. Ellery gli andò dietro, mentre Van si portò sofferente sotto la finestra tenendosi lo stomaco con entrambe le mani.

Tuttavia...

Nella stanza, di Leroux non vi era traccia. Doveva essersene andato da qualche parte, senza fare piú ritorno.

*

L'aria era temperata e umida, pareva appiccicarsi alla pelle. La notte precedente doveva aver piovuto abbastanza. L'erba ai loro piedi era morbida, lievemente inumidita.

– Dividiamoci e cerchiamolo... Anche se con ogni probabilità sarà già morto, – fece Ellery piegando una gamba e massaggiandosi la fasciatura sulla caviglia destra.

– Sei sicuro? Come va la caviglia? – chiese Poe, a sua volta feritosi alla mano destra con uno dei vetri della finestra che aveva mandato in frantumi poco prima.

– Bene, direi. Dovrei riuscire persino a correre, – sollevatosi, Ellery buttò un occhio su Van. Questi si era accovacciato sull'erba in preda agli spasmi. – Van, tu resta nell'atrio finché non ti chiamiamo. Pensa a riposarti e a startene tranquillo –. Ellery riprendeva fiato mentre, con la solita freddezza, dava indicazioni ai due. – Poe, vai in avanscoperta all'insenatura. Io controllerò i dintorni della Casa decagonale e di Villa Blu.

*

Ellery e Poe corsero nelle rispettive direzioni, mentre Van si alzò fiaccamente e si avviò verso l'ingresso della Casa decagonale. Il sapore aspro, a tratti amarognolo, dei succhi gastrici che aveva rigurgitato poco prima si era impregnato sulla lingua, non voleva saperne di svanire.

La nausea gli stava passando, ma sentiva ancora la costipazione nel torace, come se un ammasso gommoso lo stesse intasando.

Il cielo era tinto di uno scuro color grafite. Nonostante non soffiasse il vento e non fosse troppo freddo, il suo corpo avvolto dal maglione continuava insistentemente a tremare.

Giunto a passi lenti fino all'ingresso, Van si sedette sui gradini inumiditi e, strette tra le braccia le ginocchia, si fece piccolo. Sospirò piú e piú volte. Infine il tremore iniziò a diminuire di intensità, quel peso al petto doveva essersi in parte dissolto.

Restò per un breve lasso di tempo a osservare immobile il tetro paesaggio dinanzi a sé, dove risaltavano solo le ombre dei pini.

– Van! Poe!

Si udí la voce di Ellery in lontananza: veniva dalla direzione dei resti di Villa Blu. Van si alzò e prese a camminare verso di lui piú veloce che poteva, ma le sue gambe sembravano non rispondere come desiderava. Vide Poe sopraggiungere dalla parte dell'insenatura, quindi si ricongiunsero nei pressi del passaggio tra gli alberi che conduceva alle rovine.

– Poe, Van, di qua!

Dopo aver superato la zona in cui i rami degli alberi si sovrapponevano a formare un arco, videro Ellery che, con addosso il pigiama coperto da un cardigan, gli stava facendo cenno con la mano dal centro del giardino. Guardando dalla Casa decagonale, era proprio la zona coperta dall'alberata.

I due raggiunsero di corsa il compagno e, come gli furono davanti, fissarono ciò che vi era ai suoi piedi.

– È morto, – disse Ellery scuotendo sconsolato il capo.

Leroux era riverso a terra. Indossava una camicia gialla e un paio di jeans, abbinati a una giacchetta in denim con le maniche arrotolate. Giaceva bocconi con le braccia distese in direzione della Casa decagonale. La porzione di viso girata di lato era impantanata tra la scura fanghiglia, i suoi amati occhiali tondi a terra, poco piú avanti rispetto alla mano destra.

– È stato colpito a morte, probabilmente alla nuca con una delle pietre o dei mattoni che si è procurato qui nei paraggi, – ipotizzò Ellery indicando il cranio fracassato in una pozza nerastra.

Van ebbe un conato di vomito e si tappò la bocca, la nausea lo assalí di nuovo.

– Poe, potresti dare un'occhiata? Capisco che magari è doloroso, ma te ne sarei grato.

– Sí, va bene, – e, tenendosi a posto i capelli che gli finivano sugli occhi, si accovacciò di fianco al corpo senza vita. Sollevata un poco la testa di Leroux impregnata di sangue e fango, dette un rapido sguardo al suo viso. Gli occhi tondeggianti erano spaventosamente spalancati, dalle labbra scendeva penzolante la lingua.

Forse a causa del terrore provato, forse per la la sofferenza, la sua espressione appariva innaturale e deforme.

– Si vede già il rigor mortis, – spiegò con voce soffocata. – Ma basta pigiarci sopra che scompare. Sembrerebbe essersi già irrigidito abbastanza… Essendo stato esposto alla temperatura esterna non posso fare un'analisi precisa, ma immagino che siano passate cinque, massimo sei ore dal decesso, quindi… – continuò controllando l'orologio da polso. – Deve essere stato ucciso intorno alle cinque e le sei di stamattina.

– All'alba… – sussurrò Ellery.

– Portiamolo dentro, mi fa troppa pena vederlo qui –. Cosí dicendo, Poe afferrò il corpo dalle spalle. – Ellery, puoi sollevargli le gambe?

Ma questi non rispose, rimase in silenzio a fissare il suolo con entrambe le mani infilate nelle taschine del cardigan.

– Ellery, mi ascolti?

Chiamato una seconda volta, alzò lo sguardo.

– Queste orme... – sussurrò indicando il terreno.

Il cadavere di Leroux si trovava al centro del giardino di Villa Blu, in un punto situato a una decina di metri dall'alberata che dava sulla Casa decagonale. Nei dintorni delle rovine il suolo era ricoperto di cenere. Tuttavia, forse a causa della pioggia caduta durante la notte, quel giorno si presentava alquanto morbido cosicché sulla sua superficie erano visibili diverse file di orme.

– Va be'...

Alla fine Ellery si piegò e afferrò le gambe del cadavere.

– Andiamo, fa freddo oggi.

I due misero in posizione supina il corpo senza vita di Leroux e lo sollevarono.

Il fragore delle onde risuonava alla stregua di una dolorosa marcia funebre a lui dedicata.

Van raccolse gli occhiali sporchi di fango e, tenendoli stretti al petto, tornò sui propri passi e andò dietro a Ellery e Poe.

4.

Rientrati alla Casa decagonale, anzitutto portarono il cadavere di Leroux nella sua stanza. Avevano rinvenuto subito la chiave nella tasca della giacca che indossava. Nonostante fosse sporco di fango dalla testa ai piedi, decisero comunque di adagiarlo sul letto.

– Mi andresti a prendere dell'acqua? Va bene quella del rubinetto, – esordí Ellery rivolgendosi a Van, che nel frattempo aveva posato gli occhiali sul comodino. – Anche un asciugamano, già che ci sei. Voglio pulirgli almeno il viso, – continuò allungando la coperta sul cadavere. Van annuí in silenzio e uscí dalla stanza; il suo passo era ancora piuttosto incerto, ma sembrava essersi ripreso bene dallo shock.

Subito dopo, Ellery e Poe si occuparono del corpo di Agatha in bagno. Lo trasportarono nella sua stanza, gli posizionarono le braccia incrociate sul petto e sistemarono i capelli scompigliati e gli abiti sgualciti.

– Cianuro, dunque... – osservando la ragazza piombata nel sonno eterno, Ellery sussurrava tra sé e sé. – In effetti il paragone con l'odore di mandorla è proprio azzeccato.

– Saranno passate all'incirca tre ore dal decesso, che deve essere avvenuto intorno alle otto di stamattina.

Come Poe terminò l'analisi, entrò Van.

– Davanti al lavabo c'era questo per terra. È di Agatha, vero? – chiese mostrando loro una custodia nera.

– È il suo beauty, immagino, – commentò Ellery prendendolo con nonchalance. Quindi, come rinsavito, ne verificò il contenuto. – Van, era chiuso anche quando l'hai raccolto?

– No, l'ho trovato aperto insieme ad altri oggetti sparsi qua e là, per cui...

– E li hai raccolti? Va be'...

Un fondotinta, un fard, un ombretto, un pettine, una crema, una lozione idratante...

– Eccoli... – Ellery estrasse due rossetti, entrambi privi del tappo, e ne esaminò il colore. – È questo qua.

– Non avvicinarti troppo col naso, è pericoloso! – esclamò Poe, che aveva intuito le intenzioni del compagno.

– Guarda che lo so.

Uno era rosso, l'altro rosa. Ellery annusò con estrema cautela il primo, quindi lo passò a Poe annuendo.

– Ci hai visto giusto, Ellery. È rivestito completamente di veleno.

– Già, un trucco funerario in tutti i sensi... Per giunta in abito bianco e morta avvelenata: somiglia proprio a una principessa delle fiabe per bambini, – rivolto uno sguardo malinconico alla ragazza distesa sul letto, Ellery invitò gli altri a uscire con lui dalla stanza. – Riposa in pace, Biancaneve, – sussurrò con dolcezza chiudendo la porta.

Allora i tre si diressero di nuovo nella stanza di Leroux.

Prima gli tolsero lo sporco dal viso con l'acqua e l'asciugamano preparati da Van, quindi, ripuliti anche gli occhiali, glieli adagiarono sul petto.

– E dire che era cosí entusiasta, il nostro caporedattore.

Ellery chiuse la porta, al che, dinanzi agli occhi gli apparve di nuovo quella scritta rossa: «Terza vittima».

Fu cosí che nella Casa decagonale rimasero i soli Ellery, Poe e Van.

5.

Dopo essersi ritirato un attimo nella propria stanza per cambiarsi, Ellery si sedette sui bordi del letto, fumò con calma due Salem e tornò fuori nel salone.

Poe espirava fumo violaceo osservando col viso accigliato il cerotto che gli copriva la ferita sul dorso della mano destra.

Van arrivò con un bricco colmo di acqua bollente per farsi un caffè.

– Ne gradirei un po' anche io, Van.

Questi, tuttavia, scosse la testa in silenzio e, presa la tazza con entrambe le mani come a nasconderla, si sedette lontano da Poe.

– Non molto cortese da parte tua, – disse Ellery facendo spallucce per poi dirigersi in cucina.

Lavò con cura tazza e cucchiaino, quindi provò a controllare dentro al cassetto della credenza: le sei tavolette che preannunciavano gli omicidi erano ancora lí, non una esclusa.

– «Ultima vittima», «Detective» e «Assassino», eh... – bisbigliò tra sé e sé tornato in salone con il caffè. Quindi scrutò in sequenza Poe e Van, rimasti in silenzio. – Supponendo che l'assassino sia tra noi, immagino che non abbia alcuna intenzione di confessare a questo punto, vero?

Poe espirò aggrottando le sopracciglia, mentre Van continuò a sorseggiare il caffè con lo sguardo abbassato. Con la tazza in mano, Ellery prese posto lontano da entrambi.

Cadde un silenzio carico di tensione. Sparsi agli angoli della tavola decagonale, tra i tre ragazzi si era insidiata una penetrante diffidenza, ormai impossibile da camuffare.

– Non riesco a crederci, – esordí Poe con fare innaturale. – Uno di noi si è macchiato degli omicidi di quattro amici!

– Uno di noi, oppure Nakamura Seiji... – aggiunse Ellery, ma l'altro scosse il capo con stizza.

– Non ne escludo la possibilità, ma ribadisco di essere contrario a tale ipotesi. E poi, di base, non riesco a condividere la teoria che possa essere tuttora vivo, è solo un castello di carte campato per aria.

Ellery sbuffò quasi a farsi beffe di lui.

– Quindi uno tra noi dovrebbe essere l'assassino?

– È quello che sto dicendo da prima! – e, fremente di collera, Poe sbatté una mano sul tavolo. Dal canto suo, l'altro restò impassibile e riprese a parlare passandosi le dita fra i capelli.

– Che ne diresti di ragionare partendo dal principio?

Appoggiatosi allo schienale, alzò lo sguardo al lucernario: il cielo era plumbeo come sempre.

– Tutto ha avuto inizio da quelle tavolette. Qualcuno le ha preparate in anticipo per poi trasportarle sull'isola. Non essendo nemmeno troppo voluminose, deve essere stato facile farlo senza che venissero scoperte. Chiunque di noi potrebbe esserci riuscito, ci siamo fin qua?

La mattina del terzo giorno, il colpevole ha messo in atto i moniti delle tavolette. La «prima vittima» è stata Orczy. Chiunque sia stato è entrato nella stanza dalla finestra, o intrufolandosi dalla porta, e l'ha uccisa strangolandola. Dicevi che il filo usato per il delitto era rimasto sul collo, vero Poe? Non che sia chissà quale indizio... Il vero problema è capire come abbia fatto l'assassino a entrare nella sua stanza.

Quando è stato rinvenuto il cadavere, né la porta né la finestra erano chiuse a chiave. Certo, esiste una minima possibilità che si sia scordata di farlo sin dal principio, ma mi pare decisamente inverosimile, soprattutto per quanto riguarda la porta. Il giorno prima era stata proprio Orczy a trovare quelle tavolette, non c'è dubbio che abbia provato paura e si sentisse in ansia.

Ma allora come stanno le cose? Potremmo considerare diverse ipotesi, però ritengo che si possa restringere il campo alle seguenti due: la prima, che Orczy abbia dimenticato di serrare la finestra e che il colpevole sia entrato da lí; per la seconda, invece, che, forse, questi l'abbia svegliata di proposito e si sia fatto aprire la porta da lei in persona.

– Se fosse entrato dalla finestra, che motivo avrebbe avuto di lasciare aperta anche la porta? – domandò Van.

– Forse è uscito per prendere la tavoletta, oppure per affiggerla alla porta, non credi? Tuttavia, se a questo punto ci atteniamo a Poe e consideriamo il colpevole uno di noi, ritengo che dobbiamo focalizzarci sulla seconda delle ipotesi. Per quanto presto potesse essere e Orczy fosse ancora addormentata, non penso sarebbe stato possibile infiltrarsi dalla finestra senza emettere il minimo rumore, anzi. L'avesse colto in flagrante, sarebbero stati guai per lui. Quindi, piuttosto che correre un rischio tanto grande, un membro del nostro circolo avrebbe senza dubbio optato per svegliarla e farsi aprire in tutta tranquillità adducendo una scusa qualsiasi. Orczy era fatta cosí, nonostante potesse non essere d'accordo con qualcosa, non le riusciva mai di rifiutarsi categoricamente.

– Eppure doveva essere già in pigiama, siamo sicuri che avrebbe permesso a un ragazzo di entrare in camera sua?

– Perché no? Magari l'ha incalzata sostenendo di doverle parlare con urgenza, e lei si è vista costretta a lasciarlo entrare. Come dicevo, era una ragazza che non riusciva a mai a imporsi con nessuno, a eccezione della storia di Carr… A ogni modo, se ci focalizziamo su questo particolare… – Ellery continuò guardando Poe con la coda dell'occhio. – Ecco allora che i primi sospetti cadrebbero su di te, Poe. Eri un suo amico d'infanzia, per cui è ovvio che ti temesse meno rispetto a me e a Van.

– Che idiozia, – chiosò sporgendosi sul tavolo. – Io avrei ucciso Orczy? Ma fammi il piacere… Sii serio.

– Mi pare ovvio che non stia scherzando. Per quanto riguarda l'omicidio di Orczy, il colpevole piú indiziato sei tu. Anche il gesto di adagiare il cadavere sul letto, che a prima vista potrebbe esssere un comportamento oltremodo bizzarro per un assassino, assumerebbe facilmente senso se considerato in base ai tuoi sentimenti.

– E allora che mi dici della mano? Perché mai avrei dovuto amputargliela e portarmela via?

– Stai calmo, Poe. So benissimo che questa non è l'unica delle ricostruzioni possibili, se ne possono immaginare diverse altre. Magari l'assassino è Van o, chissà, forse sono proprio io. Sto solo dicendo che tu sei il piú indiziato, ecco. Ma veniamo al problema della mano. Mi sembra ovvio che il colpevole abbia voluto emulare i fatti avvenuti l'anno scorso a Villa Blu, ma, a essere sincero, ancora non riesco a capire che cosa si celi dietro tale allusione... Tu che ne pensi, Van?

– Boh, forse per confonderci le idee?

– Uhm... E tu, Poe?

– Non credo che si sarebbe spinto a tanto solo per mandarci in confusione. Immagino che debba aver fatto una bella fatica a recidere una mano prestando attenzione a non far rumore.

– Molto bene, quindi deve aver avuto un'adeguata necessità di farlo, no? Se la vediamo cosí, allora, di quale necessità si... – Ellery torse il collo e tirò un lungo sospiro. – Va be', di questo ne discuteremo meglio piú tardi... Procediamo con la morte di Carr. Anche in questo caso non è possibile venirne a capo con un'unica soluzione. Tuttavia, tornando a quanto ci eravamo detti subito dopo, tra noi era stato Van l'unico a non aver avuto occasione di avvelenare il caffè. Supponendo che il veleno fosse stato applicato in precedenza sulla tazza, allora sí che chiunque avrebbe potuto riuscirci, ma, data l'assenza di un tratto distintivo che permettesse di riconoscere la tazza in questione, sarebbe risultato troppo complicato portare a termine il piano. Devo ammettere che ciò mi dà non poco da pensare, comunque...

Certo, ora che pure Agatha è morta sarebbe lecito credere che l'unico in grado di poter inserire il veleno fossi io, approfittando di un momento di distrazione e sfruttando i giochi di prestigio. Non che la cosa mi faccia piacere... Tuttavia...

– Il discorso cambierebbe se gli avessi inserito in anticipo del veleno in una compressa a rilascio modificato, intendi dire? – intervenne Poe, al che Ellery sogghignò.

– Proprio cosí. Nonostante non la reputerei una mossa troppo furba. Mettiamo che Carr avesse iniziato a manifestare gli effetti del veleno mentre non stava né mangiando né bevendo, a differenza di come sono andate le cose, allora tu, futuro medico, saresti risultato il maggior indiziato. Tuttavia non credo che tu sia una persona tanto sciocca da non prendere in considerazione una simile eventualità.

– Un discorso di buon senso... Alla buon'ora.

– Mi dispiace però informarti che, in effetti, in un altro modo avresti potuto farcela.

– Ah sí? Raccontami un po', dài.

– Sei una delle menti piú brillanti della facoltà di Medicina, per giunta tuo padre è proprietario di diverse cliniche private nella città di O. Non sarebbe nemmeno troppo strano che Carr ti avesse parlato in precedenza della sua salute cagionevole. O, perché no, magari era uno dei pazienti di tuo padre. Ipotizziamo che tu fossi stato a conoscenza dei suoi problemi di salute. Ecco allora che quella notte Carr ha un attacco, non so, magari una crisi epilettica. Tu avresti potuto precipitarti subito in suo soccorso solo per approfittare del trambusto e, fingendo di prenderti cura di lui, somministrargli dell'arsenico o della stricnina.

– Cerchi in tutti i modi di darmi addosso, ma le tue teorie sono a dir poco irrealistiche. Non vale neppure la pena di perdere tempo a parlarne.

– Non prendertela tanto, ti ripeto che sto solo paventando alcune ipotesi. E comunque, se proprio le ritieni irrealistiche, allora per lo stesso motivo dobbiamo escludere che possa essere stato io con un trucco di prestigio. Non so se rallegrarmene o meno, ma sappiate che avete sopravvalutato fin troppo le mie tecniche. Lanciare una compressa che si tiene nascosta nel palmo della mano proprio nella tazza a fianco nel momento in cui si afferra la propria... Facile a dirsi. Se io fossi l'assassino, avrei senza dubbio evitato una performance cosí pericolosa. Molto piú semplice, nonché piú sicuro, applicare il veleno sulla tazza in anticipo e fare in modo di riconoscerla.

– Tuttavia resta il fatto che sulla tazza non era presente alcun tratto distintivo.

– Esatto, per questo la cosa mi fa riflettere... Ma siamo davvero sicuri che non ci fosse nulla? – fece Ellery inclinando il capo e scrutando la tazza che teneva fra le mani. – Nessun graffio, né un pezzetto mancante o un tratto di lacca diverso... Una normalissima tazza decagonale come le... Aspetta, però!

– Che ti prende?

– Ho paura di essermi perso un dettaglio fondamentale! – esclamò alzandosi. – Poe, l'abbiamo tenuta da parte la tazza di Carr, vero?

– Sí, è sul bancone della cucina.

– Proviamo a ricontrollarla, – Ellery non fece in tempo a finire di pronunciare quelle parole che si era già fiondato in cucina. – Venite.

La tazza in questione era appoggiata sul bancone, ricoperta da un panno bianco che rimosse con cautela. Sul fondo era rimasto un goccio del caffè di due giorni prima.

– ... Come avevo immaginato, – disse Ellery schioccando la lingua mentre osservava l'oggetto dall'alto perpendicolarmente. – Mi sono fatto abbindolare come un tordo, come ho potuto non accorgermene subito!

– Ma di che parli? – domandò Van inclinando il capo. Anche Poe si mostrò spaesato.

– A me sembra uguale alle altre...

– Eppure non lo è, – disse tergiversando. – L'edificio, il salone, il lucernario, i posacenere, le tazze... Tutto è decagonale qui dentro! Siamo circondati da un mondo decagonale che ci ha condotti a perdere di vista ogni altro dettaglio.

– Eh?

– Ma che significa?

– C'è eccome un tratto distintivo su questa tazza! Ha qualcosa di palesemente diverso... Ancora non avete capito?

Non passarono che pochi attimi prima che Poe e Van si rendessero conto di quel dettaglio.

– Capito adesso? – fece Ellery con aria sufficiente. – L'espediente delle forme decagonali di cui è disseminato l'edificio non era altro che un grandioso depistaggio: questa tazza non ha dieci angoli, ma undici.

6.

– Siamo daccapo, – disse Ellery tornando alla tavola nel salone. Quindi fissò i volti dei due compagni. – Ora che è venuto a galla il tratto distintivo della tazza, è evidente che tutti e tre abbiamo avuto le stesse possibilità di avvelenare Carr. Tra le tazze ce n'è una endecagonale, nel caso fosse capitata proprio quella al diretto interessato sarebbe bastato far finta di nulla e non bere.

– Ma perché c'è una tazza diversa dalle altre? – chiese Van.

– Deve essere una simpatica burla di Seiji... – rispose Ellery disegnando un sorrisino con le labbra sottili. – Non è affascinante l'intuizione di lasciare un solo oggetto endecagonale in un edificio dove tutto è decagonale?

– Sarà solo per quello?

– Magari sí... Ma, in effetti, potrebbe trattarsi di una sorta di allusione. L'assassino se n'è accorto per caso e l'ha sfruttata per compiere il delitto. Non può essere un suo oggetto personale, dopotutto è un prodotto particolare, non reperibile dovunque, e probabilmente è stato fabbricato su ordinazione. Una volta arrivato sull'isola, se n'è accorto per pura casualità. Chiunque di noi potrebbe esserci riuscito, – Ellery appoggiò i gomiti sul tavolo e incrociò le dita all'altezza degli occhi. – Il colpevole ha dunque atteso che gli altri si fossero addormentati per intrufolarsi nella stanza in cui si trovava il cadavere di Carr. Ormai instancabile, dopo avergli reciso la mano sinistra, l'ha portata nella vasca... Anche in questo caso, come per Orczy, non capisco il motivo di tale gesto.

– Agatha disse di aver sentito un rumore strano, no? Forse si trattava proprio dell'assassino nella stanza di Carr.

– Già, può essere, Poe. A quel punto, però, ci eravamo fatti tutti già alquanto suscettibili, il che significa che il colpevole era ben conscio di correre un grosso rischio. Per questo non posso fare a meno di pensare che dietro a quel gesto si celi un obiettivo ben preciso... Un bel mistero, non c'è che dire, – continuò aggrottando vistosamente le sopracciglia. – In ogni caso, abbiamo appurato di aver avuto tutti e tre le medesime possibilità di portare a compimento entrambi i delitti. Possiamo andare avanti, che dite?

– La prossima è Agatha... Anzi, no, c'è prima Leroux, – aggiunse Van, ma Ellery scosse il capo.

– No, prima c'è il tentato omicidio del sottoscritto avvenuto ieri nelle cantine. La notte precedente, subito prima che Carr morisse, mi sembra, avevo accennato ai sotterranei di Villa Blu. Udite le mie parole, l'assassino deve essere uscito di soppiatto e aver messo a punto quella trappola, con ogni probabilità subito dopo aver reciso la mano di Carr e aver affisso alla porta la solita tavoletta. Eravamo tutti presenti quando a Carr è accaduto quel che sappiamo, per cui, anche in questo caso, chiunque potrebbe essere il responsabile... Confesso, però, che mi piacerebbe potermi escludere in quanto vittima.

Ellery scrutò la reazione di Poe e Van che, dal canto loro, rimasero in silenzio e si scambiarono una rapida occhiata d'intesa scuotendo il capo.

– Avete ragione, d'altronde non potete essere certi che non si trattasse solo di una mia recita. Non mi sono fatto un granché male, in fondo... Quindi abbiamo il delitto di stamattina, quello di Leroux, – Ellery si fermò un poco a ragionare. – In effetti la situazione è apparsa strana sin dal principio. Ucciso con un colpo alla testa, fuori dall'edificio, in quella zona dell'isola.... Per giunta, stavolta l'assassino non ha nemmeno reciso la mano, nonostante avesse dato molta importanza a quel gesto allusivo nei casi precedenti. Trovo tutto profondamente diverso, non so...

– Potresti avere ragione, ma ciò non toglie che il colpevole sia uno tra noi tre, – chiosò Poe.

– In effetti... – riprese Ellery passandosi le dita sull'esile mento. – Ma preferisco tenermi le considerazioni in merito alla morte di Leroux per un secondo tempo, vorrei pensarci ancora un po'...

Per ultimo, abbiamo il delitto di Agatha. Come siamo riusciti ad appurare prima dalle indagini, qualcuno ha avvelenato il suo rossetto. L'unico punto che resta da chiarire è quando ciò sia avvenuto, dico bene? Il rossetto lo custodiva nel beauty che teneva in camera. Dopo le morti di Orczy e Carr, Agatha si era fatta paranoica e sono certo che non si sia mai scordata di chiudere a chiave la porta, per cui non è possibile che l'assassino possa essersi intrufolato in camera sua. D'altro canto, usava il rossetto ogni giorno, perciò, contando che è morta stamattina, possiamo concludere che il veleno sia stato applicato ieri, in un lasso di tempo che va dal pomeriggio alla notte.

– Scusa, però, Ellery...

– Cosa c'è, Van?

– Io ho avuto l'impressione che il rossetto di oggi fosse diverso da quello che aveva gli altri giorni.

– Come, scusa?

– Quello di oggi non ti è parso molto acceso? Le sue labbra non somigliavano affatto a quelle di un morto, ecco perché mi ha fatto una certa impressione... – spiegava Van. – Sia ieri che l'altro ieri ne aveva usato uno rosa meno appariscente, credo che il colore si chiami rosa sorbetto.

– Ah-ha! – esclamò Ellery colpendo con le dita il bordo della tavola. – Ora che ci penso, nel beauty c'erano due rossetti, e uno dei due era rosa. Adesso è chiaro, quello rosso era già stato avvelenato in precedenza! Probabilmente il primo o il secondo giorno, quando Agatha non sospettava ancora di nessuno, l'assassino si è infilato in camera sua e le ha avvelenato il rossetto che poi lei ha utilizzato per la prima volta solo stamattina.

– Una bomba a orologeria... – commentò Poe grattandosi il pizzetto. – Anche in questa circostanza, nulla di impossibile per nessuno di noi tre.

– Torniamo sempre lí, alla fine. Però, Poe, se partiamo dal presupposto che il colpevole sia uno di noi, non possiamo mica lasciare ogni problema irrisolto concludendo che chiunque di noi potrebbe essere l'assassino, no?

– Cosa consigli di fare, allora? Sentiamo.

– E se per il momento la mettessimo ai voti? – fece Ellery con aria disinvolta. – Chiaramente scherzo. Secondo voi, però, chi è il piú sospetto?

– Poe, direi, – sentenziò con fare deciso Van.

– Che cosa?! – Poe impallidí e spense nel posacenere la sigaretta che si era appena acceso. – Non sono stato io... Ma non credo che bastino le mie parole perché possiate credermi.

– Non serve nemmeno sottolineare che non ho alcuna intenzione di credere incondizionatamente alle tue parole. Anzi, proprio come Van, pure io nutro forti sospetti sul tuo conto, – dichiarò Ellery senza un accenno di emozione. Al contrario, la voce stridula tradiva una certa agitazione in Poe.

– Ma perché? Spiegatemi cosa c'è di sospetto in me!

– Be', il movente.

– Il movente? Ho capito bene? Adesso spiegami perché mai avrei dovuto far fuori quattro amici! Sono tutt'orecchi, Ellery.

– Tua madre è o non è una paziente di una clinica psichiatrica?

A tali parole, pronunciate con la solita risoluta indifferenza, Poe avvertí un nodo alla gola e strinse i pugni sul tavolo, che, con il passare dei secondi, persero colore e presero a tremare.

– È un fatto risalente già a qualche anno fa. All'epoca tua madre cercò di uccidere una paziente di una delle vostre strutture e fu arrestata. Si venne a sapere subito che era una squilibrata mentale, cosí…

– Sul serio, Ellery? – intervenne Van, gli occhi sgranati. – Non ne ho mai sentito parlare…

– Il padre ha insabbiato tutto, ne sarebbe andato della reputazione della clinica. Avrà provveduto a elargire una cospicua somma alla paziente che ha rischiato di finire ammazzata. Devi sapere che l'avvocato incaricato del caso è un amico di mio padre, è stato lui a raccontarmi come sono andate le cose. Si dice spesso che le mogli dei dottori siano soggette a notevoli stress mentali, no? Una donna dal carattere debole potrebbe non riuscire a reggere il peso di vedersi il marito portato via da una paziente, per esempio…

– Taci! – sbraitò Poe. – Non ti permettere di parlare di mia madre!

Emesso un labile fischio di stupore, Ellery ammutolí. Poe continuava a stringere i pugni mentre abbassava lo sguardo. Infine, tuttavia, accennò un timido sorrisino.

– Quindi vorresti insinuare che io sia un pazzo, eh? Una conclusione alquanto superficiale… – e, dopo aver assunto all'improvviso un'espressione truce, guardò con astio Ellery e Van. – Non per dire, ma pure voi avete un movente.

– Ah sí? E quale?

– Parto da te, Van. Se non vado errato, quando eri alle medie i tuoi genitori sono stati uccisi da un ladro entrato in casa, e con loro la tua sorellina, no? Per questo immagino che ti dessimo abbastanza sui nervi noi, essendo studenti che si divertono a discutere di omicidi.

A quelle parole, Van impallidí repentinamente.

– Ma dài... Se fosse davvero cosí non mi sarei mai sognato di entrare nel circolo sin dal principio, – replicò tranquillo. – Ormai è una storia del passato. E poi, il fatto che mi piacciano i gialli non implica mica provare stima per gli assassini. Sono pur venuto fin qui con voi!

– Sarà... – e Poe spostò la mira sull'altro compagno. – Passo a te, Ellery.

– Raccontami il mio movente, dài.

– Parli tanto, ma non sarà forse che la presenza di Carr, sempre pronto a mettersi contro di te, ti dava alquanto fastidio?

– Io... Carr? – ripeté strabuzzando gli occhi. – Ah, e quindi dovrei intendere che gli altri tre omicidi sarebbero solo una copertura? Che ragionamento stupido. Mi dispiace per te, ma non mi sono mai curato troppo di Carr, in realtà. Dovresti saperlo, ormai, che non sono certo il tipo da farsi paranoie su quello che gli altri pensano di me. Ma non vorrai mica insinuare di essere convinto che io detestassi Carr al punto tale da volerlo uccidere, vero Poe?

– A uno come te basterebbe anche il movente piú futile per uccidere, proveresti la stessa compassione che si ha nello schiacciare una mosca fastidiosa.

– Senti, senti... Ti sembro davvero una persona cosí spietata?

– Non so se «spietata» sia il termine corretto, ma la definizione coincide nel senso che sei alieno da ogni minimo sentimento di umanità. Sono convinto che tu possa uccidere qualcuno solo per capriccio. Non sei d'accordo, Van?

– In effetti...

Van annuí impassibile in volto. Dal canto suo, Ellery rimase per un attimo spiazzato dalle parole dei compagni, ma subito dopo mostrò un ghigno e si strinse nelle spalle.

– Caspita, certo che bisogna proprio far attenzione a come ci si atteggia ogni giorno…

I tre ammutolirono.

La cupa atmosfera stagnante nel salone si aggrovigliava viscida nei loro animi. Le dieci pareti bianche che li circondavano apparivano ora paurosamente distorte, come mai in precedenza.

Non si resero nemmeno conto di quanto andò avanti quella situazione. Il rumore del vento che attraversava impetuoso gli alberi rimbombò nella sala. Subito dopo, sul tetto dell'edificio prese a echeggiare il suono di qualcosa che vi picchiettava sopra.

– Ma guarda, piove… – sussurrò Ellery alzando lo sguardo verso il lucernario cosparso di gocce.

Il rumore della pioggia si faceva a mano a mano piú intenso, violento, alla stregua di un'entità che volesse ribadire la loro prigionia su quell'isola.

All'improvviso, tuttavia…

Ellery borbottò qualcosa di incomprensibile e si alzò ancora con lo sguardo rivolto al soffitto.

– Che ti prende, ora? – domandò sospettoso Poe.

– Aspetta, però… E se…

Ellery non fece in tempo a terminare la frase che si alzò di scatto e, scalciando via la sedia, si fiondò verso l'uscita.

– Ma certo, le orme!

7.

La pioggia batteva a dirotto e lo scroscio si mescolava al frastuono delle onde avvolgendo l'isola; pareva quasi che stesse per essere trasportata in tutt'altra dimensione.

Infischiandosene della pioggia, Ellery continuava a

correre in direzione di Villa Blu. Non fece il giro largo che dava sull'apertura tra i pini, ma attraversò il boschetto che portava direttamente alle rovine. Lungo la strada si fermò una sola volta per accertarsi che Poe e Van gli fossero dietro.

– Sbrigatevi, o la pioggia cancellerà le orme! – urlò, per poi riprendere a correre con tutto il fiato che aveva nei polmoni.

Rimase impigliato piú volte tra le folte erbacce, ma continuava la sua corsa tra gli alberi, imperterrito. Quando fu nel giardino di Villa Blu, notò che nella zona dove avevano rinvenuto Leroux quelle orme erano, per miracolo, ancora visibili.

– Tenete bene a mente come sono fatte, ne va della nostra sorte, – raggiunto dagli altri, Ellery, ansimante, le indicò loro.

Sotto la gelida pioggia che scrosciava, i tre seguirono con lo sguardo le diverse file di impronte sforzandosi di ricordarne le caratteristiche prima che svanissero, cancellate per sempre dall'acqua.

Passato qualche minuto, Ellery si riaggiustò con le dita la frangia inzuppata e voltò i tacchi.

– Torniamo indietro, sto prendendo freddo.

*

Dopo essersi cambiati gli abiti fradici, i tre ragazzi si radunarono subito in salone.

– Vi spiacerebbe avvicinarvi? È importante, – cosí dicendo Ellery, aprí il quaderno per gli appunti che si era portato dietro e impugnò una penna. Dopo un timido tentennamento, Poe e Van si alzarono dalle sedie su cui avevano preso posto e si accomodarono su quelle a fianco dell'amico.

– Prima di scordarcene, buttiamo giú per iscritto una piantina, – e iniziò a tracciare le linee di un rettangolo con cui riempí la pagina. – Per iniziare, il perimetro del terreno su cui sorgeva Villa Blu con il relativo giardino annesso –. Quindi, al suo interno ne disegnò uno piú piccolo nella parte superiore. – Questo rappresenta l'edificio, ora un ammasso di macerie, qua invece indico la scala che scende fino agli scogli, – continuò facendo un segno sul lato sinistro del rettangolo piú ampio. – La Casa decagonale sarebbe in basso a destra, vi torna? Sul lato inferiore mettiamo l'alberata. Leroux, invece, si trovava disteso piú o meno in questo punto, – pressoché al centro del perimetro disegnò un corpo umano stilizzato a indicare il cadavere. Infine, cercò con lo sguardo Van e Poe. – Molto bene. Dunque, com'erano quelle impronte?

– Allora, prima ce n'era una fila che partiva dall'ingresso al giardino della villa, quindi nella zona dell'arcata tra gli alberi, diretta verso la scala per gli scogli, – esordí Poe grattandosi il pizzetto con fare irrequieto. – Poi tre che, sempre dall'alberata, andavano diritte verso il cadavere e altrettante nella direzione opposta, sebbene piuttosto confuse. E per finire... Due file disordinate che, dalle scale, si dirigevano verso il punto in cui abbiamo rinvenuto Leroux, – si rispose da solo Ellery tracciando nel frattempo delle frecce indicative sul quaderno.

– Esatto, – annuí Poe. – Mi sembra, però, che ci fosse anche un'altra fila diretta verso le scale partendo sempre dal cadavere...

– Precisamente, direi grosso modo cosí. Van, sei d'accordo?

– Sí, credo che fosse qualcosa del genere.

– Molto bene, siamo a posto.

Terminato lo schizzo, Ellery appoggiò il quaderno in una posizione dove risultasse ben visibile a tutti e tre.

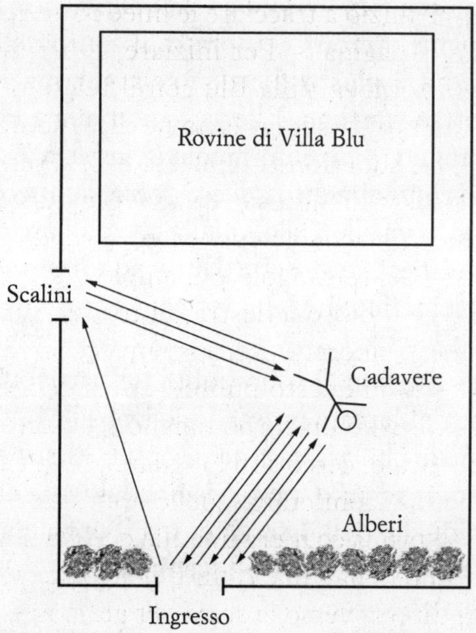

– Dopo essere arrivato alle rovine passando per l'arcata tra gli alberi, ho rinvenuto subito il corpo di Leroux. Passati pochi secondi siete arrivati anche voi, ci siamo precipitati verso il cadavere, quindi io e Poe l'abbiamo sollevato e, tutti e tre assieme, abbiamo fatto ritorno alla Casa decagonale passando per lo stesso percorso. Di conseguenza, queste file di orme disordinate in basso sono quelle lasciate da noi e non devono essere prese in considerazione, cosí...

Ellery si interruppe e si passò una mano fra i capelli ancora umidicci.

– Non notate niente di strano?

– Intendi in merito alle orme? – domandò Poe perplesso.

– Esattamente. Gli unici a essersi recati sul luogo del delitto siamo noi tre, Leroux e l'assassino. Considerati tutti i partecipanti, Leroux compreso, il conto delle file di impronte torna, è giusto che siano cinque, ma...

– Aspetta un attimo, Ellery, – intervenne Poe scrutando severo il foglio. – Se eliminiamo le impronte che abbiamo lasciato al rinvenimento del cadavere, allora restano la fila che dall'arco va alle scale, quella che dalle scale va verso il corpo e, infine, le orme che dal corpo tornano sulle scale...

– Problematico, no?

– Uhm...

– Direi che non ci sono dubbi nell'attribuire a Leroux quelle che dall'arcata proseguono fino alle scale, cosí come una di quelle che arriva fino al punto di ritrovo del cadavere. A questo punto, però, risulta evidente che le restanti due sono quelle dell'assassino, ma il problema è un altro: da dove è arrivato e dove è scappato?

– Le scale...

– Proprio cosí. Tuttavia, in fondo alle scale c'è solo il mare. Vi ricorderete, immagino, che ai lati degli scogli, in quel punto, ci sono solo ripidi precipizi. Giungendo dal mare, le uniche vie utili da cui si può risalire l'isola sono queste scale oppure quelle di pietra che partono dal molo nell'insenatura. Ma allora come avrebbe fatto il colpevole a raggiungere questa scogliera? E da lí, poi, dove si sarebbe diretto? Per raggiungere l'insenatura avrebbe dovuto girare attorno a quella sporgente scarpata simile a un promontorio, dove l'acqua è già piuttosto profonda. In altre parole, avrebbe dovuto arrivarci a nuoto... Avete idea di quale sia la temperatura dell'acqua in questa stagione, no?

Poe grugní a bassa voce mentre prendeva il portasigarette. Van era rimasto con gli occhi fissi sul quaderno.

– E quindi? – chiese questi.

– Come cercavo di dirvi, il problema è capire perché l'assassino abbia compiuto una mossa del genere… Ebbene?

Nonostante la tensione nell'aria, Ellery dava l'impressione di provare quasi gusto per quel gioco di enigmi. Van non aprí bocca e si limitò a infilarsi le mani nelle tasche del gilet trapuntato.

– Uhm… – dopo un altro labile grugnito, Poe prese la parola. – Uno di noi tre è l'assassino. Essendo noi alla Casa decagonale, ne consegue che non avrebbe avuto alcuna necessità di scendere fino agli scogli e tornare indietro passando per il mare, gli sarebbe bastato camminare sulla terraferma, magari calpestando a casaccio il terreno per lasciare impronte di diverse forme e dimensioni. In fondo non c'è nessun perito forense sull'isola. Ma il fatto che non abbia optato per tale scelta, rende lecito credere che un'ineluttabile causa di forza maggiore l'abbia costretto a passare via mare.

– Proprio cosí. La risposta a questo punto è piú che ovvia… – fece Ellery soddisfatto mentre si sollevava dalla sedia. – Bene, che ne dite di riempire con qualcosa lo stomaco? Sono già le tre.

– Vuoi mangiare? – replicò Van con occhi interrogatori.

– Ti pare questo il momento di pensare al cibo, Ellery? Vuoi dirci perché mai l'assassino ha…

– Piú tardi, con calma. Ormai non avrebbe senso essere impazienti. Piuttosto, è da stamane che non abbiamo ancora messo nulla sotto i denti.

Ellery dette la schiena ai due e si diresse in cucina.

8.

– Torniamo a noi...

Consumato un pasto con le poche provviste rimaste, fu quando ebbe sorseggiato anche l'ultima goccia di caffè che Ellery riprese a parlare.

– Ora che abbiamo la pancia piena, direi che è arrivato il momento di risolvere la questione.

– Sono piú che d'accordo. Piantala una buona volta di parlare in modo allusivo e vieni al sodo, – a tali parole di Poe, Van fece coda annuendo.

Dopo aver tirato in ballo la questione delle impronte, con il suo atteggiamento Ellery aveva creato non poco disagio negli altri due. Durante il pasto erano rimasti sempre a scrutarlo sospettosi, ma, dal canto suo, Ellery si era mostrato costantemente sereno, col solito sorrisetto stampato in viso.

– Benissimo, – fece spostando le posate e la tazza per far posto al quaderno, al che i tre si sedettero di nuovo sparsi per la tavola, distanti l'uno dall'altro. Ellery riprese quindi a parlare tenendo sott'occhio la piantina disegnata poco prima. – Riassumiamo i punti chiave. Siamo arrivati alla conclusione che le impronte dell'assassino devono essere solo quelle che fanno avanti e indietro tra le scale e il cadavere. In altre parole, il colpevole è arrivato dal mare, dove poi, in seguito al delitto, ha fatto ritorno. Partendo dunque dal presupposto che costui sia uno di noi tre, proviamo a ripercorrere il suo tragitto.

Per prima cosa, deve essere sceso fino all'insenatura partendo dalla Casa decagonale, lí è entrato in acqua e ha nuotato fino agli scogli; risalite le scale, è arrivato a Villa Blu. Commesso il delitto, avrebbe preso il medesimo tragitto al contrario per fare ritorno qui, giusto? Prima Poe si chiedeva quale necessità dovesse avere di passare dal mare e, in effetti, possiamo restare a pensarci quanto vogliamo ma ne risulterà sempre una conclusione insensata. Non aveva alcuna necessità, è un'ipotesi estremamente irrealistica.

– In tal caso significherebbe che il colpevole è qualcun altro... Arrivato su quest'isola dal mare.

– E perché non potrebbe essere, scusa? – fece Ellery chiudendo il quaderno con un gesto secco. – Il colpevole è qualcuno di esterno al nostro gruppo. Ritengo che, date le circostanze, sia la conclusione piú logica a cui possiamo arrivare. Noi tre non abbiamo alcun modo di lasciare l'isola, al contrario, però, potrebbe essere facilissimo per chiunque da fuori arrivare fin qua. In tal caso, non servirebbe nemmeno sforzarsi di ipotizzare assurde nuotate: si risolverebbe tutto supponendo che abbia usufruito di una barca.

– Una barca...

– Sia Leroux che Orczy sono stati uccisi all'alba, perché secondo voi? Quale momento migliore per arrivare sull'isola senza essere visti? Ipotizzerei un lasso di tempo che va da notte fonda alle prime luci del mattino.

Osservando le espressioni dei compagni, Ellery estrasse dalle tasche un pacchetto di Salem, ma, accortosi che era vuoto, lo cacciò sul tavolo.

– Prendine una, – disse Poe facendo scivolare verso Ellery il suo portasigarette.

– Poe sembrerebbe essere d'accordo con me, – e, infilatosi in bocca una sigaretta, fece per accendere un fiammifero. – E tu, Van?

– Direi che hai ragione... Posso prenderne una anche io, Poe?

– Fai pure.

Ellery passò il portasigarette di Poe all'amico.

– Consideriamo la tua ipotesi corretta: per quale motivo l'assassino avrebbe mai dovuto preparare quelle tavolette? – domandò Poe.

– Qui sta il punto, non c'erano solo quelle dedicate alle vittime, ma pure al detective e all'assassino stesso, – spiegò Ellery assottigliando gli occhi mentre esalava lentamente il fumo della sigaretta. – Tanto per cominciare, voleva far credere che il colpevole si celasse tra noi. Già cosí è bastato a farci abbassare il grado d'attenzione per qualsiasi fattore esterno al nostro gruppo.

– E poi?

– E poi voleva esercitare su di noi una pressione psicologica. Gli ultimi rimasti avrebbero sospettato a vicenda l'uno dell'altro arrivando, perché no, a uccidersi. Anche lí sta la follia dell'assassino: ha voluto risparmiarsi morti sulla coscienza senza doversi sporcare le mani. A ogni modo, il suo obbiettivo ultimo è quello di vederci tutti morti, non c'è alcun dubbio in merito.

– Che crudeltà… – sussurrò Van accendendosi la sigaretta.

– C'è un'altra questione su cui nutro piú di un dubbio, in realtà, – riprese Poe appoggiandosi i grossi pollici sulle tempie. – Perché dopo aver ucciso Leroux si sarebbe diretto subito verso il mare?

– In che senso? – replicò Van restituendogli il portasigarette.

– Siamo d'accordo sul fatto che l'assassino volesse farci credere che il colpevole fosse uno di noi. Ma in tal caso sarebbe stato piú intelligente lasciare molte impronte anche tra l'arcata di ingresso alla zona delle rovine e le scale, in fondo non si sarebbe trattato di nulla di troppo complesso.

– Magari non si è reso conto di essersi lasciato dietro le orme.

– E quindi se ne sarebbe tornato sulla terraferma, no? In tal caso quando avrebbe avuto il tempo di affiggere la tavoletta della terza vittima, allora?

– Ecco...

Van faticava a venirne a capo con una risposta, cosí Poe si voltò verso Ellery.

– Tu come la vedi?

– Potrebbe essere andata cosí, – esordí adagiando la sigaretta sul posacenere. – Come sostiene Van, non dobbiamo escludere che possano essergli sfuggite le impronte. È plausibile però che, accortosene, avesse intenzione di lasciarne anche tra l'arcata e le scale. Il fatto che non ci sia riuscito, porterebbe a ipotizzare che qualcosa possa avergliel impedito. A mio parere, il tutto si spiega se consideriamo le circostanze in cui è morto Leroux.

A giudicare dalle impronte confuse che partono dalle scale, possiamo suppore che, prima di ucciderlo con un colpo alla testa, l'assassino l'abbia inseguito fino al punto in cui abbiamo ritrovato il cadavere. Per come la vedo io, Leroux deve aver involontariamente colto in flagrante il colpevole che cercava di allontanarsi in barca dagli scogli. Intuito subito di chi si trattasse, Leroux ha cercato di scappare, ma l'assassino, accortosi a sua volta di lui, gli è andato dietro in fretta e furia. Va da sé che in quel frangente Leroux debba aver urlato in cerca d'aiuto. Sfruttando la sua lentezza, l'assassino l'ha raggiunto uccidendolo con un colpo alla testa, ma è andato nel panico: se, udite le sue grida, gli altri fossero accorsi di lí a poco? Avrebbe potuto rimanere nascosto da qualche parte, tuttavia avrebbe corso il rischio che la barca venisse notata.

Rimasto senza alternative, ha lasciato perdere la storia delle impronte per scendere fino agli scogli. Si è quindi spostato con la barca fino all'insenatura ed è rimasto in allerta per controllare che nessuno si muovesse in soccorso di Leroux. Per sua fortuna, tutto taceva. Allora è salito fino alla Casa decagonale e ha osservato la situazione all'interno attraverso la finestra della cucina, suppongo. Accertatosi che fossimo ancora tutti addormentati, si è infilato nel salone ed è riuscito ad affiggere la tavoletta sulla porta. Infine, rinunciando del tutto a mascherare le impronte, ha abbandonato l'isola; sarebbe stato troppo pericoloso fare un ultimo passaggio fino alle rovine di Villa Blu.

– Uhm… Quindi l'assassino sarebbe sempre rimasto sull'isola ieri notte?

– Secondo me veniva ogni notte. Arrivava col favore delle tenebre per sorvegliarci.

– Dalla finestra della cucina…

– Suppongo di sí.

– E nel mentre lasciava ormeggiata la barca nell'insenatura o presso gli scogli?

– Magari la nascondeva. Pensa a un gommone di piccole dimensioni, per esempio: non ci vorrebbe molto a ripiegarlo, a trasportarlo fino al boschetto, o, chissà, ad affondarlo temporaneamente con un peso.

– Un gommone? – fece perplesso Poe. – Basterà a fare avanti e indietro con la terraferma?

– Ma non deve essere mica per forza dalla terraferma che arriva. C'è o non c'è un nascondiglio perfetto subito nelle vicinanze?

– … Nekojima?

– Esatto, Nekojima, è lí che deve essersi accampato. È cosí vicina che basterebbe remare a mano un gommone per raggiungerla in pochi minuti.

– Ecco dove potrebbe essere…

– Che dite, riepiloghiamo le mosse del colpevole? –

Ellery richiuse il quaderno e lo mise da parte, quindi prese a giochicchiare con il mazzo blu di Bicycle, tirato fuori chissà quando. – Il colpevole arriva da Nekojima anche ieri notte. Rimane a osservare i nostri movimenti aspettando l'occasione buona per colpire di nuovo, che però non arriva, e all'alba si dirige agli scogli. Con ogni probabilità, la pioggia che continua dalla notte non è ancora cessata. Ecco perché non c'è traccia delle sue impronte che dall'arcata si dirigono verso le scale.

Mentre appronta il gommone nei pressi degli scogli, smette di piovere: da questo momento si creano le condizioni ideali per lasciare orme sul terriccio. Ecco allora che arriva Leroux, ma non saprei dirvi che cosa ci facesse lí a quell'ora.

L'assassino e il suo gommone vengono quindi scoperti. Raccoglie una pietra e, dopo aver inseguito Leroux, lo mette a tacere per sempre. Temendo che le grida possano aver svegliato qualcuno, torna in fretta all'insenatura col gommone. Resta per un po' a sorvegliare la situazione e, una volta certo che nessuno si sia svegliato, entra di soppiatto nella Casa decagonale dove affigge la tavoletta... Dev'essere andata pressappoco cosí.

Poe era rimasto tutto il tempo con i pollici premuti sulle tempie. Dopo qualche secondo appoggiò un gomito al tavolo.

– Allora, Ellery, chi sarebbe il vero colpevole che si nasconde a Nekojima? – domandò amaramente.

– Nakamura Seiji, mi pare ovvio, – rispose senza alcuna esitazione. – Ve lo sto dicendo dall'inizio. Non ero del tutto serio prima, quando ho avanzato sospetti sul tuo conto, Poe.

– Facciamo pur finta che Seiji sia ancora vivo, dunque. Già faticherei a immaginare il movente di chicchessia, ma mi spiegheresti una buona volta per quale ragione potrebbe mai volerci tutti morti lui in particolare? Vista cosí, l'unica sarebbe pensare che sia un folle.

– Il movente, dici? Guarda che c'è eccome, ed è anche piuttosto chiaro…

– E sarebbe?

– Avanti, parla.

Poe e Van alzarono la voce contemporaneamente, quindi si sporsero sul tavolo mentre Ellery prese a raccogliere con leggiadria le carte che aveva aperto a ventaglio.

– Prima ci siamo messi a snocciolare i nostri moventi uno dopo l'altro, quando in realtà Nakamura Seiji ne ha uno ben piú lampante e giustificato. Confesso di averlo realizzato solo ieri notte dopo essermi ritirato in camera.

– Dici sul serio?

– Sputa il rospo, Ellery!

– Vi ricordate di Nakamura Chiori, no?

Nel salone avvolto dalla penombra cadde il silenzio. Si udivano solo le onde in lontananza, il rumore della pioggia battente era già svanito. Si era trattato di un semplice acquazzone.

– … Quella Nakamura Chiori? – la voce di Van si fece gradualmente piú tenue.

– Proprio lei. La nostra compagna morta nel gennaio dell'anno scorso per una nostra disattenzione.

– Nakamura… Nakamura Seiji, Nakamura Chiori… – Poe ripeteva i nomi alla stregua di un mantra.

– Ma non può essere…

– E invece sí, non me lo spiego altrimenti. Chiori era la figlia di Seiji.

– Ah…

Poe aggrottò le sopracciglia, picchiettò il portasigarette per far uscire una Lark che si infilò in bocca. Van si portò le mani dietro alla nuca e, incrociate le dita, chiuse gli occhi. Ellery pareggiò il mazzo di carte che posò sulla custodia, quindi continuò a spiegare.

– Il vero colpevole dei delitti avvenuti su quest'isola sei mesi fa è proprio lui, Nakamura Seiji. Prima ha trovato qualcuno della sua stessa età, corporatura e gruppo sanguigno, non so se il giardiniere scomparso o qualcun altro, poi l'ha carbonizzato facendolo passare per sé stesso ed è sopravvissuto all'incendio. Infine ha messo in atto la vendetta nei nostri confronti, rei di avergli di fatto ucciso la figlia e...

Accadde all'improvviso: dalla gola di Poe esplose un innaturale verso grottesco.

– Che ti prende?!

– Poe?

La sedia si ribaltò con un rumore assordante, il massiccio corpo di Poe cadde.

– Poe!

Ellery e Van si avvicinarono per cercare di sollevarlo, mentre l'amico si contorceva con una forza inaudita quasi ad allontanare le loro mani. Quando infine...

Dopo un'ultima violenta convulsione, a terra supino, i suoi arti prima si allungarono nel vuoto, poi ricaddero inermi. Furono gli ultimi attimi di vita di Poe.

Il mozzicone della Lark appena consumata, scaraventato via nella concitazione, continuava a diffondere un fumo violaceo sopra alle piastrelle blu del pavimento. Ellery e Van non poterono fare altro che osservare increduli il corpo immobile dell'amico: era lui l'ultima vittima.

9.

Il cielo poco prima del tramonto era come al solito coperto da basse nuvole color grafite, ma non sembrava minacciar pioggia. Il vento che aveva fatto tremare le fronde degli alberi era calato del tutto, anche il rumore incessante delle onde si era in qualche modo indebolito, risuonando ora alla stregua di un tetro lamento.

I due trasportarono insieme il cadavere di Poe nella sua stanza. Lí, sul pavimento, vi era ancora steso il puzzle, lasciato pressoché nelle medesime condizioni in cui Van lo aveva trovato l'ultima volta: gli amabili musetti dei cuccioli di volpe, inclinati, apparivano ora pervasi da un alone di incommensurabile malinconia.

Passati a fianco prestando attenzione a non disfarlo, adagiarono il massiccio corpo dell'amico sul letto. Van lo sistemò sotto la coperta, mentre Ellery gli chiuse le palpebre. Dalla sua bocca, distorta per l'atroce sofferenza, fuoriusciva un tenue odore di mandorla. Gli dedicarono, infine, un minuto di silenzio, poi uscirono dalla stanza senza dirsi nulla.

– Un'altra trappola a orologeria, maledizione! – sbraitò furioso Ellery calpestando il mozzicone sul pavimento. – Deve aver senza dubbio inserito una sigaretta al cianuro tra quelle che si era portato dietro Poe, con ogni probabilità infiltrandosi in camera sua e usando una siringa.

– Parli di Nakamura Seiji?

– E di chi altri sennò?

– Ma allora abbiamo corso anche noi un rischio! – notò Van abbandonando il corpo sulla sedia. Ellery si avvicinò al tavolo e accese la lampada a olio. La bianca sala decagonale prese a tremolare minacciosa nella penombra.

– Nakamura Seiji... – farfugliò Ellery fissando il fuocherello. – Ripensandoci, Van, sappiamo che Seiji era il proprietario di questo edificio, no? Di conseguenza, non solo ne conosce alla perfezione ogni anfratto, ma con ogni probabilità deve anche avere con sé i duplicati delle chiavi di tutte le stanze.

– Tutti i duplicati?

– O magari un passe-partout che si è portato dietro quando ha fatto perdere le proprie tracce dopo aver dato fuoco a Villa Blu. In tal caso avrebbe potuto entrare a piacimento in tutte le nostre stanze. Deve essere stato un gioco da ragazzi uccidere Orczy e mettere il veleno nel rossetto di Agatha, lo stesso vale per la sigaretta di Poe. È rimasto fuori dal nostro campo visivo e si è aggirato per l'edificio. Noi non siamo altro che misere prede, finite dritte nella sua trappola: la Casa decagonale.

– Da qualche parte ho letto che di mestiere faceva l'architetto...

– Cosí parrebbe. Sono quasi sicuro che abbia progettato lui stesso questo edificio. Nel vero senso del termine, è proprio un... Ma... Aspetta un attimo, però... E se...?

Ellery scrutò con attenzione la sala.

– Che ti prende?

– Mi è venuta un'idea. Hai presente la tazza usata per avvelenare Carr?

– Quella a undici angoli, dici?

– Proprio quella. Alla fine abbiamo capito che non è stata usata come segnale per distinguerla dalle altre, ma ti ricordi che cosa avevi detto a riguardo? Ti eri chiesto perché mai ci fosse un oggetto del genere in questo edificio...

– Ora che mi ci fai pensare...

– Allora ti avevo risposto come fosse tutta una semplice burla a opera di Seiji, ma avevo notato che potesse rappresentare una sorta di allusione a qualcosa. Un solo e unico oggetto endecagonale in un edificio pervaso da forme decagonali… Ebbene, non ti viene in mente niente?

– Un endecagono all'interno di un decagono, eh. Vediamo… – mentre rifletteva ad alta voce, Van aggrottò le sopracciglia. – E se alludesse al fatto che è presente un'undicesima stanza nascosta?

– Bingo, – replicò Ellery serio in volto. – Se escludiamo il salone centrale, restano dieci identici ambienti trapezoidali: considerata un tutt'uno la zona bagno, abbiamo la cucina, l'atrio e sette stanze per gli ospiti. E se oltre a queste dieci ve ne fosse un'undicesima…?

– Quindi Seiji non ci osservava dalla finestra della cucina… È riuscito a tenerci sotto controllo da quella stanza nascosta, è questo che vuoi dire?

– Proprio cosí.

– Ma dove si troverebbe, scusa?

– A giudicare dalla struttura dell'edificio, l'unico posto plausibile sono i sotterranei. E se il mio intuito non mi tradisce… – continuò Ellery con un ghigno. – La chiave per accedervi è proprio quella tazza endecagonale.

*

Si trovava in cucina, sotto la botola, dove erano stoccate le provviste. La botola in sé non presentava alcuna peculiarità: un coperchio quadrato di ottanta centimetri per lato facilmente sollevabile tramite l'apposita maniglia, mentre il vano sottostante doveva essere profondo al massimo cinquanta centimetri. I lati, cosí come il fondo, erano costituiti da assi di legno verniciate di bianco. Non vi era contenuto nulla all'interno.

– Van, dev'essere questo, – fece Ellery indicando con

il dito. – Avevo immaginato che poteva essere nascosta in cucina, dove vengono riposte le tazze, e infatti pare che avessi ragione.

Il fascio di luce della torcia elettrica illuminò il fondo della botola. Proprio al centro, si intravedeva un piccolo foro tanto superficiale che risultava quasi impercettibile, probabilmente in una situazione normale non vi avrebbe fatto caso nessuno. Poco oltre il bordo del foro c'era una fessura circolare.

– Passami la tazza, Van.

– Che ne facciamo del caffè avanzato?

– Ma che ti importa? Buttalo via.

Impugnata la tazza, Ellery si sdraiò a pancia in giú e allungò la mano destra all'interno della botola riuscendo a incastrare la stoviglia nella fessura.

– Ottimo, ci entra alla perfezione.

La serratura endecagonale e la chiave si erano incontrate.

– Provo a girarla.

Spinse lentamente e, come sospettava, il foro ruotò tintinnando in contemporanea alla fessura. Infine si percepí uno scatto accompagnato da un rumore sordo.

– Bene, ora apro.

Come Ellery estrasse con cautela la tazza dalla fessura, tutte le assi di legno bianche del fondo si inclinarono in giú senza emettere alcun suono.

– Ingegnoso, – disse Ellery. – La dentata dell'ingranaggio dev'essere congegnata in modo che le assi non facciano rumore quando si inclinano.

Qualche attimo dopo, sotto ai loro occhi apparve la scala che conduceva alla stanza segreta dei sotterranei.

– Entriamo, Van.

– Meglio lasciar perdere… – fece impaurito. – E se fosse lí sotto ad attenderci?

– Non c'è pericolo, si è fatta sera solo da poco e Seiji non può essere già arrivato. Se anche dovessimo trovarcelo davanti, saremmo comunque due contro uno.

– Sí, ma...

– Se hai paura resta pur qua, posso andarci da solo.

– No, aspettami Ellery.

*

Un tetro odore di putridume punse loro il naso. I due si addentrarono nelle tenebre della botola facendosi strada con la luce emanata dalla torcia di Ellery.

Per quanto potesse essere vecchia, la scala appariva in realtà piuttosto robusta: scendendo con la dovuta cautela, non il minimo scricchiolio. Ellery avanzava prudentemente per evitare di incappare un'altra volta in qualche sciocca trappola, come accaduto il giorno prima.

Dopo una decina di gradini, come immaginato, si ritrovarono in un ambiente di notevoli dimensioni che da sotto la cucina si estendeva in direzione del salone centrale. Pareti e pavimento in cemento a vista, nessun arredamento. Dai piccoli fori sul soffitto – di poco piú alto rispetto a Ellery – penetravano sottili fasci luminosi.

– È la luce della lampada, – osservò a bassa voce Ellery. – Siamo proprio sotto al salone, i nostri discorsi filtravano attraverso i buchi, allora.

– Ma quindi Seiji restava nascosto proprio qui sotto...?

– Sí, sono certo che tenesse ben drizzato l'orecchio a ciò che dicevamo. A questo punto, esiste la possibilità che da qualche parte ci sia una via d'uscita sull'esterno.

Ellery illuminò le pareti: erano malmesse, vistose macchie nerastre risaltavano qua e là insieme a sottili crepe e tracce di restauro.

– Trovata, – Ellery fermò la torcia. In un angolo situato in fondo a destra del lato opposto a quello delle scale, vi era una porta antiquata in legno. Quando la raggiunsero, Ellery allungò la mano sulla maniglia, rossastra per la ruggine, mentre Van intervenne con voce soffocata.

– Dove condurrà?

– Vediamo... – e girò la maniglia.

La porta sia aprí emettendo un pesante cigolio. Ellery trattenne il respiro...

– Uhhh! – i due emisero un gemito e si tapparono il naso.

– Ma... Che cos'è?!

– Che puzza...

Un fetore ripugnante inondava le tenebre. Era talmente disgustoso che gli sembrava quasi di avvertire i succhi gastrici risalire l'esofago.

Ellery e Van intuirono subito cosa potesse emanare un simile odore e, allo stesso tempo, avvertirono la pelle accapponarsi in preda a un irrefrenabile disgusto fisiologico. Era il miasma di carne marcia, di un essere vivente in putrefazione.

Con la mano che non smetteva di tremare, Ellery strinse la torcia e illuminò l'oscurità che si estendeva oltre la porta.

Era buio pesto, ma doveva effettivamente trattarsi di un passaggio verso l'esterno. Ellery puntò il fascio di luce a poco a poco verso lo sporco pavimento in cemento e, mentre lo portava sempre piú vicino ai propri piedi...

– Aaah!

– Aaah!

Ellery e Van lanciarono un grido all'unisono.

Proprio dinanzi ai loro occhi, vi era ciò che emanava quel fetore: un ammasso di carne dal colorito raccapricciante che non conservava alcuna traccia del proprio aspetto originale. Ossa giallastre scoperte, nere orbite cave...

Si trattava senza alcun dubbio di un cadavere umano ridotto ormai a uno scheletro.

10.

Mezzanotte passata.

Il salone della Casa decagonale era deserto. La lampada si era spenta, ora le tenebre avvolgevano inesorabili la quiete della stanza.

In lontananza, come immerso nella realtà di una dimensione differente, si udiva il rumore del mare. Dal lucernario che si apriva sull'oscurità della notte si scorgevano frammentarie le sparute stelle.

Tutt'a un tratto, da un angolo del palazzo riecheggiò un rumore sordo.

Quindi un altro, simile al sospiro di un essere vivente, che pian piano si tramutava in un grave latrato... Il tempo non faceva altro che renderlo sempre piú imponente, fin quando non arrivò il punto di non ritorno.

La Casa decagonale fu avvolta dalle fiamme.

L'edificio bianco rimase imprigionato in un rosso trasparente, il fumo si sollevava in una fitta colonna. Un boato assordante pervase di terrore l'aria notturna. Enormi fiamme divampavano violente, quasi cercassero di bruciare le nuvole che scorrevano in cielo.

Quello spettrale bagliore si propagò oltre il mare, fino alla città di S.

Capitolo 10

Sesto giorno

1.

Furono gli squilli del telefono a svegliarlo.

Spalancò a fatica le palpebre e guardò l'orologio di fianco al letto. Le otto di mattina.

Morisu Kyōichi si alzò e impugnò la cornetta.

– Pronto? Eh... Che cosa?! Non credo di aver capito, può ripetere...? La Casa decagonale di Tsunojima... Ha preso fuoco?! Dice sul serio?

Scalciò via le coperte e, con il telefono ben stretto tra le mani, continuò a domandare con fare impaziente.

– E che ne è stato di loro? Che fine hanno fatto gli altri? – Quindi annuí varie volte mentre percepiva le forze svanire. – ... Capisco. Ma io che cosa... Ah, va bene, arrivo subito. Grazie.

La sonnolenza lo aveva ormai abbandonato. Riattaccata la cornetta, prese una sigaretta e, accesala, tirò diversi respiri profondi per cercare disperatamente di tranquillizzarsi. Quando l'ebbe ridotta in cenere fino in fondo, se ne accese subito una seconda e sollevò ancora la cornetta.

– Kawaminami? Sono io, Morisu.

– Oh, ciao. Che succede a quest'ora? – la voce dell'amico suonava mal articolata.

– Ho una brutta notizia da darti... La Casa decagonale è andata in fiamme.

– Che... che cosa?!

– Sono morti tutti.

– Ma come?! Guarda che se è uno scherzo non fa ridere per niente, il primo d'aprile è domani!

– Mi piacerebbe che lo fosse, ma ho appena ricevuto la notizia al telefono.

– Non ci posso credere...

– Tra poco parto per la città di S., vieni anche tu, vero? Potresti chiamare il signor Shimada?

– ... Va bene.

– Ci vediamo lí. I conoscenti delle vittime devono farsi trovare nella sala riunioni della cooperativa di pesca vicina al porto, hai presente?

– Sí, ho capito dov'è. Avviso subito il signor Shimada, cosí veniamo insieme.

– Bene, a dopo allora.

*

Era il 31 marzo, un lunedí. Le dieci e mezza del mattino a Tsunojima.

Un gran numero di persone faceva su e giú per l'isola. Sparse qua e là, le rovine della Casa decagonale emanavano ancora tenui colonne di fumo. Visto cosí, l'edificio appariva quasi alla stregua del cadavere carbonizzato di una creatura fuori dal comune.

Il cielo era terso, il mare primaverile attorno all'isola abbagliante. Il confronto impietoso tra quel radioso, splendido panorama e quello drammatico che si stagliava tetro sull'isola suggeriva un indicibile senso di impotenza.

– Ispettore! Pare che i familiari delle vittime siano arrivati quasi tutti in cooperativa, – gridò un giovane poliziotto con in mano una ricetrasmittente.

Colui chiamato «ispettore», un uomo grassoccio sulla quarantina, replicò a sua volta urlando con il fazzoletto a coprirgli la bocca.

– Molto bene, falli venire qua. Comunicatemi subito appena arrivano, non fateli sbarcare da soli per nessun motivo! – e spostò lo sguardo sul collega della Scientifica al suo fianco, intento a effettuare rilievi sull'ennesimo cadavere carbonizzato. – Allora, e questo qua?

Un acre odore e un'intensa calura avvolgevano tutta la zona.

– È un ragazzo, – rispose l'altro attraverso una grossa maschera. – Sembrerebbe piuttosto basso di statura, presenta un importante squarcio sulla nuca; è possibile che sia stato ucciso con un oggetto contundente.

– Uhm...

L'ispettore annuí, giú di morale, e distolse lo sguardo dal cadavere.

– Di là che mi dici? – stavolta gridò in direzione di un altro addetto della Scientifica, impegnato nell'analisi di un altro corpo privo di vita in una differente zona delle rovine.

– Credo che anche questo sia un ragazzo. Il fuoco deve essersi propagato proprio da questo punto.

– Ah sí?

– Avrà cosparso l'ambiente con del cherosene, suppongo, prima di dargli fuoco... Ma penso proprio che debba essersene versato addosso a sua volta.

– Ma allora potrebbe trattarsi di un suicidio?

– Possibile. Dobbiamo tenere conto delle condizioni degli altri corpi, ma l'ipotesi suicidio è piuttosto valida.

L'ispettore si fece scuro in volto e si allontanò quasi a voler scappare da lí. Un sottoposto gli andò dietro.

– Vuole che facciamo trasportare fuori i cadaveri?

– Aspettate l'arrivo dei familiari, – rispose senza indugi. – Rischieremmo solo di far cadere a pezzi i corpi rendendo poi impossibile riconoscerne le identità, – e, a passo svelto, si incamminò contro vento. – ... Mi sa che oggi non riuscirò a mandare giú nemmeno un boccone.

Mentre borbottava scontento tra sé e sé, si tolse il fazzoletto dalla bocca e inspirò profondamente la brezza marina.

*

Attraverso i grigi e gelidi avvolgibili si scorgeva la superficie radiosa del mare.

La sala riunioni della cooperativa di pesca della città di S. era molto estesa ma priva del minimo ornamento. File disordinate di tavoli e sedie pieghevoli, sparute ombre inquiete, radunate a gruppetti, impercettibili sussurri...

Seduto da solo accanto alla finestra, Morisu spense l'ennesima sigaretta in un posacenere di basso costo.

La Casa decagonale di Tsunojima in fiamme.

Il cuore gli batteva all'impazzata.

Tutti morti...

Quando stava per farsi l'una di pomeriggio, finalmente arrivarono Kawaminami e Shimada. I due dettero un'occhiata per tutta la sala e, appena si accorsero di Morisu, gli andarono subito incontro.

– Dimmi, com'è la situazione sull'isola? – esordí l'amico, ma Morisu scosse il capo.

– Non so nulla, i familiari sono partiti poco fa per il riconoscimento dei corpi.

– Ma sono davvero morti tutti?

– Sí... E la Casa decagonale è stata rasa al suolo dalle fiamme. Hanno trovato i cadaveri fra le macerie.

Kawaminami fu pervaso da un'immensa tristezza e rimase immobile per qualche secondo.

– Si è trattato di un incendio colposo o di un tragico incidente, che tu sappia?

– Non ne ho idea.

Mentre i due parlavano, Shimada Kiyoshi si appoggiò alla finestra e osservò il panorama attraverso le fessure degli avvolgibili. Kawaminami portò una sedia di fianco a Morisu e si sedette.

– Gli hai già detto della lettera?

– No, non ancora. Però me la sono portata dietro perché vorrei parlargliene.

– Immagino.

Quando i due si scambiarono uno sguardo malinconico, intervenne Shimada.

– Siamo stati ingannati… – sussurrò tenendo sempre gli occhi rivolti verso l'esterno e, al verso di stupore dei due ragazzi, continuò in tono grave. – Non abbiamo di fronte un semplice incidente. È ovvio che si tratti di omicidi, omicidi scaturiti dal sentimento di vendetta.

Molti degli sguardi dei presenti si voltarono pungenti verso i tre. Accortosene, Shimada si affrettò ad abbassare la voce. – Non possiamo permetterci di restare qua a parlarne, vi va se usciamo?

Morisu e Kawaminami annuirono senza fiatare e si alzarono con garbo dalle sedie. Proprio quando ebbero spalancato la pesante porta d'acciaio ed erano sul punto di uscire, alle loro spalle sentirono le voci di un gruppetto di uomini che si trovavano nelle vicinanze.

– … Pare che alcuni dei corpi presentino indizi di omicidio.

2.

I tre uscirono sul litorale.

Scesi dal frangionde, si sedettero uno di fianco all'altro sui tetrapodi subito sotto. Contrariamente al loro umore, il mare che scintillava sotto i brillanti raggi del sole era placido, da risultare quasi detestabile. Tsunojima non si vedeva da quel punto, coperta dal promontorio di J.

– Sono davvero morti tutti... – Kawaminami si afferrò le gambe con le braccia tremanti. – Sono stato un idiota.

– Conan... – replicò Shimada voltandosi verso il ragazzo, ma questi riprese scuotendo piú volte la testa.

– Abbiamo ficcato il naso qua e là, e alla fine? Niente, non siamo stati di alcun aiuto. E dire che eravamo stati qui solo tre giorni fa... Se avessimo almeno chiesto a qualcuno di avvertire gli altri sull'isola...

– Non possiamo farci nulla, ormai, – replicò Shimada grattandosi il viso asciutto. Sembrava che si stesse rivolgendo anche a sé stesso. – Anzi, penso che sarebbe stato quasi piú difficile trovare qualcuno che, a differenza nostra, riuscisse a interpretare con serietà quella lettera mettendosi a girovagare in cerca di indizi. Perfino denunciarlo alla polizia sarebbe stato inutile, ci avrebbero solo cacciati via sostenendo di non poter perdere tempo con scherzi del genere.

– Sí, ma...

– Quando ero convinto che Seiji fosse vivo e che i tuoi amici sull'isola fossero in pericolo, non potevo mica spingermi oltre. Un conto sarebbe stato avere in pugno una prova certa che rischiassero di morire, ma, con le sole supposizioni, sarebbe risultato fin troppo forzato uscire in mare per raggiungerli.

– Signor Shimada, – intervenne Morisu. – Se è vero che sono stati uccisi, allora significherebbe che Seiji è effettivamente vivo.

– Chissà... – fece in tono ambiguo.

– E chi sarebbe allora il colpevole?

– Uhm...

– Ma secondo lei la storia delle lettere che portano la firma di Seiji ha a che fare con quanto accaduto sull'isola? – domandò Kawaminami. Shimada si rabbuiò in viso.

– A posteriori, non posso fare altro che pensare di sí.

– E sarebbe una mossa dell'assassino in persona?

– Credo proprio di sí.

– Allora si trattava di una lettera premonitrice?

– Non proprio. Per essere premonitrice, è arrivata troppo a ridosso della loro partenza per Tsunojima. Non avrebbe senso. Per come la vedo io, c'è qualcos'altro dietro...

– Che cosa?

– Conan, il giorno in cui ci siamo incontrati per la prima volta avevi estrapolato tre possibili interpretazioni, se non erro. Ti ricordi?

– Certo: denuncia, minaccia e richiamo all'attenzione verso i fatti di Tsunojima di sei mesi fa.

– Esatto, – Shimada osservava il mare con gli occhi languidi. – Basandoci sulla terza di queste interpretazioni, io e te ci siamo messi all'opera e siamo riusciti a far emergere la verità, una piega degli eventi che l'assassino non aveva certo previsto. Sono quasi sicuro che costui non si aspettasse che potessimo impicciarci cosí a fondo della questione. Ripensandoci ora, il vero obiettivo di quelle lettere, oltre alla denuncia nei confronti del vostro crimine, era un altro: far incombere su di noi l'ombra di Nakamura Seiji.

– La sua ombra?

– In altre parole, ha usato il suo nome per alludere al fatto che potesse essere ancora vivo e richiamare la nostra attenzione sulla sua figura. È chiaro che mirasse a fare di Seiji il proprio capro espiatorio.

– Ma allora sospetta di…

– Nakamura Kōjirō? – aggiunse a bassa voce Morisu. – Vuole dire che, appurato che Nakamura Chiori era in realtà sua figlia, l'unico che potesse avere un movente davvero valido per voler vedere morti i nostri compagni non è Seiji, bensí lui?

– In effetti, se consideriamo solo il movente, i sospetti ricadrebbero su di lui, ma… – e Kawaminami spostò lo sguardo su Shimada. – Dice di essere rimasto sempre a Beppu e…

– Non ti ricordi quanto ci aveva detto quel ragazzo, Conan?

– Chi?

– Il figlio del pescatore che diceva di averli accompagnati sull'isola.

– Ah, sí, ora ricordo.

– Diceva che sarebbe bastata una barca a motore per fare avanti e indietro senza eccessiva difficoltà. Possiamo essere certi che il buon Kō non ci sia riuscito?

– Mmh…

– Negli ultimi giorni è stato talmente preso dalla stesura dell'articolo che ha ignorato telefonate e visite a casa, o perlomeno, ciò è quanto afferma. Ma siamo sicuri che sia andata proprio cosí? – Sempre con gli occhi fissi verso il mare, Shimada annuí piú volte. – In qualità di suo amico mi rincresce molto, ma non ho altra scelta che dubitare di lui. Sua figlia è morta, l'unico legame che ancora lo teneva in contatto con la donna amata, ormai fuori dalla propria portata, è stato reciso quando meno se lo aspettava. Come se non bastasse, quel fatto tragico ha finito per provocare la morte del suo amore, ucciso per mano del suo stesso fratello maggiore... Ti ricordi che ce ne aveva parlato in questi termini? Mi sembra tutto piú che sufficiente come movente.

Kō è l'ex proprietario della Casa decagonale, non ci sarebbe da sorprendersi se fosse venuto in qualche modo a sapere che i vostri compagni si sarebbero recati sull'isola. Ecco allora che gli viene l'idea di far passare Seiji per vivo e spedisce quelle lettere per mandarvi in confusione e, al contempo, per dar sfogo alla rabbia che non avrebbe saputo come riversarvi contro altrimenti. Mandandosi la stessa lettera da solo è riuscito a farci credere che fosse a sua volta uno dei malcapitati.

I tre rimasero per qualche attimo fermi, immobili e sconsolati a fissare il mare.

– Effettivamente... – fu Morisu a rompere il silenzio. – Non riesco a pensare a nessun altro movente per desiderare di volerli uccidere tutti proprio su quell'isola. Il principale indiziato è per forza il signor Kōjirō. Tuttavia, le sue conclusioni sono pur sempre mere supposizioni...

– Hai ragione pure tu, caro Morisu, – replicò Shimada storcendo con fare ironico la bocca. – Sono solo supposizioni, non ho una prova in mano... E non ho intenzione di mettermi a cercarle. Cosí come eviterò di farmi avanti e collaborare con la polizia.

Dal retro del promontorio di J., apparvero due imbarcazioni.

– Guarda, guarda... – fece Shimada sollevando il corpo. – Sono le barche della polizia, sembrano dirette qua. Che dite, torniamo?

3.

– Chi sono quei tre là? – domandò l'ispettore di ritorno da Tsunojima al poliziotto che si trovava al suo fianco.

Era stato informato dall'attuale proprietario dell'edificio, tal Tatsumi Masaaki, che i ragazzi morti nell'incendio della Casa decagonale erano tutti studenti dell'università di K. A quanto pareva, erano amici di suo nipote e aveva permesso loro di alloggiare nell'edificio per una settimana a partire dal mercoledí precedente.

Grazie alla lista dei nominativi di cui era in possesso Tatsumi, l'ispettore era riuscito a farsi dare i contatti dei familiari dall'università. Alcuni dei ragazzi abitavano lontano dai genitori, per cui non tutti erano riusciti a raggiungere la zona. Ciononostante, le indagini condotte sull'isola poco prima avevano permesso di appurare le identità di tutti i cadaveri. L'ispettore aveva condotto anche un breve interrogatorio ai parenti delle vittime, ma le informazioni che era riuscito a ottenere non divergevano sostanzialmente tra loro.

– Chi intende, mi scusi?

Alla domanda del poliziotto, il corpulento ispettore indicò la finestra in fondo alla stanza.

– Quelli là.

– Ah, quelli intendeva. Pare che due di loro siano membri dello stesso circolo universitario delle vittime. Sono venuti a chiedermi poco fa i dettagli del caso.

– Uhm… – l'ispettore inclinò leggermente il collo robusto. Due giovani stavano parlando appoggiati alla finestra, mentre, subito a fianco, un uomo allampanato sulla trentina voltato di spalle osservava fuori dalla finestra.

L'ispettore tirò fuori le mani dalle tasche del cappotto, ormai sporco per il gran da fare con le indagini sul luogo del delitto, e si incamminò verso i tre.

– Chiedo scusa, mi dicono che siete anche voi membri dello stesso circolo dei ragazzi coinvolti nel caso.

A quelle parole, i due giovani sollevarono in fretta lo sguardo.

– Sono della polizia, mi chiamo…

– Ehilà, dura la vita, eh, – fece lo spilungone voltandosi. L'ispettore, allora, schioccò stizzito la lingua. – Lo sapevo… Avevo intuito dal profilo di spalle che potessi essere tu.

– Proprio una curiosa coincidenza, no? Forse però mi aspettavo di incontrarti qui.

– Signor Shimada, vi conoscete? – chiese sorpreso uno dei due ragazzi.

– Caro Conan, ti avevo pur detto dei miei agganci nella polizia, no? Questo è l'ispettore Shimada Osamu della Prima divisione dell'ufficio investigativo della Polizia prefetturale.

– Ha detto «Shimada»? Ma allora…

– Indovinato. Per la precisione, è il secondogenito della mia famiglia.

– Ehm… – l'ispettore fece un possente colpo di tosse e, senza scomporsi, fissò con astio il fratello minore dalla corporatura opposta alla propria. – Sentiamo, allora, per quale motivo ti troveresti qui adesso?

– Ecco, sono successe un po' di cose… In realtà è da circa una settimana che noi tre collaboriamo, ma ti risparmierò lunghe e noiose spiegazioni, – quindi Shimada Kiyoshi buttò lo sguardo sui due giovani. – Lui è Morisu, tuttora membro del circolo del giallo, mentre questo è il buon Kawaminami, ex membro.

– Uhm… – l'ispettore Shimada riportò gli occhi sui due con un miscuglio di sensazioni contrastanti. – Sono Shimada, della Polizia prefetturale. Mi dispiace conoscervi in queste tragiche circostanze, – riprese con fare cerimonioso mentre si accomodava su una delle sedie accanto. – E quindi siete parte di un circolo di romanzi gialli, eh? Un tempo piaceva anche a me leggerli… Che tipo di attività svolgete col vostro circolo?

– In genere organizziamo gruppi di lettura oppure ci dedichiamo noi stessi alla stesura di romanzi gialli.

A seguito della risposta di Morisu, sopraggiunse un poliziotto in borghese e consegnò una serie di fogli nelle mani dell'ispettore.

– Sono i primi resoconti delle autopsie, – spiegò ai due ragazzi. – Ma siamo appena agli inizi, le indagini vere e proprie partono ora.

– Mi scusi, non è che potrebbe darci qualche informazione in piú? Nei limiti delle sue possibilità, si intende, – domandò Kawaminami. – Vorrei sapere perché sono morti tutti, mi bastano pochi dettagli.

L'ispettore, allora, lanciò un'occhiata al fratello e contrasse un poco la bocca.

– So già che lui mi subisserà di domande alla fine, tanto vale che vi dica sin da subito quel poco che siamo venuti a sapere.

– La ringrazio.

– I corpi dei ragazzi erano ridotti in condizioni pietose e, fatta eccezione per uno, tutti quanti parrebbero essere morti prima dello scoppio dell'incendio. Sospettiamo che si tratti di una serie di delitti. L'altro di cui vi dicevo sembrerebbe essere morto carbonizzato… Non ne siamo sicuri, ma puzza molto di suicidio: deve essersi versato addosso del cherosene e, per giunta, l'incendio parrebbe essere divampato proprio dalla sua stanza. Ripeto, non abbiamo alcuna certezza, ma è possibile che si sia suicidato dopo aver tolto la vita a tutti i suoi compagni. Mi raccomando, non parlatene con nessuno… Vediamo un po' come si chiamava, – l'ispettore dette un'occhiata ai fogli che teneva in mano. – Ah, ecco, Matsuura. Matsuura Jun'ya. Lo conoscevate, immagino.

Morisu e Kawaminami annuirono allibiti.

– Ma si è davvero suicidato? – domandò Shimada Kiyoshi sbalordito, al che il fratello arricciò il naso e lo fulminò con lo sguardo.

– Ti ho detto che non ne siamo sicuri! E lo stesso vale per gli altri corpi: dobbiamo aspettare gli esiti finali delle autopsie. A ogni modo, – e tornò a fissare i due ragazzi, – mi fareste il piacere di raccontarmi che tipo fosse questo Matsuura Jun'ya?

– Come potrei definirlo… – rispose Morisu. – Dal prossimo aprile sarebbe stato uno studente del quarto anno di Giurisprudenza. I suoi voti erano eccellenti e, oltre a essere molto intelligente, era anche molto eloquente… Diciamo, però, che aveva un carattere piuttosto eccentrico.

– Capisco. E senti un po', Morisu…

– Mi dica.

– I tuoi compagni si sono recati sull'isola per una sorta di ritiro nel contesto delle attività del circolo?

– Sí, credo che si possa parlare di ritiro. Tuttavia non era un'attività riconosciuta ufficialmente tra quelle del circolo.

– Quindi si sono trovati insieme perché erano amici?

– Mah, forse sí, ma non credo che fosse solo quella la ragione.

In quel momento arrivò di nuovo il poliziotto di poco prima e bisbigliò qualcosa nell'orecchio dell'ispettore.

– ... Molto bene, andiamo, – questi, allora, si alzò goffamente dalla sedia infilandosi le mani nelle tasche del cappotto. – Altre mansioni ci aspettano, dobbiamo andare. Suppongo che a breve convocheremo tutti gli altri membri del circolo. So non ne fai piú parte, ma in quell'occasione gradirei pure la tua presenza.

– Ci sarò, – annuí sommessamente Kawaminami.

– Ci vediamo.

Salutato il fratello, l'ispettore fece per andarsene, ma, quasi si fosse ricordato all'ultimo di qualcosa, si voltò subito verso i due ragazzi.

– Ah, se dovesse essere proprio Matsuura Jun'ya il colpevole di questi delitti, voi sapreste suggerirmi un possibile movente?

– Non saprei... – rispose Morisu scuotendo la testa. – Faccio fatica a credere che uno come Ellery possa essersi reso protagonista di azioni del genere...

– Chi?

– Ah, mi scusi, parlavo di Matsuura... Ellery era il suo nomignolo, diciamo.

– Ellery... Immagino che abbia a che fare con il nome del ben noto Ellery Queen, o no?

– Proprio cosí. Attribuire il nome di un famoso autore straniero ai membri è una specie di tradizione del nostro circolo, ecco.

– Ma pensa... E ne avete tutti uno assegnato?

– No, solo una parte di noi.

– I ragazzi che sono andati a Tsunojima ce l'avevano tutti, – aggiunse Kawaminami, al che l'ispettore Shimada ammiccò interessato.

– Pure tu ne avevi uno quando facevi parte del circolo?

– Be', sí...

– Quale, se posso chiedere.

– Ecco, mi chiamavano Doyle… Conan Doyle.

– Oh! Niente male, proprio un pezzo grosso. Seguendo lo stesso ragionamento, allora tu Morisu potresti essere Maurice Leblanc? – continuò incalzante l'ispettore.

– No… – sussurrò Morisu sbattendo le ciglia. L'attimo dopo sul suo viso si disegnò un languido sorriso che, tuttavia, scomparve quando abbassò lo sguardo e terminò la frase con voce soffusa.

– Io sono Van Dine.

Capitolo 11
Settimo giorno

Martedí 1° aprile 1987 – Dalla cronaca dell'edizione mattutina del quotidiano A.

TSUNOJIMA, LA CASA DECAGONALE IN FIAMME. IL MASSACRO SI RIPETE?

Prefettura di Ōita, città di S. – Tsunojima.

Dalle ceneri della Casa decagonale, rasa al suolo da un incendio all'alba del 31 marzo, sono stati rinvenuti i cadaveri dei sei studenti dell'università di K. che si trovavano all'interno dell'edificio al momento dell'incidente. La polizia è riuscita a risalire ai loro nominativi: Yamazaki Yoshifumi (22 anni), quarto anno della facoltà di Medicina; Suzuki Tetsurō (22 anni), al terzo anno di Giurisprudenza e compagno di corso di Matsuura Jun'ya (21 anni); Iwasaki Yōko (21 anni) studentessa di Farmacia al terzo anno; Ōno Yumi e Higashi Hajime, entrambi 20 anni, frequentanti il secondo anno di Lettere. Tutti membri del medesimo circolo universitario, si erano recati a Tsunojima il giorno 26 dello scorso mese per trascorrere una settimana di ritiro presso la Casa decagonale.

Stando alle indagini, è possibile che cinque di loro fossero stati uccisi prima dello scoppio dell'incendio. La polizia continua a indagare sul massacro che ha visto superare per numero di morti persino il quadruplo omicidio avvenuto nel settembre dell'anno passato a Villa Blu, sulla medesima isola.

*

Martedí 1° aprile 1987 – Dall'edizione serale della stessa testata.

RINVENUTO UN CADAVERE NEI SOTTERRANEI DELLA CASA DECAGONALE

(...) Le conseguenti indagini hanno portato al rinvenimento del corpo di un uomo tra i quaranta e i cinquant'anni nei sotterranei della carbonizzata Casa decagonale. Il cadavere si presentava in un avanzato stato di decomposizione portando la polizia a stimarne il decesso in un periodo che va dai quattro ai sei mesi fa. Sulla nuca vi erano evidenti tracce di colpi inferti mediante un oggetto contundente.

L'esistenza dei sotterranei è stata scoperta per la prima volta solo ora, a seguito dell'incendio, ragion per cui la polizia è portata a credere che possa trattarsi di Yoshikawa Seiichi (46 anni all'epoca della scomparsa), il giardiniere di cui si erano perse le tracce dopo i fatti del settembre scorso. Le indagini del caso proseguono senza sosta...

Capitolo 12

Ottavo giorno

1.

Il vasto campus dell'università di K. – dal perimetro del tutto particolare – era situato a ridosso delle pendici di un monte. In un angolo vi era un edificio a tre piani in cemento armato ove i vari circoli riconosciuti ufficialmente dall'università svolgevano le proprie attività. Due giorni dopo il ritrovamento dei sei cadaveri a Tsunojima – mercoledí 2 aprile, di primo pomeriggio, per l'esattezza – una decina di membri che avevano dato la loro disponibilità si erano radunati nella stanzetta del circolo del giallo, situata al secondo piano.

L'ambiente era stretto e disordinato, gli studenti si accomodarono ai lati dei due tavoli da riunione uno appiccicato all'altro. Nonostante non facesse piú parte del gruppo, tra costoro vi era anche Kawaminami Takaaki, mentre di Shimada Kiyoshi, fratello minore dell'ispettore incaricato del caso, non vi era traccia.

Forse ha evitato apposta di venire… O magari aveva semplicemente un altro impegno…

Morisu Kyōichi lí per lí fu preso dal panico, ma riuscí subito, in qualche modo, a scrollarselo di dosso.

Non importa, tanto non ha capito niente. Cosí come non si è accorto di nulla, né potrà mai farlo.

L'ispettore Shimada Osamu arrivò, preceduto da due

sottoposti, con leggero ritardo rispetto all'orario stabilito. Sopraffatto dalla coltre di fumo delle sigarette, fece una timida smorfia non appena entrò nella camera, ma, come riconobbe Kawaminami e Morisu, li salutò affabilmente.

– Buongiorno a tutti, – esordí rivolgendosi al gruppetto. – Grazie per aver trovato il tempo di riunirvi qui oggi. Il mio nome è Shimada, – e, dopo i saluti di rito, sprofondò sulla sedia lasciata libera apposta per lui.

In seguito a una breve presentazione da parte dei membri del circolo, la polizia prese a fornire spiegazioni in merito ai fatti. Quindi l'ispettore, il taccuino in mano mentre scrutava a uno a uno i presenti, venne pian piano al vero motivo per cui era lí quel giorno.

– Lasciate che vi ripeta i nomi dei sei vostri compagni deceduti a Tsunojima. Abbiamo Yamazaki Yoshifumi, Suzuki Tetsurō, Matsuura Jun'ya, Iwasaki Yōko, Ōno Yumi e, infine, Higashi Hajime. Dovreste conoscerli tutti molto bene...

Ascoltando quei nomi, a Morisu vennero in mente i loro volti.

Poe, Carr, Ellery, Agatha, Orczy e Leroux.

– Cinque di loro erano quasi certamente già morti al momento dello scoppio dell'incendio. Ōno è stata uccisa per strangolamento, Higashi colpito con un oggetto contundente. Per quanto riguarda Yamazaki, Suzuki e Iwasaki, invece, si tratta con ogni probabilità di avvelenamento. L'ultimo rimasto è Matsuura: quando sono divampate le fiamme era ancora vivo e, secondo il nostro pensiero, dopo aver cosparso la propria stanza di cherosene, se lo sarebbe versato addosso morendo carbonizzato, un suicidio premeditato, in altre parole.

– Allora è proprio vero che Matsuura ha ucciso tutti e infine si è tolto la vita... – fece uno dei ragazzi.

– Cosí parrebbe. Sappiamo per certo che si recava con una certa frequenza presso la grossa farmacia nella città di O. gestita dai suoi parenti: è probabile che si sia procurato lí il veleno per uccidere tre dei suoi compagni. Diciamo che cosí potremmo spiegarci diverse cose e per questo le indagini si stanno muovendo in quella direzione. Eppure, proprio non riusciamo a venire a capo del movente. Ecco perché oggi vi ho riuniti qui, spero che possiate darmi una mano.

– Ma non esiste la possibilità che sia qualcun altro il responsabile?

– Credo proprio di no.

Alla convinta negazione dell'ispettore, Morisu inghiottí il sospiro di sollievo che stava per fuoriuscirgli di bocca.

– Tanto per cominciare, Matsuura Jun'ya pare essersi suicidato. In secondo luogo i delitti sono stati commessi con modalità differenti e in orari distaccati l'uno dall'altro: uno di loro era deceduto da piú di tre giorni... Insomma, è tutto troppo sconnesso. A quanto pare, in quel punto preciso del mare non passano spesso le imbarcazioni dei pescatori e riteniamo alquanto improbabile, se non addirittura impossibile, che qualcuno possa essersi recato di nascosto sull'isola ed essersi servito di un arco temporale di piú di tre giorni per compiere quel massacro.

– Mi scusi, ispettore, – intervenne Kawaminami. – Parlando dei fatti avvenuti a Villa Blu l'anno scorso, mi sembra di ricordare, tuttavia, come, in merito al cadavere di Seiji, rinvenuto carbonizzato in condizioni simili a quelle di Matsuura, aveste archiviato il caso come omicidio.

– Sí, ma allora la storia era diversa... Una serie di strane circostanze ci ha portati a pensarla in quel modo, diciamo, – replicò l'ispettore spalancando i suoi piccoli occhi elefantini. – Era stata la scomparsa del giardiniere il motivo principale che ci aveva indotti a giungere a tale conclusione. Era svanito nel nulla, ma doveva per forza trovarsi sull'isola... Avevamo tratto le conseguenze logiche piú ovvie reputandolo il colpevole. Eppure, ecco che dopo l'incendio della Casa decagonale scopriamo l'esistenza di un passaggio sotterraneo segreto e rinveniamo un cadavere in avanzato stato di decomposizione... Avrete letto la notizia sui giornali ieri, no? A giudicare dalla stima del decesso, dell'età e della corporatura parrebbe trattarsi proprio del giardiniere.

– Ah, ora capisco.

– Ragion per cui ci siamo visti costretti a cambiare le carte in tavola in merito all'interpretazione dei fatti avvenuti un anno fa a Tsunojima. Nakamura Seiji si è suicidato dandosi fuoco da solo in quello che ora avrebbe tutta l'aria di essere un omicidio-suicidio architettato da lui sin dal principio, – l'ispettore continuò guardando Morisu e Kawaminami con fare eloquente. – Abbiamo già avvalorato questa ipotesi grazie a una fonte piuttosto attendibile...

Morisu pensò in un primo momento che potesse avergliene parlato il fratello, ma ricordò subito come questi avesse esplicitamente dichiarato di non avere alcuna intenzione di confidare alla polizia né i fatti di cui era venuto a conoscenza, né la propria idea al riguardo. Per qualche strano motivo, sentiva di poter credere a quelle parole, poco importava che il fratello fosse un ispettore. Ma se le cose stavano cosí...

E se avesse saputo la verità da Nakamura Kōjirō in persona?

– A ogni modo, – fece Shimada rivolgendosi a tutti i presenti, – potreste dirmi in quanti fra voi sapevano del ritiro a Tsunojima?

Kawaminami e Morisu alzarono la mano.

– Solo voi due, eh… Sapete anche da chi sia partita l'idea di recarsi sull'isola?

– In realtà ne parlavano già da un po', – rispose Morisu. – Poi, grazie a un appoggio, hanno avuto l'occasione di pernottare alla Casa decagonale.

– Un appoggio, hai detto?

– Sí, che sarebbe poi mio zio. Di cognome fa Tatsumi e si occupa di compravendita di beni immobili. Quando ho saputo che aveva acquistato quell'edificio, ho proposto agli altri di fare da intermediario per chiedergli il permesso di lasciarli pernottare là.

– Ah, ma parli del noto Tatsumi Masaaki… Allora eri tu il nipote. E per quale motivo non ti saresti aggregato?

– Proprio non mi andava di passare una settimana in un luogo dove solo qualche mese prima erano avvenute quelle orribili vicende. Loro ne erano entusiasti, ma diciamo che non sono decisamente passatempi adatti a me, anzi… Inoltre c'era il problema del numero delle stanze.

– Perché? Mi pareva di aver capito che fossero giusto sette…

– Sí, ma di fatto erano sei. Chieda pure a mio zio, se vuole. Una non era nelle condizioni di essere utilizzata, date le infiltrazioni di pioggia dal tetto. Oltre alle scaffalature a muro, in quella stanza non c'era nulla. Preventivandone la ristrutturazione, forse l'ex proprietario aveva fatto portar fuori tutti i mobili. Il soffitto pieno di macchie e sul punto di crollare da un momento all'altro, il pavimento marcito in cui stava per aprirsi una buca…

– Capisco. Allora chi si era preso la briga di accollarsi l'organizzazione del viaggio fra loro sei?

– Per primo mi ero rivolto a Leroux e… Chiedo scusa, a Higashi… facendogli sapere della disponibilità di mio zio. Sarebbe dovuto diventare il nuovo caporedattore del circolo, quindi il rappresentante, in un certo senso. Di fatto, però, si consultava con Matsuura per ogni cosa.

– Quindi Higashi e Matsuura erano gli organizzatori…

– Sí, o almeno credo.

– Oltre agli effetti personali abbiamo rinvenuto scorte di cibo e coperte, quelli come ci sono finiti sull'isola?

– Ha procurato tutto mio zio, mentre io l'ho aiutato nel trasporto. Abbiamo sistemato tutto il giorno precedente alla loro partenza, ci siamo fatti accompagnare da un pescatore.

– Uhm… Dovremo comunque controllare, sappilo, – e, nel grattarsi il flaccido doppio mento, l'ispettore continuò rivolgendosi a tutti. – Tornando a noi, non c'è proprio nessuno che abbia anche solo una pallida idea del movente che avrebbe spinto Matsuura Jun'ya a fare quel che ha fatto?

Un brusio di voci pervase l'ambiente. Nonostante ne fosse parte attiva, in cuor suo Morisu pensava a tutt'altro.

Quel viso candido.

Quell'esile corpo a cui sarebbe bastato un caloroso abbraccio per correre il rischio di andare in frantumi.

Quei lunghi capelli neri che scivolavano lungo il collo.

Quelle sottili sopracciglia che le conferivano un costante senso di disorientamento.

Quegli affusolati occhi malinconicamente abbassati.

Quelle labbra che sorridevano timidamente.

Quella voce, fragile come quella di un gattino…

Chiori…

Si erano frequentati sfuggendo agli sguardi altrui, mossi da un amore tanto distaccato quanto profondo.

Ah… Chiori, Chiori, Chiori…

Non avevano rivelato la loro relazione né ai compagni del circolo, né a nessun altro. Il loro comportamento non era dovuto a qualcosa in particolare, non c'era nulla da nascondere in fondo. Tuttavia, erano entrambi codardi fino al midollo, avevano il terrore che il loro piccolo e armonioso universo, un universo solo loro e di nessun altro, potesse sgretolarsi qualora ne avessero fatto parola. Eppure…

Quel dannato giorno tutto andò all'improvviso in mille pezzi. Erano stati loro a strapparle la vita in quella notte di gennaio di un anno prima.

Se solo fossi rimasto al suo fianco fino alla fine…

Quanto si era tormentato, quanti giorni aveva passato a darsi la colpa. Ma, ancor di piú, quanto aveva maledetto i sei che si trovavano con lei quella notte.

Già in passato si era visto portare via i genitori e la sorella piú piccola, cosí, da un momento all'altro. Senza alcun preavviso, le mani crudeli, spietate di uno sconosciuto avevano trascinato il calore della famiglia in un posto lontano, fuori dalla sua portata. Quando infine credeva di aver incontrato una persona importante nella sua vita, era giunta quella notte, e ancora una volta…

Non si è trattato di un incidente, ne sono certo.

Chiori non avrebbe mai bevuto di propria volontà in modo tanto incosciente, sapeva bene di essere malata di cuore. Ormai ubriachi fradici, dovevano averla costretta a bere fino al limite e lei non era riuscita a rifiutarsi.

L'hanno uccisa loro… Sono stati loro.

– Morisu.

Sentí la voce di Kawaminami, al suo fianco, che lo chiamava.

– Sí, dimmi.

– Non gli diciamo della lettera?

– Uhm? Di che parlate? – domandò l'ispettore Shimada, rimasto in ascolto della loro conversazione.

– Ecco, l'altra volta non abbiamo avuto modo di parlargliene, – riprese Kawaminami estraendo la busta dalla tasca. – Il giorno in cui i nostri compagni sono partiti verso l'isola, io e Morisu abbiamo ricevuto questa.

– Una lettera da parte di Nakamura Seiji?

– Sí.

– Allora era arrivata pure a voi...

L'ispettore prese la busta e ne controllò il contenuto.

– Dovete sapere che ne è arrivata una identica a ogni vittima, Matsuura incluso.

– Pensate che non abbiano nulla a che fare con gli omicidi?

– Mah, ora come ora non possiamo pronunciarci. Ma, vista cosí, avrebbe tutta l'aria di essere solo uno scherzo di cattivo gusto inscenato da chissà chi. D'altronde faccio fatica a immaginarmi un morto che invia lettere...

Shimada sogghignò mostrando i denti ingialliti.

Morisu ammiccò a sua volta un sorrisetto, ma, dentro di sé, stava silenziosamente iniziando a immergersi nei ricordi.

2.

Sapeva già da prima che glielo confidasse lei stessa che Nakamura Seiji era suo padre. Aveva sentito dire che era un tipo eccentrico e sapeva anche che viveva sulla piccola isola di Tsunojima, al largo della città di S. Dopo aver perso la ragazza amata, aveva trascorso i sei mesi successivi pervaso dal dolore e dalla rabbia. Poi era arrivato l'autunno. Era ormai ridotto a uno straccio quando venne a sapere della tragica morte dei genitori di Chiori a Tsunojima, e sentí di non potercela piú fare. All'epoca non avrebbe mai potuto immaginare che in futuro quella serie di omicidi gli sarebbe tornata utile per alleviare la fragorosa ira che covava dentro.

Non passava un giorno che non pensasse a un modo per vendicarsi con quei sei. Non gli sarebbe bastato biasimarli rinfacciando loro le colpe. Gli avevano sottratto una persona a lui troppo cara, come nessun altro nella sua vita. Erano stati loro a portargliela via.

Null'altro desiderava se non la vendetta. Fu proprio quando suo zio, Tatsumi Masaaki, entrò in possesso della Casa decagonale che questo suo desiderio iniziò a prendere forma convergendo nell'unica metodologia possibile: l'omicidio.

Villa Blu a Tsunojima, la casa natale di Chiori, il luogo in cui i suoi genitori avevano perso la vita in tragiche circostanze e in cui i sei peccatori che vi si sarebbero recati solo per appagare la propria curiosità. Questa serie di coincidenze contribuí a istigare in lui un'incontrollabile voglia di epurare il mondo dalla loro esistenza cancellandoli con una nitida pennellata colorata.

In principio aveva pensato di ucciderli tutti e poi di farla finita a sua volta, ma si rese conto che, cosí facendo, sarebbe sprofondato nel baratro abbassandosi al loro livello di miseri peccatori. La sua doveva essere una sentenza, una sentenza chiamata vendetta.

Dopo lunghe riflessioni, riuscí a elaborare il piano.

L'obiettivo era ucciderli tutti e sei sull'isola e farla franca senza alcuna preoccupazione.

All'inizio di marzo, certo che le prede si sarebbero fiondate nella trappola, aveva scoccato la prima freccia.

«Mio zio ha comprato la Casa decagonale, se avete voglia di andarci posso provare a chiedergli il permesso. Che ne dite?»

Come immaginato, era stato fin troppo semplice farli abboccare e, definiti i dettagli del viaggio, si era accollato ben volentieri l'onere di organizzare il tutto. Per la scelta della data di partenza, si era regolato in base ai loro impegni e alle previsioni metereologiche settimanali.

Il piano necessitava inevitabilmente di un giorno soleggiato in cui le onde non fossero troppo forti. A quanto pareva, la fine di marzo sarebbe stato il periodo migliore per partire alla volta dell'isola, il tempo era dato stabile. Certo, le previsioni meteo rappresentavano una scommessa, ma, alla peggio, avrebbe sempre potuto sospendere tutto o rimandare.

La scelta ricadde sulla settimana del 26 marzo.

Si era procurato tutto il necessario, dalle coperte ai viveri. Delle prime, in particolare, ne aveva prese in prestito per sei.

La chiave di tutto sarebbe stato prestare la massima attenzione dando l'impressione ai suoi compagni che fosse sempre presente con loro sull'isola, mentre a chiunque altro avrebbe dovuto far credere che fossero partiti solo loro sei.

Allora aveva scritto nove lettere firmandosi Nakamura Seiji. Gli obiettivi dietro tale mossa erano due: il primo consisteva nel far sapere ai diretti interessati di essere i carnefici di Nakamura Chiori. Sentiva un bisogno irrefrenabile di farlo. Il secondo obiettivo, invece, era quello di istigare Kawaminami Takaaki all'azione lanciandogli l'irrinunciabile esca della «lettera dal morto».

Il motivo per cui ne aveva mandata una identica a Nakamura Kōjirō era semplicemente una garanzia nel caso in cui Kawaminami si fosse spinto sino a quel punto con le indagini. Lo conosceva bene, in fondo. Non sarebbe rimasto con le mani in mano se avesse ricevuto una lettera simile e, dopo aver ficcato il naso nella faccenda, avrebbe senza dubbio sentito il bisogno di venire a chiedere un suo parere. Tali erano le sue previsioni. Se poi si fosse visto costretto a contattarlo per primo, sarebbe bastato apporre la scusa della lettera misteriosa per intavolare una discussione.

Per la battitura delle lettere aveva approfittato degli apparecchi per la videoscrittura messi a disposizione degli studenti dall'università, mentre, procuratosi il necessario al supermercato, aveva preparato due serie di tavolette premonitrici.

Martedí 25 marzo, il giorno prima della partenza, dopo aver imbucato le nove lettere dalla città di O. era partito alla volta del porto di S. e, con un peschereccio che aveva prenotato per l'occasione, aveva trasportato il necessario a Tsunojima. Quindi, fatto temporaneamente ritorno a S., aveva mentito allo zio dicendo di recarsi a Kunisaki mentre in realtà era uscito con la sua auto. Nel bagagliaio aveva già caricato un gommone dotato di motore, una bombola d'aria compressa e una tanica di benzina.

Il gommone era quello che di solito usava suo zio per andare a pesca. L'aveva trafugato dallo sgabuzzino in fondo al garage: sapeva che lo zio lo adoperava solo tra l'estate e l'autunno, per cui non temeva affatto di essere scoperto.

Dall'altra parte del promontorio di J., vi era una zona in cui non passava quasi nessuno, neanche di giorno. Nascosti il gommone e la bombola tra gli alberi lungo la costa, aveva lasciato trascorrere un po' di tempo prima di riportare indietro l'auto. Quindi aveva mentito una seconda volta allo zio dicendogli che quella sera sarebbe tornato a O. e che il giorno dopo si sarebbe nuovamente recato a Kunisaki. In realtà, dopo aver fatto una capatina in città, intorno a mezzanotte e mezza era salito in moto, diretto verso il promontorio di J.

Dalla città di O. occorreva un'oretta e mezza di auto durante il giorno. Di notte, tuttavia, sfrecciando su una

250 cc, sarebbero bastati una cinquantina di minuti. Per di piú, con una fuoristrada come la sua, un minimo di abilità alla guida gli avrebbe permesso di passare anche sullo sterrato o tagliare per le distese di erba incolta. Alla fine l'avrebbe appoggiata per terra, sul fianco, tra gli alberi del boschetto lungo la costa; coperta con un telo marroncino non avrebbe dato certo nell'occhio.

Approntato il gommone che aveva precedentemente nascosto e indossata una tuta da subacqueo, sotto la guida dei soli raggi lunari e della luce del faro sul promontorio era uscito in mare verso Tsunojima.

Il vento non tirava troppo forte, eppure era freddo. Le tenebre della notte rendevano scarsa la visibilità. Avendolo già usato in passato, sapeva bene come manovrare il gommone, tuttavia la sua forma fisica, non ottimale al momento, aveva reso il tutto molto piú complesso del previsto.

C'era un motivo ben preciso dietro a quella spossatezza: non beveva un goccio d'acqua dal giorno prima. La disidratazione era un tassello imprescindibile per la buona riuscita del suo piano.

Aveva navigato per trenta minuti prima di arrivare sull'isola, quindi approdò sulla scogliera sotto Villa Blu... Era lí che doveva celare il gommone. Per prima cosa lo aveva piegato, poi aveva avvolto la bombola e il motore con un telo impermeabile, infine li aveva sigillati all'interno di un sacchetto di plastica. Quindi, legate saldamente le parti insieme con una corda e appoggiatovi sopra un masso, aveva fatto affondare il tutto in un punto tra gli scogli dove le onde non si infrangevano troppo violente. Per maggior sicurezza, aveva fissato un'estremità della corda a una delle rocce. Le taniche di carburante necessarie alla traversata le aveva nascoste in parte all'ombra di quegli scogli, in parte tra gli alberi sul promontorio di J.

Al chiaro di luna, una grossa torcia sulla spalla, si era diretto alla Casa decagonale dove si era accaparrato la stanza subito a sinistra dell'ingresso, quella spoglia e con le infiltrazioni. Per dormire aveva usato il sacco a pelo che aveva trasportato lí in giornata.

La trappola per i sei peccatori era ultimata.

3.

Il giorno seguente – il 26 marzo – erano arrivati sull'isola.

Non si erano accorti di nulla. Qualsiasi cosa sarebbe accaduta durante i seguenti sette giorni, non avrebbero avuto modo di mettersi in contatto con la terraferma. Eppure non sembravano minimamente consci del pericolo, anzi, si erano esaltati ancor di piú pregustando quella sensazione di avventura.

La sera aveva detto davanti a tutti di non sentirsi bene e si era ritirato nella sua stanza. Ecco perchè gli occorreva mantenersi disidratato.

Sapeva che l'assenza di liquidi nel corpo provoca sintomi molto simili a quelli di un comune raffreddore. Non avrebbe potuto fingersi malato e basta, temeva che Poe, medico in erba, potesse smascherarlo subito. Al contrario, se fosse stato proprio lui a visitarlo e a confermare le sue cagionevoli condizioni fisiche, allora non avrebbe corso il rischio che gli altri fossero indotti a sospettare qualcosa.

Nel salone oltre la porta gli altri continuavano a chiacchierare spensierati. Nel mentre lui stava rimettendo la muta e, riempito lo zainetto con il necessario, era sgattaiolato fuori dalla finestra. Raggiunta la scogliera, era rimontato sul gommone e aveva attraversato il mare notturno in direzione del promontorio di J. Giunto a destinazione, era salito in moto per fare ritorno in città a O.

Erano circa le undici quando aveva fatto rientro a casa. Sentiva che le forze lo stavano abbandonando, ma la fase piú importante del piano veniva proprio ora.

Senza perdere tempo, aveva telefonato a Kawaminami: doveva usarlo come garante della sua effettiva presenza a O.

Alla prima chiamata non aveva risposto nessuno, ma, se le cose fossero andate come si era aspettato, non avrebbe tardato a farsi vivo di sua spontanea volontà. Vi era tuttavia anche la possibilità che l'altro l'avesse già contattato piú volte. In tal caso, gli avrebbe domandato senza ombra di dubbio dove fosse stato durante il giorno… Ma aveva già pronta una risposta: il dipinto dei Buddha incisi nella roccia.

Sarebbe stata la controprova delle sue azioni sulla terraferma mentre gli altri sei erano sull'isola. Anzi… Per la precisione, sarebbero state la controprova: erano tre le tele in realtà.

La prima non era che uno schizzo al carboncino con una colorazione appena accennata, la seconda era spatolata in piú gradazioni, e l'ultima era stata portata a termine. Ovviamente, tutte e tre le tele erano replicate alla perfezione nella loro struttura.

Rappresentavano lo scorcio in cui si era imbattuto nell'autunno precedente quando, sopraffatto dalla disperazione, era partito alla cieca ritrovandosi tra le montagne della penisola di Kunisaki. Ripercorrendo con la memoria quella visione, aveva riprodotto tre volte lo stesso disegno, rendendolo piú consono nei dettagli alla stagione primaverile ormai alle porte.

Una volta adagiato il primo schizzo sul cavalletto, aveva aspettato la chiamata da parte di Kawaminami osservando la lettera che si era mandato da solo. Nell'improbabile caso che l'amico non si fosse fatto vivo, avrebbe dovuto per forza trovare un testimone sostitutivo. L'inquietudine cresceva nella sua mente annebbiata dalla mancanza d'acqua, ma cercava in ogni modo di tenerla a bada.

Quando fu quasi mezzanotte squillò il telefono.

Come da copione, Kawaminami aveva abboccato all'amo. A quanto pareva, quello stesso giorno si era addirittura recato in visita a Nakamura Kōjirō, nella sua dimora a Kannawa. Eppure non poteva nascondere che l'entrata in scena dell'uomo conosciuto dall'amico in quell'occasione – quel Shimada Kiyoshi – l'avesse senza dubbio infastidito.

Alla fine aveva pensato che un testimone in piú avrebbe potuto addirittura giocare a suo favore, ma un suo eccessivo interessamento alla faccenda avrebbe rappresentato una seccatura. Finché questi si fosse limitato a coinvolgerlo nel suo dilettarsi a fare il detective, tuttavia, non avrebbe rappresentato certo un grosso problema.

Per sua fortuna, comunque, il loro interesse era rivolto piú al passato che al presente. O, quantomeno, non sembravano intenzionati a raggiungere gli altri sull'isola. Per attirare l'attenzione su di sé, aveva deciso di usare appositamente il termine di «detective in poltrona» e di assumerne il ruolo. Avendolo indotto a credere che si sarebbe recato a Kunisaki per proseguire il dipinto, si era quindi raccomandato di telefonargli anche la sera successiva. In quel frangente, aveva avuto l'idea di suggerirgli una visita a Yoshikawa Masako, ad Ajimu, con lo scopo di tenerli il piú possibile distratti dalla situazione sull'isola.

Quando se ne erano andati, si era steso per una breve dormita. Quindi, prima dell'alba, era tornato in moto al promontorio affrettandosi a raggiungere l'isola col gommone.

Assicuratosi che nessuno fosse in salone, vi aveva lasciato le tavolette in bella vista.

Che cosa volevo dimostrare con quelle tavolette...?

Magari desiderava solo che prendessero coscienza di cosa volesse dire essere «vittime», oppure era una bizzarra manifestazione del suo senso del dovere: aveva l'obbligo di dichiarare in anticipo la loro condanna. E se invece non fosse stato nulla piú di una mordace ironia nei loro confronti?

Ripensandoci ora, doveva essersi trattato un po' di tutto ciò. Erano figlie di quei suoi sentimenti distorti.

*

La seconda notte aveva fatto di nuovo in modo di ritirarsi in anticipo nella propria stanza. Subito prima, aveva avuto un piccolo diverbio nel salone con Carr, ma alla fine era riuscito a cavarsela.

Ormai barcollante a causa della disidratazione, prima di infilarsi la muta aveva scolato fino all'ultima goccia il contenuto della caraffa che Agatha gli aveva dato per mandare giú la medicina. Dal terzo giorno in avanti non avrebbe piú fatto ritorno sulla terraferma, ecco perché aveva bisogno di reidratarsi per tornare al meglio della condizione.

Quella notte, il tragitto da Tsunojima alla città di O. era stato piú duro e pesante del precedente, tanto che aveva meditato piú volte l'idea di rinunciare a tutto. A posteriori, gli veniva quasi da chiedersi dove mai potessero annidarsi tanta forza e caparbietà in quel suo esile corpo.

Rientrato nel proprio appartamento, aveva bevuto piú che poteva. Anche mentre discuteva con Kawaminami e Shimada dei fatti di Tsunojima, si era scolato diverse tazze di tè. Dato che non aveva piú intenzione di fare ritorno in città, doveva recitare al meglio la propria parte fino all'ultimo e al contempo cercare di assumere un atteggiamento il piú possibile avverso nei confronti delle loro affermazioni. Cosí si era tirato fuori dalle indagini e si era raccomandato di non contattarlo piú nei giorni a venire.

Le severe parole che aveva riversato su Shimada in quell'occasione, tuttavia, rispecchiavano appieno il suo vero pensiero. Anzi, come era venuto a sapere che Shimada avesse intenzione di ficcare il naso nelle faccende private di Chiori e della sua famiglia, aveva provato un'indicibile rabbia.

Alla stregua della sera prima, quindi, al levar del sole aveva fatto ritorno sull'isola. Rientrato nella sua stanza alla Casa decagonale, infine, era rimasto per un po' al buio a placare i bollenti spiriti.

4.

Vi erano diverse motivazioni dietro alla scelta di uccidere Orczy per prima.

Tanto per cominciare, voleva a modo suo mostrarsi clemente con lei: morendo subito non avrebbe dovuto patire piú alcuna sofferenza, né vivere nel terrore, in attesa del proprio turno.

Orczy era amica di Chiori. Quel suo modo di porsi, sempre con gli occhi timidamente abbassati, in qualche modo gli ricordava la sua amata. Con ogni probabilità, inoltre, non doveva aver preso parte in prima persona all'omicidio di Chiori; era senza dubbio rimasta solo a guardare. D'altro canto, non poteva permettersi di escludere lei sola dalle sue brame di vendetta.

Un'ulteriore motivazione dietro al suo delitto, a inaugurare le danze, era quell'anello d'oro che portava al dito medio della mano sinistra.

Prima di allora non l'aveva mai vista portare un anello, ecco perché se n'era accorto: era possibile che si trattasse di quello che lui stesso aveva regalato a Chiori per il suo compleanno.

Loro due erano amiche. Ricordava benissimo gli occhi di Orczy gonfi di lacrime al funerale quel giorno. Forse si era fatta dare quell'anello in ricordo della defunta amica. Se poi erano cosí legate, magari sapeva pure che Tsunojima era il luogo in cui Chiori era nata. O, ancor peggio, poteva persino essersi resa conto della loro relazione.

All'interno dell'anello erano incise le loro iniziali: «KM e CN». Anche se Chiori non le avesse fatto alcuna confidenza, erano alte le probabilità che se ne fosse accorta da sola notando le lettere sull'anello. Per questo, una volta iniziati i delitti sull'isola, avrebbe potuto risalire con estrema facilità al colpevole e al movente.

Ecco perché l'aveva uccisa per prima. Non aveva altra scelta.

Uscito di soppiatto nel salone, si era diretto subito verso la stanza di Orczy. Ovviamente non ne aveva fatto parola con nessuno di loro, ma aveva portato con sé il passepartout che gli aveva consegnato suo zio. Con quello era entrato nella stanza. Prestando estrema attenzione a non svegliarla, con una mossa fulminea le aveva avvolto la corda al collo e aveva tirato con tutta la forza che aveva in corpo.

Orczy aveva spalancato gli occhi, sembravano uscirle dalle orbite, e aveva contratto la bocca dal dolore. Il viso man mano piú violaceo, le forze che l'abbandonavano... Aveva esalato l'ultimo respiro. Lui aveva adagiato con cura il cadavere sul letto mosso dalla pietà che provava nei suoi confronti.

Quindi aveva provato a sfilarle l'anello. Desiderava un ricordo della ragazza amata, certo, ma temeva che qualcuno potesse notare le loro iniziali. Tuttavia, forse per lo stress dovuto all'ambiente poco familiare, il corpo di Orczy appariva gonfio, e l'anello non voleva saperne di venire via.

Se fosse rimasto cosí, nessuno sarebbe riuscito ad accorgersi delle lettere... Ma non poteva permettersi di gettare via cosí un ricordo di Chiori tanto importante.

Ecco perché aveva deciso di ricorre alle maniere drastiche: avrebbe reciso la mano intera.

Se avesse amputato solo il dito medio, avrebbe finito al contrario per attirare l'attenzione degli altri su quel particolare. Per giunta, recidendo la mano sinistra sarebbe riuscito a creare un'allusione ai fatti avvenuti l'anno prima a Villa Blu. Concluse, quindi, che fosse quella la mossa piú intelligente da fare. In altre parole, sarebbe riuscito nel doppio effeto di insinuare «l'ombra di Seiji» – per citare le parole di Shimada Kiyoshi – dando l'idea che potesse essere ancora vivo.

Usando uno dei coltelli che si era portato dietro come arma, dopo molta fatica era riuscito a recidere la mano dal cadavere. Per il momento si era limitato a sotterrarla in un punto dietro la Casa decagonale, avrebbe recuperato l'anello alla fine dei giochi.

Per suggerire la pista dell'assassino esterno al gruppo, aveva lasciato aperta la serratura della finestra, cosí come quella della porta.

Poi, il tocco finale. Aveva estratto la targhetta «Prima vittima» dal cassetto in cucina e, con dell'adesivo, l'aveva affissa alla porta di Orczy.

*

Era stato nel corso del giorno precedente – il 27 marzo – che aveva spalmato il cianuro sul rossetto di Agatha. Le tavolette avevano già fatto la loro comparsa, ma il livello di allerta degli altri non era certo ancora elevato, cosí era riuscito a infiltrarsi in camera sua.

Secondo le sue previsioni, Agatha sarebbe dovuta morire indicativamente a ridosso del ritrovamento del cadavere di Orczy. Tuttavia, la concitazione delle operazioni gli aveva permesso di applicare il veleno solo su uno dei due rossetti e quell'ordigno a orologeria alla fine si era attivato ben oltre i tempi stimati.

Era poi venuta l'ora di impiegare la tazza endecagonale.

Si era accorto di quel bizzarro oggetto la sera in cui gli altri erano arrivati sull'isola: gli era capitata per caso tra le mani. Cosí aveva pensato subito di poterla sfruttare a dovere.

La mattina del secondo giorno, disposte le tavolette in sala sulla tavola, aveva trafugato la tazza e se l'era portata in camera. Nella credenza ve ne erano molte altre, gli bastò tirarne fuori una a caso per rimpiazzare quella di suo interesse.

I veleni che si era portato dietro li aveva rubati dal laboratorio della facoltà di Scienze: acido cianidrico, cianuro di potassio e triossido di arsenico. In quanto inodore, aveva deciso di applicare proprio quest'ultimo sulla tazza. La sera del terzo giorno, infine, approfittando dell'agitazione collettiva, era entrato in cucina per sostituire la tazza avvelenata con una delle sei disposte sul bancone.

Vi era un sesto delle possibilità che capitasse proprio tra le sue mani, in tal caso gli sarebbe bastato restare in silenzio e non berne il contenuto. Ma nulla di tutto ciò si era reso necessario: fu Carr a pescare la carta vincente diventando la seconda vittima.

La sua morte per avvelenamento era stata molto piú cruda e spaventosa di quella di Orczy. La consapevolezza di star compiendo delitti atroci in cuor suo lo straziava, ma ormai non poteva piú tirarsi indietro. Doveva spingersi ai limiti del proprio coraggio e della sua resistenza fisica per portare a compimento la sua vendetta nella maniera piú fredda e audace possibile.

Poco prima dell'alba, il salone si era finalmente fatto deserto. Dopo aver atteso che tutti si fossero addormentati, era sgattaiolato nella stanza di Carr, e, recisagli la mano sinistra, l'aveva gettata nella vasca. In tal modo riusciva a dare continuità ai delitti allusivi e a camuffare il vero motivo per cui in principio aveva dovuto tagliarla a Orczy. In seguito aveva recuperato la tavoletta della «Seconda vittima», scelta tra quelle dell'altra serie che aveva approntato in precedenza, e l'aveva attaccata alla porta.

Terminata l'opera, stavolta si era diretto verso le rovine di Villa Blu. Aveva prestato ben ascolto alle parole pronunciate da Ellery poco prima che Carr morisse, quando si era chiesto se potessero esservi dei sotterranei.

Egli sapeva bene che esistevano, era stato suo zio a parlargliene. Aveva nascosto proprio lí, tra le varie cianfrusaglie, le taniche di cherosene che aveva trasportato con il peschereccio insieme a tutto il resto.

Ellery aveva ipotizzato che potesse celarsi qualcuno lí sotto, per cui era ovvio che prima o poi sarebbe sceso a controllare di persona.

Con dei rametti di pino aveva prima spazzato il pavimento, in modo tale da far sembrare che qualcuno fosse passato di lí, poi aveva legato in prossimità di un gradino l'amo che aveva trafugato dalla cassetta da pesca di Poe. Come aveva immaginato, il giorno seguente fu proprio Ellery a cascare in quella trappola.

Sciocco di un Ellery...

Certo, non vi era dubbio che fosse un ragazzo dotato di un acume fuori dal normale. D'altro canto, tuttavia, era anche vero che manifestasse talvolta un'imprudenza degna di uno stolto, cosa che mai nessuno si sarebbe potuto aspettare da uno come lui. Verrebbe da piangere a qualsiasi detective vedendo come si fosse tuffato con gioia in quello scantinato a dir poco losco. Purtroppo se l'era cavata con una semplice slogatura, ma in fondo sapeva già che con uno stratagemma tanto insulso non sarebbe stato semplice guadagnare un cadavere.

Ciò che era andato del tutto contro le sue previsioni, invece, era stato il caso del rossetto di Agatha. Osservandola meglio, infatti, si era reso conto che la compagna ne aveva usato uno dalla colorazione differente rispetto a quello che lui aveva avvelenato. A quel punto aveva pensato che, qualora l'avesse scampata anche il giorno seguente, avrebbe dovuto inventarsi qualcos'altro per sistemarla.

Quando Poe aveva avanzato la proposta di ispezionare tutte le stanze, in effetti un po' di agitazione l'aveva avvertita. Non che non avesse preventivato l'evenienza, ovviamente: le copie delle tavolette, l'adesivo e il coltello li aveva nascosti fuori tra i cespugli, mentre i vestiti sporchi di sangue usati per amputare le mani aveva già provveduto a seppellirli. Le taniche di cherosene erano nascoste in cantina, i veleni li teneva sempre con sé. Dubitava però che avrebbero considerato di fare delle perquisizioni. Nella stanza teneva solo la tuta da sub, ma, se l'avessero vista, si sarebbe inventato una qualsiasi storiella appena credibile.

Erano le condizioni in cui verteva la stanza che non avrebbe gradito venissero rivelate. Certo, avrebbe potuto pur sempre giustificarsi sostenendo di aver scelto per sé la stanza peggiore in qualità di responsabile dei preparativi, ma preferiva comunque evitare di uscire allo scoperto. Ecco perché in quell'occasione era stato proprio lui a mostrarsi contrario alla proposta di Poe.

Quella sera stessa, a seguito della scenata isterica di Agatha, la situazione aveva preso una piega favorevole: tutti si erano ritirati abbastanza in fretta nelle rispettive stanze. In realtà non avrebbe avuto alcuna intenzione di lasciare l'isola, d'altra parte, non poteva nemmeno permettersi di perdere un'intera serata cosí. Fatto ritorno alla città di O., si sarebbe messo in contatto con Kawaminami in modo da assicurarsi un alibi di ferro.

Stava bene fisicamente. Il cielo nuvoloso lo preoccupava a prima vista, ma alla radio avevano detto che il tempo non sarebbe peggiorato troppo e che le onde si sarebbero mantenute dolci. Decisosi, quindi, aveva fatto ritorno in città, esattamente come le due sere precedenti, e aveva deciso di fare un salto al proprio appartamento. Per far credere che fosse di ritorno da Kunisaki, aveva caricato il cavalletto sulla moto prima di far visita a Kawaminami.

5.

Quella notte aveva preso a piovere leggermente, nulla che potesse rappresentare una complicanza. Allo schiarire del cielo del 30 marzo era riuscito a far ritorno senza problemi sull'isola.

Raggiunti gli scogli e spento il motore, aveva remato fino alla sponda. Quindi aveva legato la corda al solito scoglio e stava per sistemare anche il gommone... Fu in quel momento che accadde qualcosa di inaspettato.

Ebbe l'impressione di udire un fugace strilletto acuto. Sentendosi osservato, aveva sollevato lo sguardo in direzione della scalinata. Lí, impietrito dallo spavento, aveva visto Leroux che lo stava fissando.

Era stato scoperto, doveva ucciderlo. Non aveva indugiato nemmeno un istante.

Era da chiedersi che cosa facesse, codardo com'era, Leroux lí a quell'ora, solo, ma il tempo era tiranno, doveva fare in fretta. E se nel corso dei giorni passati sull'isola si fosse accorto in qualche modo della corda che aveva lasciato legata allo scoglio...? Forse per questo si era insospettito ed era venuto a verificare. Poteva essere andata cosí, ma ciò non toglieva il fatto che fosse stato visto nell'attimo meno opportuno. A quel punto Leroux doveva aver intuito a grandi linee che cosa stesse accadendo sull'isola.

Raccolta la prima pietra che gli era capitata a tiro, aveva inseguito Leroux a perdifiato, che nel mentre se l'era data a gambe.

Era spaventato, ma l'altro molto di piú: correva con fare impacciato in preda al panico e la distanza fra di loro si riduceva attimo dopo attimo. Si trovava ormai a pochi passi da lui quando questi aveva gridato a squarciagola in direzione della Casa decagonale, cosí gli aveva lanciato contro d'istinto la pietra mirando alla nuca. Come lo centrò, questa emise un suono sordo e Leroux stramazzò a terra a faccia in giú. Dopo aver recuperato la pietra rotolata pochi centimetri piú in là, percosse la sua testa già ferita una volta, poi un'altra ancora...

Accertatosi della morte di Leroux, aveva fatto ritorno in fretta e furia alla scogliera. Nel mentre si era accorto delle orme che aveva lasciato sul terriccio bagnato, ma non disponeva della calma necessaria per occuparsene a dovere: qualcuno sarebbe potuto sopraggiungere a momenti, sentito il grido di poco prima. Una voce interiore gli ordinò di muoversi e darsela a gambe.

Aveva dato solo una rapida occhiata per accertarsi che le impronte non presentassero alcuna caratteristica particolare, ma, a prima vista, non sembrava esservi nulla che potesse essere ricondotto a lui. In fondo, non aveva certo a che fare con la polizia, orme del genere non avrebbero potuto metterlo nei guai. Giunto a tale conclusione, aveva rimosso dalla testa la questione delle tracce. Temeva solo che qualcuno potesse irrompere da un momento all'altro: sarebbe stata la fine qualora il gommone fosse stato scoperto.

Per maggior sicurezza si era allontanato dagli scogli e aveva raggiunto l'insenatura. Tra la superficie dell'acqua e il molo vi era abbastanza spazio, cosí aveva deciso di infilare momentaneamente il gommone lí sotto e di rimanere a scrutare la situazione nei pressi della Casa decagonale. Per sua fortuna, nessuno si era svegliato.

Tornato all'insenatura, aveva prima ripiegato il gommone, e poi lo aveva nascosto nella vecchia rimessa in fondo al molo. Era una mossa rischiosa, ma comunque meno pericolosa che far ritorno agli scogli.

Una volta rientrato di soppiatto nella Casa decagonale, aveva affisso la tavoletta della terza vittima sulla porta di Leroux. Infine era riuscito a infilarsi nel proprio sacco a pelo.

L'adrenalina che aveva in corpo non gli permise che una breve e poco rilassante dormita. Il corpo intorpidito da capo a piedi, spossatezza, una nausea asfissiante. Al suono della sveglia dell'orologio da polso, aveva aperto gli occhi e, bevuto un sorso d'acqua, era uscito dalla stanza. Fu allora che rinvenne il corpo senza vita di Agatha: doveva aver scelto proprio quel giorno per cambiare il colore del rossetto.

Era giunto allo stremo, non ne poteva piú di vedere cadaveri.

Basta omicidi!

Dentro di sé voleva mettersi a gridare, stava perdendo il controllo e aveva avvertito un incontrollabile reflusso salirgli per l'esofago. Sapeva che né il suo corpo né la sua mente avrebbero retto ancora per molto.

Tuttavia non poteva certo mollare, non poteva scappare cosí.

Nel suo cuore contorto dalla sofferenza, vedeva il lampeggio rosso-nerastro del volto della ragazza amata che non avrebbe potuto riabbracciare per l'eternità.

*

Era seduto alla tavola decagonale con i due rimasti, Ellery e Poe. Il gran finale si stava avvicinando.

La situazione aveva preso una brutta piega per Poe. Di lí a poco Ellery avrebbe negato la cosa, ma, se la discussione fosse andata avanti in quel modo, forse Poe sarebbe stato scambiato sul serio per l'assassino.

Quando Ellery si era interessato alle impronte sul luogo del delitto di Leroux, credeva che il cuore gli si sarebbe fermato per la paura. Mentre cercava di contenere gli insistenti conati di vomito, si sforzava di convincersi a restare calmo, di non preoccuparsi troppo... Nulla poteva andare storto. Ellery, infine, aveva scelto di tornare alla magione e, in quel momento, aveva tirato un profondo sospiro di sollievo.

Ma...

Tutt'a un tratto, Ellery aveva tirato nuovamente fuori il discorso delle orme.

Allora si era chiesto se avesse commesso un errore, un errore che potesse rivelarsi fatale.

Lo aveva seguito di corsa fino a Villa Blu e, quando aveva chiesto a entrambi di ricordarsi la condizione delle tracce sul terreno, se ne era reso conto... Si era maledetto per quanto fosse stato sciocco, e in cuor suo si era convinto che ormai non avrebbe avuto piú scampo.

Sapeva sin dal principio che, con l'aumentare delle vittime, il cerchio dei sospettati si sarebbe stretto e che avrebbe fatto sempre piú fatica a muoversi con libertà. Aveva messo in conto anche di ricorrere a mosse drastiche qualora la situazione glielo avesse imposto, e, nel dubbio, aveva già escogitato diversi espedienti. Nel peggiore dei casi, forse avrebbe dovuto vedersela direttamente con quei due. Ecco perché teneva sempre un coltellino nella tasca della giacca.

Mentre Ellery ragionava sul problema delle orme, aveva pensato piú volte di aggredirli entrambi. Rimaneva però il rischio che potessero bloccarlo, e allora tutto il suo piano sarebbe andato a rotoli. A ogni modo, non poteva essere sicuro che l'avrebbero accusato.

Avvertiva il corpo intorpidirsi alla voce chiara e sonora di Ellery e, continuando a ragionare sul da farsi, cercava in tutti i modi di tenere a bada la pressione. Tuttavia, la sua conclusione andò in tutt'altra direzione: l'assassino non poteva essere nessuno di loro tre, bensí qualcuno che raggiungeva da fuori l'isola in barca.

Era ovvio che alludesse a Nakamura Seiji, sembrava convinto sul serio che potesse essere ancora vivo. Chi si sarebbe mai aspettato che «l'ombra di Seiji» l'avrebbe protetto sino a quel punto in modo tanto determinante?

Fu allora che tornò lucido di mente.

Ellery era rimasto senza sigarette e Poe gli aveva passato le proprie: era un'occasione irripetibile. Con un gesto fulmineo, dalla tasca della giacca aveva estratto un sottile contenitore affusolato al cui interno custodiva una Lark iniettata di cianuro di potassio. Aveva in mente sin dal principio di usarla per Poe, qualora ne avesse avuto l'occasione, e se la portava sempre dietro. Dopo aver detto a sua volta di voler fumare, si era fatto passare il portasigarette. In quel frangente, aveva effettuato lo scambio sotto al tavolo: estratte due normali, se ne era messa una in bocca, l'altra in tasca. Quella avvelenata, infine, l'aveva inserita nel portasigarette.

Poe in fondo era un fumatore incallito, se ne sarebbe accesa subito un'altra. Nel caso non avesse pescato quella mortale, magari sarebbe toccato a Ellery poco piú tardi. Per lui era sufficiente che uno dei due morisse, uno contro uno non avrebbe avuto troppi problemi.

Fu Poe a fumare la sigaretta avvelenata.

6.

Erano rimasti solo loro due nel salone.

Nonostante la morte di Poe, Ellery continuava a credere che l'assassino fosse Seiji e non sembrava intenzionato a stare in guardia.

Non occorreva affrettarsi piú di troppo per mettere fine ai giochi, cosí aveva deciso di aspettare con prudenza l'occasione migliore. Preferiva che l'ultimo rimasto arrivasse a togliersi la vita da solo.

Che sciocco, Ellery...

Dopotutto gli aveva dato involontariamente una mano fino alla fine.

Si era atteggiato a grande detective, ma in fondo non era altro che un pagliaccio disperato. Per pura ironia della sorte, erano rimasti loro due, «Detective» e «Assassino», e dire che era stato proprio lui stesso a dichiarare che sarebbe andata a finire cosí.

D'altra parte doveva riconoscergli l'acume del ragionamento che l'aveva condotto alla stanza segreta a partire da quella tazza endecagonale. Egli stesso si era chiesto perché vi fosse un oggetto simile in quell'edificio, ma non si sarebbe mai aspettato che cosa potesse celarsi dietro un trucco tanto bizzarro... Eppure Kawaminami e Shimada gli avevano parlato della passione di Nakamura Seiji per quel genere di meccanismi.

A ogni modo, ciò non aveva portato ad alcuno sviluppo rischioso per la sua posizione, anzi, la scoperta dell'undicesima stanza aveva addirittura rafforzato in Ellery la teoria che il colpevole fosse proprio l'architetto. In fin dei conti si era rivelato un ingrediente perfetto per il suo piano, la ciliegina sulla torta.

Erano scesi entrambi nei sotterranei. Ellery, allora, aveva iniziato a cercare una via d'uscita verso l'esterno e lí si erano imbattuti in quell'orrendo cadavere.

Si era reso conto a prima vista che doveva trattarsi del corpo dello scomparso Yoshikawa Seiichi: era davvero morto sei mesi prima. Dopo il raptus di follia di Seiji se l'era data a gambe da Villa Blu cercando di salvare la pelle, ma infine, ritrovatosi lí, vi era rimasto intrappolato privo di forze. Oppure era rimasto vittima di Seiji, che l'aveva spinto in quei meandri dell'isola per ucciderlo.

Dopo aver esposto tale pensiero a Ellery, ancora terrorizzato da quell'orribile vista, questi aveva annuito piú volte, la mano sempre a tapparsi il naso.

– Potresti avere ragione… Il che significa che si è procurato un altro cadavere per inscenare la propria morte, dunque, – disse. Poi continuò. – Andiamo, Van. Dobbiamo scoprire dove porta questo corridoio.

Evitato il cadavere in putrefazione, Ellery aveva proseguito verso le profondità della terra. A quel punto non gli restava che assecondarlo.

Al contempo, tuttavia, non aveva scartato l'ipotesi che in realtà il compagno potesse sospettare di lui. Sarebbe bastato prestare attenzione alla quantità di polvere sul pavimento per rendersi conto che, in tutti quei mesi, nessuno aveva messo piede in quel luogo. E se stesse solo facendo finta di non sospettare di lui nell'attesa di un momento propizio per ucciderlo?

Impugnato saldamente il coltello che celava nella tasca destra, aveva seguito Ellery nell'oscurità.

Il corridoio terminava in prossimità di una porta. Si udiva il rumore delle onde in vicinanza.

Ellery aveva spalancato la porta, il frastuono si era fatto d'un tratto piú intenso… Si erano ritrovati sul fianco della scogliera che dava sull'insenatura. Vi era solo una stretta sporgenza, simile a un balconcino, sotto la quale si apriva una profonda macchia scura: la superficie del mare doveva essere parecchio distante.

Ellery era uscito prestando attenzione a dove metteva i piedi e, con la torcia elettrica, illuminava i dintorni. Quindi si era girato con la solita espressione convinta.

– Siamo proprio in un punto difficilmente visibile sia da sopra che da sotto. Con un piccolo sforzo, non dovrebbe risultare proibitivo raggiungere i gradini sulla scogliera. Non ho dubbi, Seiji è passato da qui.

*

– Seiji verrà di sicuro anche stanotte, – disse Ellery dopo che furono tornati nel salone. – Abbiamo trovato il passaggio segreto e ora, sia che passi da lí che per l'ingresso principale, sapremo come accoglierlo. Se restiamo uniti non avremo nulla di cui temere. Se ci andasse bene, potremmo persino riuscire a intrappolarlo.

Mentre annuiva poco convinto alle parole del compagno, si era messo a preparare il caffè. Senza che Ellery se ne potesse accorgere, aveva sciolto nella sua tazza diverse pastiglie di sonnifero: ne aveva prese piú del dovuto quando, il giorno prima, Poe gliele aveva offerte.

Facendo finta di nulla, infine, aveva passato la tazza a Ellery che, senza mostrarsi sospettoso, ne aveva subito bevuto il contenuto.

«Mi è venuto sonno, devo essermi rilassato troppo. Tu stai bene, Van? Faccio solo un breve riposino, svegliami pure se dovesse accadere qualcosa».

Era stata la battuta con cui il detective aveva abbandonata la scena.

Dopo pochi secondi, si era già messo a faccia in giú sul tavolo a russare con innocenza. Accertatosi che fosse del tutto addormentato, lo aveva trascinato nella rispettiva stanza adagiandolo sul letto.

Il suo ruolo sarebbe stato quello di omicida-suicida, morto carbonizzato. Nel corso delle indagini avrebbero potuto rinvenire il sonnifero nel suo corpo, ma sperava nella possibilità che il ritrovamento del cadavere del giardiniere Yoshikawa Seiichi, morto per mano altrui, fungesse da pretesto per rivedere le conclusioni a cui era giunta la polizia classificando come suicidio la morte di Seiji. Quantomeno, ciò avrebbe senza dubbio sortito un effetto significativo sulle indagini.

La pioggia era cessata e pareva non dovesse riprendere a cadere.

Per iniziare, era sceso fino all'insenatura e si era messo avanti con i preparativi del gommone, poi, trasportate le taniche di cherosene dagli scantinati di Villa Blu, aveva dissotterrato la mano di Orczy. Prima le aveva sfilato l'anello dal dito, infine l'aveva restituita al cadavere.

Le tavolette avanzate, i vestiti insanguinati, il veleno, il coltello e tutti gli altri oggetti compromettenti che erano rimasti, li aveva portati nella stanza di Ellery. Spalancata la finestra, aveva iniziato a cospargere l'ambiente di cherosene. Fece lo stesso nelle altre stanze, quindi scollegò la bombola di propano e la spostò nel salone, infine uscí dall'edificio. Raggiunse la finestra che aveva lasciato aperta e gettò il cherosene avanzato sul corpo di Ellery e, già che c'era, anche la tanica.

Ellery parve sul punto di svegliarsi, ma l'accendino a olio che aveva lanciato nella stanza stava già per raggiungere il letto inzuppato.

Come le fiamme erano divampate impetuose, aveva serrato la finestra.

Si era allontanato istintivamente dall'edificio e aveva chiuso gli occhi.

Le ombre delle fiamme oltre le palpebre ondeggiavano violente, come esseri indemoniati, innalzadonsi in folli spirali.

*

La mattina seguente dormiva come immerso in un sonno mortale.

Svegliato dalla telefonata dello zio che lo avvisava dell'incidente avvenuto sull'isola, aveva chiamato Kawaminami e si era recato immediatamente in paese a S.

Prima aveva fatto un passaggio a casa dello zio, a cui aveva detto che si sarebbe recato al promontorio di J. per dare un'occhiata da lontano all'isola. Quindi aveva preso in prestito la sua auto e, come dichiarato, era partito alla volta del promontorio. Lí aveva caricato nel bagagliaio il gommone e la bombola nascosti in precedenza tra gli alberi. A quel punto nessuno si sarebbe sognato di indagare in quella zona distogliendo l'attenzione da Tsunojima.

Nel restituire l'auto allo zio, aveva infine approfittato per rimettere a posto il gommone nello sgabuzzino in fondo al garage. Terminate le operazioni di occultamento delle prove, si era diretto verso il porto per incontrarsi con Kawaminami.

7.

Quando l'incontro avvenuto nella stanzetta del circolo del giallo dell'università K. fu terminato, Morisu Kyōichi se ne andò via da solo, frettolosamente.

Ellery – Matsuura Jun'ya – si era suicidato dandosi fuoco dopo aver ucciso i cinque compagni, mosso da un movente incomprensibile o da un raptus di follia: era questa la teoria della polizia che andava via via consolidandosi. L'incontro di quel giorno non era servito a vederci piú chiaro in merito alle motivazioni che potevano averlo spinto a quegli omicidi, ma una serie di episodi alquanto scioccanti sul suo conto, emersi nel corso della conversazione, pareva aver impressionato notevolmente l'ispettore Shimada.

In generale, le cose erano andate persino meglio del previsto.

A quel punto, data la loro inutilità, si era già sbarazzato di due dei dipinti che gli erano serviti come prova per testimoniare i movimenti sulla terraferma. Aveva portato a termine ogni mansione, non era rimasto piú nulla di cui temere.

È tutto finito... Ormai è tutto finito, la mia vendetta è compiuta.

Epilogo

Il mare al tramonto. L'ora del profondo silenzio.

Le onde rosse che brillavano al sole colpivano la riva per poi ritirarsi in moto perpetuo.

Sedutosi in solitaria sul medesimo frangiflutti di quella volta, si incantò a osservare il lento rosseggiare del mare al crepuscolo.

Chiori…

Era da prima che quel nome riecheggiava nel suo cuore.

Chiori, Chiori…

Non appena chiuse gli occhi, le fiamme di quella notte, enormi fiamme di cordoglio, riaffiorarono nella sua mente piú vive che mai mentre avvolgevano la trappola in cui erano cascate le prede, la Casa decagonale, e si alzavano squarciando il cielo notturno.

In quell'istante, sovrapposta all'ardente visione, gli apparve la sua sagoma. Provò a chiamarla, ma quella teneva lo sguardo abbassato e non rispondeva.

Cosa c'è che non va, Chiori?

Le fiamme si facevano man mano piú impetuose, violente, divampando sempre con maggior vividezza. L'ombra dell'amata ne fu risucchiata, sbiadí e infine scomparve.

Si alzò lentamente.

Un gruppetto di bambini stava giocando in riva al mare. Assottigliò gli occhi e rimase per un poco fermo in quel punto, osservando la scena.

– Chiori... – provò a chiamarla di nuovo, questa volta a voce. Ma per quanto potesse abbassare le palpebre o fissare il vuoto, la sua sagoma non appariva. Fu assalito da un senso di vuoto senza fondo, quasi come se tutti i sentimenti che racchiudeva nel suo cuore fossero venuti all'improvviso a mancare.

Il mare stava per fondersi col cielo notturno.

Le onde si infrangevano docili, in qualche modo discrete, trasportando gli ultimi sparuti raggi di sole.

D'un tratto, si sentí toccare la spalla da qualcuno e si voltò spaventato.

– Da quanto tempo non ci si vede...

Un uomo allampanato gli sorrideva con fare amichevole.

– Ho chiesto all'amministratore del tuo condominio dove potessi trovarti, cosí mi ha detto che vieni spesso da queste parti.

– ... Capisco.

– È da un po' che ti osservo, devo dire che sembri piuttosto giú... Sei turbato?

– Direi di no... Lei, piuttosto, perché è venuto a cercarmi?

L'uomo nel frattempo si era seduto ai suoi piedi.

– Nulla di che in realtà, direi... È l'ora della mia sigaretta giornaliera, – sussurrò infilandosela in bocca. – Ormai è passato un po' di tempo dai fatti di Tsunojima e la polizia ha archiviato le indagini. Tu che ne pensi?

– Che cosa dovrei pensare? Hanno detto che Ellery...

– No, no, non intendevo questo. Ecco... Mi chiedevo se non potesse esserci dietro un'altra verità.

Ma che cosa sta cercando di dire?

Rimase in silenzio a guardare il mare. Mentre si accendeva la sigaretta, l'uomo alzò lo sguardo verso di lui.

– Ti ricordi quando avevo avanzato l'ipotesi che potesse essere Kō il colpevole? In realtà ci ho riflettuto un bel po' da allora, anche perché non avevo altro da fare, e me ne sono uscito con un'idea niente male. Sono venuto fin qui apposta per parlarne con te.

Possibile che se ne sia accorto?

Senza rispondere, discostò lo sguardo da quello dell'uomo.

Non è possibile… Ma se…?

– Dài, non essere cosí freddo e ascoltami. Dopotutto si tratta pur sempre di una mia follia, magari ti scappa una risata. Certo, c'è il rischio che tu possa alterarti un pochino, ma in tal caso ti pregherei di vederla come il futile prodotto della mia fantasia, nulla di piú e nulla di meno.

– Finiamola qui, per favore, – replicò con voce apatica. – Sono fatti del passato, ormai, signor Shimada.

Quindi si voltò e, ignorando l'uomo che lo chiamava, scese in direzione della porzione di spiaggia in cui stavano giocando i bambini.

Si sentiva turbato da mille sentimenti contrastanti, e aveva vergogna di sé stesso per questo.

… No, è assurdo.

Scosse ripetutamente la testa per cercare di calmarsi.

Non era possibile che se ne fosse accorto, ma, se anche avesse intuito la verità, non vi era nulla da temere: non rimaneva la minima prova, ormai. Che cosa avrebbe potuto mai fare per metterlo alle strette a quel punto?

Dico bene, Chiori?, provò a chiedere rivolgendosi all'amata, ma questa non rispose, né si palesò ai suoi occhi. *Perché…?*

L'inquietudine dentro di lui affiorò per un secondo alla stregua di una grande onda. La sabbia bagnata gli avvolse i piedi, in quell'istante…

Notò un oggetto scintillante.

E questo?

Si piegò a raccoglierlo. Sentí il corpo congelarsi per lo stupore. Dalle labbra contratte gli scappò un labile sospiro.

Era una piccola bottiglia di vetro color verdognolo. Ricoperta a metà dalle sabbia sulla battigia, al suo interno conteneva alcuni fogli piegati.

Ah...

Sulle labbra gli si dipinse un amaro ed effimero sorriso. Dopo aver raccolto la bottiglia, si voltò in direzione dell'uomo che, ancora seduto sul frangionde, lo stava fissando.

È questo il giudizio, dunque...

I bambini si apprestavano a far rientro nelle proprie case. Con la bottiglia stretta fra le dita, si avvicinò lentamente a loro.

– Senti, – fece rivolgendosi a uno di loro. – Avrei un favore da chiederti.

Il bambino lo guardò dal basso con occhi meravigliati.

Con un timido sorriso simile alla bonaccia serale, gli passò l'oggetto che teneva in mano.

– Potresti consegnarla a quel signore laggiú?

Indice

Questo libro è stampato su carta contenente fibre certificate FSC®
e con fibre provenienti da altre fonti controllate.

FSC www.fsc.org
MISTO
Carta | A sostegno della gestione forestale responsabile
FSC® C115118

Stampato su carta HOLMEN con fibra vergine
proveniente da foreste sostenibili
www.holmen.com/paper

Stampato per conto della Casa editrice Einaudi
presso ELCOGRAF S.p.A. - Stabilimento di Cles (Tn)

C.L. 25984

Edizione						Anno			
3	4	5	6	7	8	2024	2025	2026	2027